鲁迅著作分类全编

甲编七卷

我还不能『带住』

关于文艺论争

鲁迅 著

陈漱渝 王锡荣 肖振鸣 编

SPM 南方出版传媒 广东人民出版社

·广州·

图书在版编目（CIP）数据

我还不能“带住” / 鲁迅著；陈漱渝，王锡荣，肖振鸣编．— 广州：广东人民出版社，2019.7
（鲁迅著作分类全编）
ISBN 978-7-218-13437-6

Ⅰ．①我… Ⅱ．①鲁… ②陈… ③王… ④肖… Ⅲ．①鲁迅散文—散文集 Ⅳ．①I210.4

中国版本图书馆 CIP 数据核字（2019）第 056072 号

WO HAIBUNENG “DAIZHU”
我还不能“带住”
鲁迅 著　　陈漱渝 王锡荣 肖振鸣 编

出 版 人：肖风华

特邀策划：房向东
责任编辑：严耀峰　马妮璐
责任技编：周　杰　易志华
装帧设计：周伟伟

出版发行：广东人民出版社
地　　址：广东省广州市海珠区新港西路 204 号 2 号楼（邮政编码：510300）
电　　话：（020）85716809（总编室）
传　　真：（020）85716872
网　　址：http://www.gdpph.com
印　　刷：山东临沂新华印刷物流集团有限责任公司
开　　本：787mm×1092mm　1/16
印　　张：25.5　　**字　　数**：306 千
版　　次：2019 年 7 月第 1 版　2019 年 7 月第 1 次印刷
定　　价：52.00 元

如发现印装质量问题，影响阅读，请与出版社（020－85716808）联系调换。
售书热线：（020）85716826

目　录

随感录五十三

上海盛德坛扶乩，由“孟圣”主坛；在北京便有城隍白知降坛，说他是“邪鬼”。盛德坛后来却又有什么真人下降，谕别人不得擅自扶乩。

北京议员王讷提议推行新武术，以“强国强种”；中华武士会便率领了一班天罡拳阴截腿之流，大发冤单，说他“抑制暴弃祖性相传之国粹”。

绿帜社提倡“爱世语”，专门崇拜“柴圣”，说别种国际语（如Ido等）是冒牌的。

上海有一种单行的《泼克》，又有一种报上增刊的《泼克》；后来增刊《泼克》登广告声明要将送错的单行《泼克》的信件撕破。

上海有许多“美术家”；其中的一个美术家，不知如何散了伙，便在《泼克》上大骂别的美术家“盲目盲心”，不知道新艺术真艺术。

以上五种同业的内讧，究竟是什么原因，局外人本来不得而知。但总觉现在时势不很太平，无论新的旧的，都各各起哄：扶乩打拳那些鬼画符的东西，倒也罢了；学几句世界语，画几笔花，也是高雅的事，难道也要同行嫉妒，必须声明鱼目混珠，雷击火焚么？

我对于那“美术家”的内讧又格外失望。我于美术虽然全是门外汉，但很望中国有新兴美术出现。现在上海那班美术家所做的，是否算得美术，原是难说；但他们既然自称美术家，即使幼稚，也可以希望长成：所以我期望有个美术家的幼虫，不要是似是而非的木叶蝶。如今见了他们两方面的成绩，不免令我对于中国美术前途发生一种怀疑。

画《泼克》的美术家说他们盲目盲心，所研究的只是十九世纪的美术，不晓得有新艺术真艺术。我看这些美术家的作品，不是剥制的鹿，便是畸形的美人，的确不甚高明，恐怕连十“八”世纪，也未必有这类绘画：说到底，只好算是中国的所谓美术罢了。但那一位画《泼克》的美术家的批评，却又不甚可解：研究十九世纪的美术，何以便是盲目盲心？十九世纪以后的新艺术真艺术，又是怎样？我听人说：后期印象派（Postimpressionism）的绘画，在今日总还不算十分陈旧；其中的大人物如 Cézanne 与 Van Gogh 等，也都十九世纪后半的人，最迟的到一九〇六年也故去了。二十世纪才是十九年的初头，好像还没有新派兴起。立方派（Cubism）未来派（Futurism）的主张，虽然新奇，却尚未能确立基础；而且在中国，又怕未必能够理解。在那《泼克》上面，也未见有这一派的绘画；不知那《泼克》美术家的所谓新艺术真艺术，究竟是指着什么？现在的中国美术家诚然心盲目盲，但其弊却不在单研究十九世纪的美术，——因为据我看来，他们并不研究什么世纪的美术，——所以那《泼克》美术家的话，实在令人难解。

《泼克》美术家满口说新艺术真艺术，想必自己懂得这新艺术真艺术的了。但我看他所画的讽刺画，多是攻击新文艺新思想的。——这是二十世纪的美术么？这是新艺术真艺术么？

题注：

本篇最初发表于1919年3月15日《新青年》第六卷第三号。收入《热风》。《上海泼克》画刊由沈泊尘编，1918年9月创刊，同年12月停刊。该刊第四期发表抱一的讽刺画《目盲心盲之美术家》，附有文字说明："近来上海之研究美术者多矣，然其斤斤讨论者，皆系十九世纪之美术也，纵有新艺术在其目前，亦不能见，盖若辈非盲于目即盲于心也。"鲁迅在这篇文章中表露了对美术家内讧的失望，希望中国有新兴美术出现。

寸铁

有一个什么思孟做了一本什么息邪，尽他说，也只是革新派的人，从前没有本领罢了。没本领与邪，似乎相差还远，所以思孟虽然写出一个 ma ks，也只是没本领，算不得邪。虽然做些鬼祟的事，也只是小邪，算不得大邪。

造谣说谎诬陷中伤也都是中国的大宗国粹，这一类事实，古来很多，鬼祟著作却都消灭了。不肖子孙没有悟，还是层出不穷的做。不知他们做了以后，自己可也觉得无价值么。如果觉得，实在劣得可怜。如果不觉，又实在昏得可怕。

刘喜奎的臣子的大学讲师刘少少，说白话是马太福音体，大约已经收起了太极图，在那里翻翻福音了。马太福音是好书，很应该看。犹太人钉杀耶稣的事，更应该细看。倘若不懂，可以想想福音是什么体。

先觉的人，历来总被阴险的小人昏庸的群众迫压排挤倾陷放逐杀戮。中国又格外凶。然而酋长终于改了君主。君主终于预备立宪，预备立宪又终于变了共和了。喜欢暗夜的妖怪多，虽然能教暂时黯淡一点，光明却总要来。有如天亮，遮掩不住。想遮掩白费气力的。

题注：

本篇最初发表于1919年8月12日北京《国民公报》“寸铁”栏，原无标题，每则之后均署名黄棘。初未收集。1919年8月6日至13日，北京《公言报》连载了思孟撰写的《辟谬与息邪》一文，取孟子的“我亦欲正人心息邪说”之意，以给蔡元培、陈独秀、胡适、沈尹默等人作传的方式，对五四新文化运动的代表人物进行攻击。说《新青年》“引过激派学说，倡共产主义”以蛊惑人心，文学革命是“覆孔孟，蔑伦常”，并指蔡元培、陈独秀诸人为“祸首”。而时为北京大学讲师的刘少少则著书撰文，维护“国粹”，说白话文学是“马太福音体”。文中将Marx（即马克思）误写作maks。作者针对这些言论，写作了这一组短小的杂感。

智识即罪恶

我本来是一个四平八稳，给小酒馆打杂，混一口安稳饭吃的人，不幸认得几个字，受了新文化运动的影响，想求起智识来了。

那时我在乡下，很为猪羊不平；心里想，虽然苦，倘也如牛马一样，可以有一件别的用，那就免得专以卖肉见长了。然而猪羊满脸呆气，终生胡涂，实在除了保持现状之外，没有别的法。所以，诚然，智识是要紧的！

于是我跑到北京，拜老师，求智识。地球是圆的。元质有七十多种。x+y=z。闻所未闻，虽然难，却也以为是人所应该知道的事。

有一天，看见一种日报，却又将我的确信打破了。报上有一位虚无哲学家说：智识是罪恶，赃物……。虚无哲学，多大的权威呵，而说道智识是罪恶。我的智识虽然少，而确实是智识，这倒反而坑了我了。我于是请教老师去。

老师道："呸，你懒得用功，便胡说，走！"

我想："老师贪图束修罢。智识倒也还不如没有的稳当，可惜粘在我脑里，立刻抛不去，我赶快忘了他罢。"

然而迟了。因为这一夜里，我已经死了。

半夜，我躺在公寓的床上，忽而走进两个东西来，一个“活无常”，一个“死有分”。但我却并不诧异，因为他们正如城隍庙里塑着的一般。然而跟在后面的两个怪物，却使我吓得失声，因为并非牛头马面，而却是羊面猪头！我便悟到，牛马还太聪明，犯了罪，换上这诸公了，这可见智识是罪恶……。我没有想完，猪头便用嘴将我一拱，我于是立刻跌入阴府里，用不着久等烧车马。

到过阴间的前辈先生多说，阴府的大门是有匾额和对联的，我留心看时，却没有，只见大堂上坐着一位阎罗王。希奇，他便是我的隔壁的大富豪朱朗翁。大约钱是身外之物，带不到阴间的，所以一死便成为清白鬼了，只是不知道怎么又做了大官。他只穿一件极俭朴的爱国布的龙袍，但那龙颜却比活的时候胖得多了。

“你有智识么？”朗翁脸上毫无表情的问。

“没……”我是记得虚无哲学家的话的，所以这样答。

“说没有便是有——带去！”

我刚想：阴府里的道理真奇怪……却又被羊角一叉，跌出阎罗殿去了。

其时跌在一坐城池里，其中都是青砖绿门的房屋，门顶上大抵是洋灰做的两个所谓狮子，门外面都挂一块招牌。倘在阳间，每一所机关外总挂五六块牌，这里却只一块，足见地皮的宽裕了。这瞬息间，我又被一位手执钢叉的猪头夜叉用鼻子拱进一间屋子里去，外面有牌额是：

“油豆滑跌小地狱”

进得里面，却是一望无边的平地，满铺了白豆拌着桐油。只见无数的人在这上面跌倒又起来，起来又跌倒。我也接连的摔了十二交，头上长出许多疙瘩来。但也有竟在门口坐着躺着，不想爬起，虽然浸得油汪汪的，却毫无一个疙瘩的人，可惜我去问他，他们都瞠着眼不说话。我不知道他们是不听见呢还是不懂，不愿意说呢还是无话可谈。

我于是跌上前去，去问那些正在乱跌的人们。其中的一个道：

“这就是罚智识的，因为智识是罪恶，赃物……。我们还算是轻的呢。你在阳间的时候，怎么不昏一点？……”他气喘吁吁的断续的说。

“现在昏起来罢。”

“迟了。”

“我听得人说，西医有使人昏睡的药，去请他注射去，好么？”

“不成，我正因为知道医药，所以在这里跌，连针也没有了。”

“那么……有专给人打吗啡针的，听说多是没智识的人……我寻他们去。”

在这谈话时，我们本已滑跌了几百交了。我一失望，便更不留神，忽然将头撞在白豆稀薄的地面上。地面很硬，跌势又重，我于是胡里胡涂的发了昏……

阿！自由！我忽而在平野上了，后面是那城，前面望得见公寓。我仍然胡里胡涂的走，一面想：我的妻和儿子，一定已经上京了，他们正围着我的死尸哭呢。我于是扑向我的躯壳去，便直坐起来，他们吓跑了，后来竭力说明，他们才了然，都高兴得大叫道：你还阳了，呵呀，我的老天爷哪……

我这样胡里胡涂的想时，忽然活过来了……

没有我的妻和儿子在身边，只有一个灯在桌上，我觉得自己睡在公寓里。间壁的一位学生已经从戏园回来，正哼着“先帝爷唉唉唉”哩，可见时候是不早了。

这还阳还得太冷静，简直不像还阳，我想，莫非先前也并没有死么？

倘若我并没死，那么，朱朗翁也就并没有做阎罗王。

解决这问题，用智识究竟还怕是罪恶，我们还是用感情来决一决罢。

十月二十三日。

题注：

本篇最初发表于1921年10月23日北京《晨报副刊》“开心话”栏，署名风声。收入《热风》。“智识是罪恶”是当时北京大学哲学系学生朱谦之鼓吹的虚无哲学的一个观点。1921年5月19日他在《京报》副刊《青年之友》上发表《教育上的反智主义——与光涛先生论学书》，说“知识就是赃物”，“知识就是罪恶——知识发达一步，罪恶也跟他前进一步。因为知识是反于淳朴的真情，故自有了知识，而浇淳散朴，天下始大乱。什么道德哪！政治哪！制度文物哪！这些人造的反自然的圈套，何一不从知识发生出来，可见知识是罪恶的原因，为大乱的根源。”本文用近似讽刺小说的形式，对朱谦之的虚无观点进行了辛辣的嘲讽。

估《学衡》

我在二月四日的《晨报副刊》上看见式芬先生的杂感，很诧异天下竟有这样拘迂的老先生，竟不知世故到这地步，还来和《学衡》诸公谈学理。夫所谓《学衡》者，据我看来，实不过聚在“聚宝之门”左近的几个假古董所放的假毫光；虽然自称为“衡”，而本身的称星尚且未曾钉好，更何论于他所衡的轻重的是非。所以，决用不着较准，只要估一估就明白了。

《弁言》说，“籀绎之作必趋雅音以崇文”，“籀绎”如此，述作可知。夫文者，即使不能“载道”，却也应该“达意”，而不幸诸公虽然张皇国学，笔下却未免欠亨，不能自了，何以“衡”人。这实在是一个大缺点。看罢，诸公怎么说：

《弁言》云，“杂志迻例弁以宣言”，按宣言即布告，而弁者，周人戴在头上的瓜皮小帽一般的帽子，明明是顶上的东西，所以“弁言”就是序，异于“杂志迻例”的宣言，并为一谈，太汗漫了。《评提倡新文化者》文中说，“或操笔以待。每一新书出版。必为之序。以尽其领袖后进之责。顾亭林曰。人之患在好为人序。其此之谓乎。故语彼等以学问之标准与良知。犹语商贾以道德。娼妓以贞操也。”

原来做一篇序“以尽其领袖后进之责”，便有这样的大罪案。然而诸公又何以也“突而弁兮”的“言”了起来呢？照前文推论，那便是我的质问，却正是“语商贾以道德。娼妓以贞操也”了。

《中国提倡社会主义之商榷》中说，“凡理想学说之发生。皆有其历史上之背影。决非悬空虚构。造乌托之邦。作无病之呻者也。”查“英吉之利”的摩耳，并未做 Pia of Uto，虽曰之乎者也，欲罢不能，但别寻古典，也非难事，又何必当中加楦呢。于古未闻“睹史之陀”，在今不云“宁古之塔”，奇句如此，真可谓“有病之呻”了。

《国学摭谭》中说，“虽三皇寥廓而无极。五帝搢绅先生难言之。”人而能“寥廓”，已属奇闻，而第二句尤为费解，不知是三皇之事，五帝和搢绅先生皆难言之，抑是五帝之事，搢绅先生也难言之呢？推度情理，当从后说，然而太史公所谓“搢绅先生难言之”者，乃指“百家言黄帝”而并不指五帝，所以翻开《史记》，便是赫然的一篇《五帝本纪》，又何尝“难言之”。难道太史公在汉朝，竟应该算是下等社会中人么？

《记白鹿洞谈虎》中说，“诸父老能健谈。谈多称虎。当其摹示抉噬之状。闻者鲜不色变。退而记之。亦资诙噱之类也。”姑不论其“能”“健”“谈”“称”，床上安床，“抉噬之状”，终于未记，而“变色”的事，但“资诙噱”，也可谓太远于事情。倘使但“资诙噱”，则先前的闻而色变者，简直是呆子了。记又云，“伥者。新鬼而膏虎牙者也。”刚做新鬼，便“膏虎牙”，实在可悯。那么，虎不但食人，而且也食鬼了。这是古来未知的新发见。

《渔丈人行》的起首道：“楚王无道杀伍奢。覆巢之下无完家。”这“无完家”虽比“无完卵”新奇，但未免颇有语病。假如“家”就是鸟巢，那便犯了复，而且“之下”二字没有着落，倘说是人家，则掉下来的鸟巢未免太沉重了。除了大鹏金翅鸟（出《说岳全传》），断没有这样的大巢，能够压破彼等的房子。倘说是因为押韵，不得不然，那我敢说：这是“挂脚韵”。押韵至于如此，则翻开《诗韵合璧》的“六麻”来，写道“无完蛇”“无完瓜”“无完叉”，都无所不可的。

还有《浙江采集植物游记》，连题目都不通了。采集有所务，并非漫游，所以古人作记，务与游不并举，地与游才相连。匡庐峨眉，山也，则曰纪游，采硫访碑，务也，则曰日记。虽说采集时候，也兼游览，但这应该包举在主要的事务里，一列举便不“古”了。例如这记中也说起吃饭睡觉的事，而题目不可作《浙江采集植物游食眠记》。

以上不过随手拾来的事，毛举起来，更要费笔费墨费时费力，犯不上，中止了。因此诸公的说理，便没有指正的必要，文且未亨，理将安托，穷乡僻壤的中学生的成绩，恐怕也不至于此的了。

总之，诸公掊击新文化而张皇旧学问，倘不自相矛盾，倒也不失其为一种主张。可惜的是于旧学并无门径，并主张也还不配。倘使字句未通的人也算是国粹的知己，则国粹更要惭惶煞人！“衡”了一顿，仅仅“衡”出了自己的铢两来，于新文化无伤，于国粹也差得远。

我所佩服诸公的只有一点，是这种东西也居然会有发表的勇气。

题注：

本篇最初发表于1922年2月9日北京《晨报副刊》，署名风声。收入《热风》。1922年，南京东南大学教员吴宓 、梅光迪、胡先骕等创办《学衡》杂志，标榜“昌明国粹、融化新知；以中正之眼光，行批评之职事”，实际上以极鲜明的态度反对新文化运动。胡先骕早在1918年就写了《中国文学改良论》，《学衡》创办后，梅光迪发表《评提倡新文化者》《评今人提倡学术之方法》，吴宓发表《论新文化运动》等文章，提倡文言文，攻击白话文，“掊击新文化”。鲁迅列举梅光迪等人文章中的错讹，指出他们的旧学不通，也就没有资格“衡量”新文化。

看了魏建功君的《不敢盲从》以后的几句声明

在副刊上登载了爱罗先珂君的观剧记以后，就有朋友告诉我，说很有人疑心这一篇是我做的，至少也有我的意见夹杂在内：因为常用“观”“看”等字样，是作者所做不到的。现在我特地声明，这篇不但并非我做，而且毫无我的意见夹杂在内，作者在他的别的著作上，常用色彩明暗等等形容字，和能见的无别，则用些“观”“看”之类的动词，本也不足为奇。他虽然是外国的盲人，听不懂，看不见，但我自己也还不肯利用了他的不幸的缺点，来作嫁祸于他的得罪“大学生诸君”的文章。

魏君临末还说感谢我“介绍了爱罗先珂先生的教训的美意”，这原是一句普通话，也不足为奇的，但从他全篇带刺的文字推想起来，或者也是为我所不能懂的俏皮话。所以我又特地声明，在作者未到中国以前，所译的作品全系我个人的选择，及至到了中国，便都是他自己的指定，这一节，我在他的童话集的序文上已经说明过的了。至于对于他的作品的内容，我自然也常有不同的意见，但因为为他而译，所以总是抹杀了我见，连语气也不肯和原文有所出入，美意恶意，更是说不到，感谢嘲骂，也不相干。但魏君文中用了引号的“晓辞”“艺术的蟊贼”这些话，却为我的译文中所无，大约是眼睛太亮，见得太多，所以一时惑乱，从别处扯来装上了。

然而那一篇记文，我也明知道在中国是非但不能容纳，还要发生反感的，尤其是在躬与其事的演者。但是我又没有去阻止的勇气，因为我早就疑心我自己爱中国的青年倒没有他这样深，所以也就不愿意发些明知无益的急迫的言论。然而这也就是俄国人和中国以及别国人不同的地方，他很老实，不知道恭维，其实是罗素在英国称赞中国，他的门槛就要被中国留学生踏破了的故事，我也曾经和他谈过的。

以上，是我见了魏君的文章之后，被引起来的觉得应该向别的读者声明的事实；但并非替爱罗先珂君和自己辩解，也不是想缓和魏君以及同类诸君的心气。若说对于魏君的言论态度的本身，则幸而我眼睛还没有瞎，敢说这实在比“学优伶”更“可怜，可羞，可惨”；优伶如小丑，也还不至于专对他人的体质上的残废加以快意的轻薄嘲弄，如魏建功君。尤其“可怜，可羞，可惨”的是自己还以为尽心于艺术。从这样轻薄的心里挤出来的艺术，如何能及得优伶，倒不如没有的干净，因为优伶在尚不显露他那旧的腐烂的根性之前，技术虽拙，人格是并没有损失的。

魏君以为中国已经光明了些，青年的学生们对着旧日的优伶宣战了，这诚然是一个进步。但崇拜旧戏的大抵并非瞎子，他们的判断就应该合理，应该尊重的了，又何劳青年的学生们去宣战？倘说不瞎的人们也会错，则又何以如此奚落爱罗先珂君失明的不幸呢？“可怜，可羞，可惨”的中国的新光明！

临末，我单为了魏君的这篇文章，现在又特地负责的声明：我敢将唾沫吐在生长在旧的道德和新的不道德里，借了新艺术的名而发挥其本来的旧的不道德的少年的脸上！

附记

爱罗先珂君的记文的第三段内“然而演奏Organ的人”这一句之间，脱落了几个字，原稿已经寄给别人，无从复核了，但大概是“然而演奏Violin的，尤其是演奏Organ的人”罢，就顺便给他在此改正。

一月十三日。

【备考】:

不敢盲从！

——因爱罗先珂先生的剧评而发生的感想

魏建功

鲁迅先生译出爱罗先珂先生的《观北京大学学生演剧和燕京女校学生演剧的记》，一月六日在《晨报副刊》发表。一位世界文学家对我们演剧者的挚诚的教训，幸得先生给我们介绍了，这是首先要感谢的。

我们读了爱罗先珂先生第一段的文字，总该有沉重的压迫精神的印象，以至于下泪，因而努力。寂寞到十二万分的国度，像今日的中国，简直可以说“没有戏剧”！那谈得到“好戏剧”？那更谈得著“男女合演的戏剧”？我们以前的国度黑暗，还要厉害于今日呢！前两年真是一个为艺术尽心的团体可说没有；假使爱罗先珂先生那时到中国，那又够多么寂寞而难受呵！我们真可怜可惨，虽然不准子弟登台的父兄很多，而一向情愿为艺术尽心，来做先锋的并没有畏缩；这才辟开“爱美的为艺术的戏剧事业”的新纪元，所谓“艺术戏剧根苗”始茁芽在沙漠的大地上。所以中国的戏剧现在才渐渐有了，而且旧的戏剧却正在残灯的“复明时代”，和我们搏斗，接着那文明式的新剧也要和我们决斗呢！我们那敢怠慢？但我们从“没有戏剧”引向“有戏剧”这面来，这点不能不算今日的国度是较昔日的国度光明了些微！从前的学生不演剧，轻视戏剧；而现在极力的提倡，尽心于艺术的戏剧；而演剧，这又不能不算是中国青年学生们对旧日的“优伶”的一个宣战，和他们对艺术忠心的表示！中国的艺术真可怜啊！我们尽心的人们也嚷了一二年了，空气依然沉寂，好艺术的果子在那儿？这大概“艺术”为何物，一般人的怀疑还没有了解啊！所以，到现在，将戏剧当作艺术，肯为艺术尽心而与男子合演的女子，虽爱罗先珂先生叫断嗓子，总难请得！我们现在只好求“才有戏剧”的国度，再光明些到“有好的艺术”的国度；那末，“男女合演的，真的，好的中国艺术”才可望产出。中国艺术，今日之恐慌，不减爱罗先珂先生母国的荒灾的恐慌啊！爱罗先珂先生的为我们中国青年男女学生们的浩叹，我们只有含着泪且记在心头。爱罗先珂先生也只好原谅我们是才有戏剧的国度中之青年，正开始反抗几千年的无形的黑暗之势力；并且只好姑守着寂寞，“看”我们能不能光明了艺术的国度！较之“黑暗的现在”以“既往的黑暗”，未来还不至于“更黑暗”啊！尽心艺术的同志们！爱罗先珂先生的心，我们不要忘了！

在我们的努力中得爱罗先珂先生的教训，不可谓不幸了，——我们北京大学的学生尤其是的！（这里要声明的，我们演剧的大学生，除去用外国语演的，只是我们一部分北大戏剧实验社社员的大学生。一切关于演剧的臧否，只能我们受之，不敢教所有的“大学生诸君”当之。）爱罗先珂先生到北京近一年，我们只演剧两次。第一次北大第二平民学校游艺会，爱罗先珂先生到场唱歌；歌毕，坐在剧场里一忽儿便走了。他那时刚到北京，或者中国话没有听懂听惯，我们这幼稚的艺术大概就证明失败了。第二次，便是纪念会的第一日，他坐在我们舞台布景后面“看”了一刻工夫，就由他的伴侣扶回去了。所以，他说：“大学生演剧，大抵都去‘看’的！”他两次“看”的结果，断定了我们演剧的，“在舞台上，似乎并不想表现出Drama中的人物来”，而且“反而鞠躬尽瘁的，只是竭力在那里学优伶的模样”！“似乎”？“并不想”？这些词语是如何的深刻啊！这真是“诛心之论”了！爱罗先珂先生能“看见”我们“竭力学优伶”，并且能知道我们“并不想表现出剧中人来”。这种揣度和判断，未免太危险，太“看”轻了我们是一点戏剧眼光都没有的了！我相信他是“以耳代目”的看戏；而他竟以“耳”断我们“似乎以为只要在舞台上，见得像优伶，动得像优伶，用了优伶似的声音，来讲优伶似的话，这便是真的艺术的理想”，我却以为似乎并不如他所理想，而至于此！对我们演剧的人“艺术幼稚”可以说，“表现能力不足”可以说，“并不想表现”谁也不能这样武断！我们相信既尽心于艺术，脑子里丝毫“优伶”的影子就没有，——现在“优伶”还是我们的仇敌呢！——爱罗先珂先生说我们“学优伶”，未免太不清楚我们黑暗的国度之下的情形，而且把我们“看”得比“优伶”还不如了！“优伶的模样”如何？爱罗先珂先生能以“耳”辨出吗？即使如他所说，他能以“耳”辨出我们“学优伶”吗？他还说我们演扮女人的，既做了“猴子”去学女人，并且还在学“扮女人的旦角”。“优伶”中的“扮女人的旦角”，爱罗先珂先生能以“耳”辨出吗？我们演剧的人，决不至如爱罗先珂先生所说，几乎全是“学优伶”而且“扮演女人尤其甚”；然而也不敢说全没有艺术能力不足而流入“优伶似的”嫌疑的人。演剧的人中，无论是谁，并不如是的没有元气，既不能自己出力，反“学优伶”；不过能力的差错或竟使他以为“学优伶”了！爱罗先珂先生说我们“竭力的”，“鞠躬尽瘁的”，“学优伶”，以一位世界文学家批评我们幼稚的艺术实验者，应该不应该用其揣度，而出此态度？我们很佩服他的人和言，但他对我们的这种批评，这种态度，却实在料不到，真是为他抱憾！那里东方人“肆口谩骂”的习惯竟熏染了亲爱的世界文学家，竟使他出此，如同他说我们“学优伶”一样吗？唉唉！“大学生诸君”未免太冤屈了，为我们几个演剧的而被指为“艺术的蟊贼”，都有“学优伶的嫌疑”！大学生的人格啊！大学生的人格啊！我们大学生尽心艺术的人们！（非但演剧的。）我们那敢自污人格，刻意模仿“优伶”，或在眼里只有“优伶”，而忘了如爱罗先珂先生一流的高尚的可敬的“艺术家”！唉唉！受侮辱的艺术国度！愈向光明，受侮辱愈甚，越加一层黑暗的中国艺术国度！

所以，我们有“学优伶嫌疑”的大学生中的演剧的同志们，我敢与他们一同的声明；我们在纪念会都扮演《黑暗之势力》失败——也许所有的戏剧都失败——的原因在：（一）没有充分的排练，以致幼稚的表现不能描摹剧中人的个性出来，所谓“带生的葡萄，总有些酸”了。（二）没有适宜的设置。我们既有心尽力于戏剧，时间的短促使我们没有充分排练，那种孤独的努力，无人帮助的苦衷，何必献丑说出呢？但是我们尽心于艺术。既无人的帮助，又无物的帮助，爱罗先珂先生也是大学教师，想能知道了。那末，这种关于设置的责备，我们几个演剧的人那能承认呢？至于“没有留心到剧场的情绪的造成”，爱罗先珂先生恐怕因“耳”里并没有听到啊！我们抱歉，在《黑暗之势力》的开演那天，没有能用音乐去辅助他。何况那天，爱罗先珂先生坐在后台布景的背后，一忽儿就走了，并没有“看”到前场一万多人的会场情形，而只听到我们后台的优伶呢？可是第二天一个无庸“学优伶声音说话”，也许是“学优伶动作”的哑剧，便有中国的丝竹，（笙，箫，苏胡，磬铃，）辅助在内，而那“剧场似的空气”倒也造成了一些，可惜爱罗先珂先生反没有到场！就是他到了，怕这东洋的音乐还不免有些嫌劣拙吧？一个钱不受的，没有火炉，又冷又嘈杂的市场，运动场式的剧场舞台幕后的坐位，那比凭票入座，汽炉暖暖的，新建筑的大会堂的剧场？本来艺术有些“贵族性”的啊，所以主张平民文学的托尔斯太老先生的名著，在运动式的公开的会场上，被我们玷辱了，失败了！失败的原因，我们承认艺术的幼稚，决不承认“学了什么优伶”！

最后，我要敬问爱罗先珂先生和一切的艺术家：在如此的现在中国黑暗艺术国度之下，没有人肯与我们“男子”合演，而我们将何以尽力于有“女子”的戏剧？假若为戏剧的尽心，我们不得不扮女人了，既扮了女人，艺术上失败，就是“学什么扮女人的旦角”的吗？我们的艺术，自己也只认是“比傀儡尤其是无聊的”；但为什么要让我们傀儡似的来做“猴子”？我们男子学女子是“做猴子”，那末反过来呢？“做猴子”的同志们！我们应该怎样的努力？！

我们人而如“猴”的戏剧者几乎哭泣了！我们大学生的尽心艺术，而不能得种种帮助！甚至于世界文学家对我们的态度，似乎并不想大学生们究竟人格有没有！假若有人说，爱罗先珂先生亲眼"看"了之后的判断没有错。那就未免太滑稽了。这还说什么?

然而我自信,我们的可怜,可羞,可惨,都使得我有几句含着羞的,不敢盲从的话说了。我们何幸而得一位文学家的教训?我们黑暗的国度中之艺术界,何幸而得此光明的火把引导着路?我们当然要深深的感谢了爱罗先珂先生!但这又教我们忍不住痛心而抱憾:爱罗先珂先生在沙漠似的中国,最强烈的感到的寂寞,我们既未能安慰了他如此飘泊的盲诗人;反而弄成了些"猴子样",教他"看"了更加寂寞得没有法!不但如此,甚至他沉痛的叫唤了我们,却还不敢盲从的要给他一长篇的"哓辞"!所幸不致使爱罗先珂先生完全难过,还有燕京女校的美的艺术的印象在他脑里!而我们为我们的人格上保障,也永不敢盲从爱罗先珂先生所说的"学优伶"一句话!

我再感谢鲁迅先生介绍了爱罗先珂先生的教训的美意!

七,一,一九二三,北京大学。

题目中有一个字,和文中有几个字上的引号,颇表出了不大好的态度,编者为尊重原作起见,不敢妄改,特此道歉。(《晨报副刊》编者)

一九二三年一月十三日《晨报副刊》。

题注:

本篇最初发表于1923年1月17日《晨报副刊》。初未收集。本年1月6日,《晨报副刊》刊出鲁迅翻译的爱罗先珂《观北京大学学生演剧和燕京女校学生演剧的记》一文后，时为北京大学学生、北大实验剧社成员的魏建功颇有异议，写了《不敢盲从》一文，对爱罗先珂进行人身攻击。（魏建功后来在《回忆三十年代的鲁迅先生》一文中，认识到自己是以“尖刻失态的语言，对爱罗先珂进行了人身攻击”，很是内疚）鲁迅因而写作了本文。

“音乐”？

夜里睡不着，又计画着明天吃辣子鸡，又怕和前回吃过的那一碟做得不一样，愈加睡不着了。坐起来点灯看《语丝》，不幸就看见了徐志摩先生的神秘谈，——不，“都是音乐”，是听到了音乐先生的音乐：

> “……我不仅会听有音的乐，我也会听无音的乐（其实也有音就是你听不见）。我直认我是一个甘脆的Mystic。我深信……”

此后还有什么什么“都是音乐”云云，云云云云。总之：“你听不着就该怨你自己的耳轮太笨或是皮粗”！

我这时立即疑心自己皮粗，用左手一摸右胳膊，的确并不滑；再一摸耳轮，却摸不出笨也与否。然而皮是粗定了；不幸而“拊不留手”的竟不是我的皮，还能听到什么庄周先生所指教的天籁地籁和人籁。但是，我的心还不死，再听罢，仍然没有，——阿，仿佛有了，像是电影广告的军乐。呸！错了。这是“绝妙的音乐”么？再听罢，没……唔，音乐，似乎有了：

“……慈悲而残忍的金苍蝇，展开馥郁的安琪儿的黄翅，唵，颉利，弥缚谛弥谛，从荆芥萝卜玎琤溯洋的彤海里起来。Br-rrr tatata tahi tal 无终始的金刚石天堂的娇袅鬼茱萸，蘸着半分之一的北斗的蓝血，将翠绿的忏悔写在腐烂的鹦哥伯伯的狗肺上！你不懂么？咄！吁，我将死矣！婀娜涟漪的天狼的香而秽恶的光明的利镞，射中了塌鼻阿牛的妖艳光滑蓬松而冰冷的秃头，一匹黯黮欢愉的瘦螳螂飞去了。哈，我不死矣！无终……”

危险，我又疑心我发热了，发昏了，立刻自省，即知道又不然。这不过是一面想吃辣子鸡，一面自己胡说八道；如果是发热发昏而听到的音乐，一定还要神妙些。并且其实连电影广告的军乐也没有听到，倘说是幻觉，大概也不过自欺之谈，还要给粗皮来粉饰的妄想。我不幸终于难免成为一个苦韧的非 Mystic 了，怨谁呢。只能恭颂志摩先生的福气大，能听到这许多“绝妙的音乐”而已。但倘有不知道自怨自艾的人，想将这位先生“送进疯人院”去，我可要拚命反对，尽力呼冤的，——虽然将音乐送进音乐里去，从甘脆的 Mystic 看来并不算什么一回事。

然而音乐又何等好听啊，音乐呀！再来听一听罢，可惜而且可恨，在檐下已有麻雀儿叫起来了。

咦，玲珑零星邦滂砰珉的小雀儿呵，你总依然是不管甚么地方都飞到，而且照例来唧唧啾啾地叫，轻飘飘地跳么？然而这也是音乐呀，只能怨自己的皮粗。

只要一叫而人们大抵震悚的怪鸱的真的恶声在那里！？

题注：

本篇最初发表于1924年12月15日《语丝》周刊第五期。收入《集外集》。鲁迅原将此篇收入《热风》，后被“绅士们所谓‘存心忠厚’之意”而删掉。参阅鲁迅《再来一次》。

我来说“持中”的真相

风闻有我的老同学玄同其人者，往往背地里褒贬我，褒固无妨，而又有贬，则岂不可气呢？今天寻出漏洞，虽然与我无干，但也就来回敬一箭罢：报仇雪恨，《春秋》之义也。

他在《语丝》第二期上说，有某人挖苦叶名琛的对联“不战，不和，不守；不死，不降，不走。”大概可以作为中国人“持中”的真相之说明。我以为这是不对的。

夫近乎“持中”的态度大概有二：一者“非彼即此”，二者“可彼可此”也。前者是无主意，不盲从，不附势，或者别有独特的见解；但境遇是很危险的，所以叶名琛终至于败亡，虽然他不过是无主意。后者则是“骑墙”，或是极巧妙的“随风倒”了，然而在中国最得法，所以中国人的“持中”大概是这个。倘改篡了旧对联来说明，就该是：

“似战，似和，似守；
似死，似降，似走。”

于是玄同即应据精神文明法律第九万三千八百九十四条，治以“误解真相，惑世诬民”之罪了。但因为文中用有“大概”二字，可以酌给末减：这两个字是我也很喜欢用的。

题注：

本篇最初发表于《语丝》周刊第五期（1924 年 12 月 15 日），收入《集外集》。

1924 年 11 月 24 日出版的《语丝》周刊第二期上发表了钱玄同的《随感录·“持中”底真相之说明》一文，文中引用了前人讽刺叶名琛的对联：“不战不和不守，相臣度量，疆臣抱负；不死不降不走，古之所无，今之罕有。”并说：“我觉得这大概可以作为‘持中’底真相之说明了。”叶名琛 1852 年任两广总督，1857 年英法联军侵略广州时，他不作战事准备，在家设长春仙馆，扶乩以占吉凶。广州失陷后被俘，送往香港，转囚印度，1859 年病死。钱玄同 1908 年曾与鲁迅一同在东京听过章太炎讲授文字学，是鲁迅的老同学。鲁迅对钱玄同的观点持有异议，因而作本文。

聊答“……”

柯先生：

我对于你们一流人物，退让得够了。我那时的答话，就先不写在“必读书”栏内，还要一则曰“若干”，再则曰“参考”，三则曰“或”，以见我并无指导一切青年之意。我自问还不至于如此之昏，会不知道青年有各式各样。那时的聊说几句话，乃是但以寄几个曾见和未见的或一种改革者，愿他们知道自己并不孤独而已。如先生者，倘不是“喂”的指名叫了我，我就毫没有和你扳谈的必要的。

照你大作的上文看来，你的所谓“……”，该是“卖国”。到我死掉为止，中国被卖与否未可知，即使被卖，卖的是否是我也未可知，这是未来的事，我无须对你说废话。但有一节要请你明鉴：宋末，明末，送掉了国家的时候；清朝割台湾，旅顺等地的时候，我都不在场；在场的也不如你所“尝听说”似的，“都是留学外国的博士硕士”；达尔文的书还未介绍，罗素也还未来华，而“老子，孔子，孟子，荀子辈”的著作却早经行世了。钱能训扶乩则有之，却并没有要废中国文字，你虽然自以为“哈哈！我知道了”，其实是连近时近地的事都很不了了的。

你临末，又说对于我的经验，“真的百思不得其解”。那么，你不是又将自己的判决取消了么？判决一取消，你的大作就只剩了几个“啊”“哈”“唉”“喂”了。这些声音，可以吓洋车夫，但是无力保存国粹的，或者倒反更丢国粹的脸。

鲁迅。

【备考】:

偏见的经验

柯柏森

我自读书以来，就很信“开卷有益”这句话是实在话，因为不论什么书，都有它的道理，有它的事实，看它总可以增广些智识，所以《京副》上发表“青年必读书”的征求时，我就发生“为什么要分青年必读的书”的疑问，到后来细思几次，才得一个“假定”的回答，就是说：青年时代，“血气未定，经验未深”，分别是非能力，还没有充足，随随便便买书来看，恐怕引导入于迷途；有许多青年最爱看情书，结果坠入情网的不知多少，现在把青年应该读的书选出来，岂不很好吗？

因此，看见胡适之先生选出“青年必读书”后，每天都要先看“青年必读书”，才看“时事新闻”，不料二月二十一日看到鲁迅先生选的，吓得我大跳。鲁迅先生说他“从来没有留心过，所以现在说不出”，这也难怪。但是，他附注中却说“要趁这机会，略说自己的经验，以供若干读者的参考”云云，他的经验怎样呢？他说：

我看中国书时，总觉得就沉静下去，与实人生离开；读外国书时（但除了印度），往往就与人生接触，想做点事。

中国书中虽有劝人入世的话，也多是僵尸的乐观，外国书即使是颓唐和厌世的，但却是活人的颓唐和厌世。

我以为要少——或者竟不——看中国书，多看外国书。

少看中国书，其结果不过不能作文而已，但现在的青年最要紧的是“行”，不是“言”，只要是活的，不能作文算什么大不了的事呢。

啊！的确，他的经验真巧妙，“看中国书就沉静下去，与实人生离开；读外国书，就与人生接触，想做点事。中国书虽有劝人入世的话，也多是僵尸的乐观，外国书即使是颓唐和厌世的，但却是活人的颓唐和厌世。”这种经验，虽然钱能训要废中国文字不得专美于前，却是“万绿丛中一点红”的经验了。

唉！是的！“看中国书就沉静下去，与实人生离开，读外国书，就与人生接触，想做点事”，所谓“人生”，究竟是什么的人生呢？“欧化”的人生哩？抑“美化”的人生呢？尝听说：卖国贼们，都是留学外国的博士硕士。大概鲁迅先生看了活人的颓唐和厌世的外国书，就与人生接触，想做点……事吗？

哈哈！我知道了，鲁迅先生是看了达尔文罗素等外国书，即忘了梁启超胡适之等的中国书了。不然，为什么要说中国书是僵死的？假使中国书僵死的，为什么老子，孔子，孟子，荀子辈，尚有他的著作遗传到现在呢？

喂！鲁迅先生！你的经验……你自己的经验，我真的百思不得其解，无以名之，名之曰：“偏见的经验”。

十四,二,二十三。（自警官高等学校寄）

题注：

本篇最初发表于1925年3月5日《京报副刊》。初未收集。1925年1月间,《京报副刊》为征求“青年必读书十部”，印发一种表格，分上下两栏，上栏是“青年必读书”，下栏是“附注”。鲁迅于2月21日在《京报副刊》上发表《青年必读书》一文，提出“要少——或者竟不——看中国书，多看外国书”。（详见《华盖集·青年必读书》）该文发表后，受到了一些人的指责，署名柯柏森的《偏见的经验》一文即其中之一，竟至诬称鲁迅的主张是“卖国”。鲁迅于是作本文予以回应。

报《奇哉所谓……》

有所谓熊先生者，以似论似信的口吻，惊怪我的“浅薄无知识”和佩服我的胆量。我可是大佩服他的文章之长。现在只能略答几句。

一，中国书都是好的，说不好即不懂；这话是老得生了锈的老兵器。讲《易经》的就多用这方法：“易”，是玄妙的，你以为非者，就因为你不懂。我当然无凭来证明我懂得任何中国书，和熊先生比赛；也没有读过什么特别的奇书。但于你所举的几种，也曾略略一翻，只是似乎本子有些两样，例如我所见的《抱朴子》外篇，就不专论神仙的。杨朱的著作我未见；《列子》就有假托的嫌疑，而况他所称引。我自愧浅薄，不敢据此来衡量杨朱先生的精神。

二,“行要学来辅助”，我知道的。但我说：要学，须多读外国书。“只要行，不要读书”，是你的改本，你虽然就此又发了一大段牢骚，我可是没有再说废话的必要了。但我不解青年何以就不准做代表，当主席，否则就是“出锋头”。莫非必须老头子如赵尔巽者，才可以做代表当主席么？

三，我说，“多看外国书”，你却推演为将来都说外国话，变成外国人了。你是熟精古书的，现在说话的时候就都用古文，并且变了古人，不是中华民国国民了么？你也自己想想去。我希望你一想就通，这是只要有常识就行的。

四，你所谓“五胡中国化……满人读汉文，现在都读成汉人了”这些话，大约就是因为懂得古书而来的。我偶翻几本中国书时，也常觉得其中含有类似的精神，——或者就是足下之所谓“积极”。我或者“把根本忘了”也难说，但我还只愿意和外国以宾主关系相通，不忍见再如五胡乱华以至满洲入关那样，先以主奴关系而后有所谓“同化”！假使我们还要依据“根本”的老例，那么，大日本进来，被汉人同化，不中用了，大美国进来，被汉人同化，又不中用了……以至黑种红种进来，都被汉人同化，都不中用了。此后没有人再进来，欧美非澳和亚洲的一部都成空地，只有一大堆读汉文的杂种挤在中国了。这是怎样的美谈！

五，即如大作所说，读外国书就都讲外国话罢，但讲外国话却也不即变成外国人。汉人总是汉人，独立的时候是国民，覆亡之后就是“亡国奴”，无论说的是那一种话。因为国的存亡是在政权，不在语言文字的。美国用英文，并非英国的隶属；瑞士用德法文，也不被两国所瓜分；比国用法文，没有请法国人做皇帝。满洲人是“读汉文”的，但革命以前，是我们的征服者，以后，即五族共和，和我们共存同在，何尝变了汉人。但正因为“读汉文”，传染上了“僵尸的乐观”，所以不能如蒙古人那样，来蹂躏一通之后就跑回去，只好和汉人一同恭候别族的进来，使他同化了。但假如进来的又像蒙古人那样，岂不又折了很大的资本么？

大作又说我“大声急呼”之后，不过几年，青年就只能说外国话。我以为是不省人事之谈。国语的统一鼓吹了这些年了，不必说一切青年，便是在学校的学生，可曾都忘却了家乡话？即使只能说外国话了，何以就“只能爱外国的国”？蔡松坡反对袁世凯，因为他们国语不同之故么？满人入关，因为汉人都能说满洲话，爱了他们之故么？清末革命，因为满人都忽而不读汉文了，所以我们就不爱他们了之故么？浅显的人事尚且不省，谈什么光荣，估什么价值。

六，你也同别的一两个反对论者一样，很替我本身打算利害，照例是应该感谢的。我虽不学无术，而于相传“处于才与不才之间”的不死不活或入世妙法，也还不无所知，但我不愿意照办。所谓“素负学者声名”,“站在中国青年前面”这些荣名，都是你随意给我加上的，现在既然觉得“浅薄无知识”了，当然就可以仍由你随意革去。我自愧不能说些讨人喜欢的话，尤其是合于你先生一流人的尊意的话。但你所推测的我的私意，是不对的，我还活着，不像杨朱墨翟们的死无对证，可以确定为只有你一个懂得。我也没有做什么《阿鼠传》，只做过一篇《阿Q正传》。

到这里，就答你篇末的诘问了：“既说‘从来没有留心过’”者，指“青年必读书”，写在本栏内；“何以果决地说这种话”者，以供若干读者的参考，写在“附记”内。虽然自歉句子不如古书之易懂，但也就可以不理你最后的要求。而且也不待你们论定。纵使论定，不过空言，决不会就此通行天下，何况照例是永远论不定，至多不过是“中虽有坏的，而亦有好的；西虽有好的，而亦有坏的”之类的微温说而已。我即至愚，亦何至呈书目于如先生者之前乎？

临末，我还要“果决地”说几句：我以为如果外国人来灭中国，是只教你略能说几句外国话，却不至于劝你多读外国书，因为那书是来灭的人们所读的。但是还要奖励你多读中国书，孔子也还要更加崇奉，像元朝和清朝一样。

【备考】:

奇哉！所谓鲁迅先生的话

熊以谦

奇怪！真的奇怪！奇怪素负学者声名，引起青年瞻仰的鲁迅先生说出这样浅薄无知识的话来了！鲁先生在《京报副刊》征求青年必读书里面说：

> 我看中国书时，总觉得就沉静下去，与实人生离开；读外国书——但除了印度——时，往往就与人生接触，想做点事。

鲁先生！这不是中国书贻误了你，是你糟踏了中国书。我不知先生平日读的中国书，是些甚么书？或者先生所读的中国书——使先生沉静下去，与实人生离开的书——是我们一班人所未读到的书。以我现在所读到的中国书，实实在在没有一本书是和鲁先生所说的那样。鲁先生！无论古今中外，凡是能够著书立说的，都有他一种积极的精神；他所说的话，都是现世人生的话。他如若没有积极的精神，他决不会作千言万语的书，决不会立万古不磨的说。后来的人读他的书，不懂他的文辞，不解他的理论则有之，若说他一定使你沉静，一定使你与人生离开，这恐怕太冤枉中国书了，这恐怕是明白说不懂中国书，不解中国书。不懂就不懂，不解就不解，何以要说这种冤枉话，浅薄话呢？古人的书，贻留到现在的，无论是经，是史，是子，是集，都是说的实人生的话。舍了实人生，再没有话可说了。不过各人对于人生的观察点有不同。因为不同，说他对不对（？）是可以的，说他离开了实人生是不可以的。鲁先生！请问你，你是爱做小说的人，不管你做的是写实的也好，是浪漫的也好，是《狂人日记》也好，是《阿鼠传》也好，你离开了实人生做根据，你能说出一句话来吗？所以我读中国书，——外国书也一样，适与鲁先生相反。我以为鲁先生只管自己不读中国书，不应教青年都不读；只能说自己不懂中国书，不能说中国书都不好。

鲁迅先生又说：

> 中国书中虽有劝人入世的话，也多是僵尸的乐观；外国书即使是颓唐和厌世的，但却是活人的颓唐和厌世。

我承认外国书即是颓唐和厌世的，也是活人的颓唐和厌世。但是，鲁先生，你独不知道中国书也是即是颓唐和厌世的，也是活人的颓唐和厌世吗？不有活人，那里会有书？既有书，书中的颓唐和厌世，当然是活人的颓唐和厌世。难道外国的书，是活人的书，中国的书，是死人的书吗？死人能著书吗？鲁先生！说得通吗？况且中国除了几种谈神谈仙的书之外，没有那种有价值的书不是入世的。不过各人入世的道路不同，所以各人说的话不同。我不知鲁先生平日读的甚么书，使他感觉虽有劝人入世的话，也多是僵尸的乐观。我想除了葛洪的《抱朴子》这类的书，像关于儒家的书，没有一本书，每本书里没有一句话不是入世的。墨家不用说，积极入世的精神更显而易见。道家的学说以老子《道德经》及《庄子》为主，而这两部书更有它们积极的精神，入世的精神，可惜后人学他们学错了，学得像鲁先生所说的颓唐和厌世了。然而即就学错了的人说，也怕不是死人的颓唐和厌世吧！杨朱的学说似乎是鲁先生所说的“虽有劝人入世的话，也多是僵尸的乐观”。但是果真领略到杨朱的精神，也会知道杨朱的精神是积极的，是入世的，不过他积极的方向不同，入世的道路不同就是了。我不便多引证了，更不便在这篇短文里实举书的例。我只要请教鲁先生！先生所读的是那类中国书，这些书都是僵尸的乐观，都是死人的颓唐和厌世。

我佩服鲁先生的胆量！我佩服鲁先生的武断！鲁先生公然有胆子武断这样说：

> 我以为要少——或者竟不——看中国书，多看外国书。

鲁先生所以有这胆量武断的理由是：

> 少看中国书，其结果不过不能作文而已。但现在的青年最要紧的是“行”，不是“言”。……

鲁先生：你知道青年最要紧的是行，但你也知道行也要学来辅助么？古人已有“不学无术”的讥言。但古人做事，——即使做国家大事，——有一种家庭和社会的传统思想做指导，纵不从书本子上学，误事的地方还少。时至今日，世界大变，人事大改，漫说家庭社会里的传统思想多成了过去的，即圣经贤传上的嘉言懿行，我们也要从新估定他的价值，然后才可以拿来做我们的指导。夫有古人的嘉言懿行做指导，犹恐行有不当，要从新估定，今鲁先生一口抹煞了中国书，只要行，不要读书，那种行，明白点说，怕不是糊闹，就是横闯吧！鲁先生也看见现在不爱读书专爱出锋头的青年么？这种青年，做代表，当主席是有余，要他拿出见解，揭明理由就见鬼了。倡破坏，倡捣乱就有余，想他有什么建设，有什么成功就失望了。青年出了这种流弊，鲁先生乃青年前面的人，不加以挽救，还要推波助澜的说要少或竟不读中国书，因为要紧的是行，不是言。这种贻误青年的话，请鲁先生再少说吧！鲁先生尤其说得不通的是“少看中国书，其结果不过不能作文而已”。难道中国古今所有的书都是教人作文，没有教人做事的吗？鲁先生！我不必多说，请你自己想，你的说话通不通？

好的鲁先生虽教青年不看中国书，还教青年看外国书。以鲁先生最推尊的外国书，当然也就是人们行为的模范。读了外国书，再来做事，当然不是胸无点墨，不是不学无术。不过鲁先生要知道，一国有一国的国情，一国有一国的历史。你既是中国人，你既想替中国做事，那么，关于中国的书，还是请你要读吧！你是要做文学家的人，那么，请你还是要做中国的文学家吧！即使先生之志不在中国，欲做世界的文学家，那么，也请你做个中国的世界文学家吧！莫从大处希望，就把根本忘了吧！从前的五胡人不读他们五胡的书，要读中国书，五胡的人都中国化了。回纥人不读他们回纥的书，要读中国书，回纥人也都中国化了。满洲人不读他们的满文，要入关来读汉文，现在把满人也都读成汉人了。日本要灭朝鲜，首先就要朝鲜人读日文。英国要灭印度，首先就要印度人读英文。好了，现在外国人都要灭中国，外国人方挟其文字作他们灭中国的利器，惟恐一时生不出急效，现在站在中国青年前面的鲁迅先生来大声急呼，中国青年不要读中国书，只多读外国书，不过几年，所有青年，字只能认外国的字，书只能读外国的书，文只能作外国的文，话只能说外国的话，推到极点，事也只能做外国的事，国也只能爱外国的国，古先圣贤都只知尊崇外国的，学理主义都只知道信仰外国的，换句话说，就是外国的人不费丝毫的力，你自自然然会变成一个外国人，你不称我们大日本，就会称我们大美国，否则就大英国，大德国，大意国的大起来，这还不光荣吗，不做弱国的百姓，做强国的百姓！？

我最后要请教鲁先生一句：鲁先生既说“从来没有留心过”，何以有这样果决说这种话？既说了这种话，可不可以把先生平日看的中国书明白指示出来，公诸大家评论，看到底是中国书误害了先生呢？还是先生冤枉了中国书？

十四,二,二十一，北京。

题注：

本篇最初发表于1925年3月8日《京报副刊》。初未收集。作者的《青年必读书》发表后，当时中国大学学生熊以谦发表《奇哉！所谓鲁迅先生的话》，认为鲁迅主张少读中国书是“浅薄无知识”，“糟踏了中国书”，“贻误青年”，使人“只能爱外国”，“变成一个外国人”等等。鲁迅因而作本文逐条加以驳斥。

通讯（复吕蕴儒）

蕴儒兄：

得到来信了。我极快慰于开封将有许多骂人的嘴张开来，并且祝你们“打将前去”的胜利。

我想，骂人是中国极普通的事，可惜大家只知道骂而没有知道何以该骂，谁该骂，所以不行。现在我们须得指出其可骂之道，而又继之以骂。那么，就很有意思了，于是就可以由骂而生出骂以上的事情来的罢。

（下略。）

迅〔四月二十三日〕

题注：

本篇最初发表于1925年5月8日开封《豫报副刊》。初未收集。吕蕴儒，鲁迅在北京世界语专门学校任教时的学生，时在开封做《豫报副刊》编辑。

通讯（致向培良）

培良兄：

我想，河南真该有一个新一点的日报了；倘进行顺利，就好。我们的《莽原》于明天出版，统观全稿，殊觉未能满足。但我也不知道是真不佳呢，还是我的希望太奢。

“琴心”的疑案揭穿了，这人就是欧阳兰。以这样手段为自己辩护，实在可鄙；而且“听说雪纹的文章也是他做的”。想起孙伏园当日被红信封绿信纸迷昏，深信一定是“一个新起来的女作家”的事来，不觉发一大笑。

《莽原》第一期上，发了《槟榔集》两篇。第三篇斥朱湘的，我想可以删去，而移第四为第三。因为朱湘似乎也已掉下去，没人提他了——虽然是中国的济慈。我想你一定很忙，但仍极希望你常常有作品寄来。

迅〔四月二十三日〕

题注：

本篇最初发表于1925年5月6日开封《豫报副刊》。初未收集。向培良，1923年就读北京私立中国大学，后在世界语专门学校学习，听过鲁迅讲课。1924年与高长虹创办《狂飙周刊》，后又参加鲁迅主办的莽原社。本年在开封做《豫报副刊》编辑。

通讯（致孙伏园）

伏园兄：

今天接到向培良兄的一封信，其中的几段，是希望公表的，现在就粘在下面：

“我来开封后，觉得开封学生智识不大和时代相称，风气也锢蔽，很想尽一点力，而不料竟有《晨报》造谣生事，作糟蹋女生之新闻！

“《晨报》二十日所载开封军士，在铁塔奸污女生之事，我可以下列二事证明其全属子虚。

“一：铁塔地处城北，隔中州大学及省会不及一里，既有女生登临，自非绝荒僻。军士奸污妇女，我们贵国本是常事，不必讳言，但绝不能在平时，在城中，在不甚荒僻之地行之。况且我看开封散兵并不很多，军纪也不十分混乱。

“二：《晨报》载军士用刺刀割开女生之衣服，但现在并无逃兵，外出兵士，非公干不得带刺刀。说是行这事的是外出公干的兵士，我想谁也不肯信的。

“其实，在我们贵国，杀了满城人民，烧了几十村房子，兵大爷高兴时随便干干，并不算什么大不了的事。但是，号为有名的报纸，却不应该这样无风作浪。本来女子在中国并算不了人，新闻记者随便提起笔来写一两件奸案逃案，或者女学生拆白等等，以娱读者耳目，早已视若当然，我也不过就耳目之所及，说说罢了。报馆为销行计，特约访员为稿费计，都是所谓饭的问题，神圣不可侵犯的。我其奈之何？

“其实，开封的女学生也太不应该了。她们只应该在深闺绣房，到学校里已经十分放肆，还要‘出校散步，大动其登临之兴’，怪不得《晨报》的访员要警告她们一下了，说：‘你看，只要一出门，就有兵士要来奸污你们了！赶快回去，躲在学校里，不妥，还是躲到深闺绣房里去罢。’”

其实，中国本来是撒谎国和造谣国的联邦，这些新闻并不足怪。即在北京，也层出不穷：什么“南下洼的大老妖”，什么“借尸还魂”，什么“拍花”，等等。非“用刺刀割开”他们的魂灵，用净水来好好地洗一洗，这病症是医不好的。

但他究竟是好意，所以我便将它寄奉了。排了进去，想不至于像我去年那篇打油诗《我的失恋》一般，恭逢总主笔先生白眼，赐以驱除，而且至于打破你的饭碗的罢。但占去了你所赏识的琴心女士的“阿呀体”诗文的纸面，却实不胜抱歉之至，尚祈恕之。不宣。请了。

鲁迅。四月二十七日，于灰棚。

【备考】：

并非《晨报》造谣

素昧

昨日本刊《来信》的标题之下，叙及开封女生被兵士怎么的新闻，因系《晨报》之所揭载，似疑《晨报》造谣，或《晨报》访员报告不实，其实皆不然的，我可以用事实来证明。

上述开封女学生被兵士〇〇的新闻，是一种不负责任的捏名投稿，这位投稿的先生，大约是同时发两封信，一给《京报》，一给《晨报》（或者尚有他报），我当时看了这封信，用观察新闻的眼光估量，似乎有些不对，就送他到字纸篓中去了。《晨报》所揭载的，一字不差，便是这样东西，我所以说并不是《晨报》造谣，也不是《晨报》访员报告不实，至多可以说他发这篇稿欠郑重斟酌罢了。

一九二五年五月五日《京报副刊》。

题注：

本篇最初发表于1925年5月4日开封《京报副刊》。初未收集。本篇意在将假新闻公之于众。

并非闲话

凡事无论大小，只要和自己有些相干，便不免格外警觉。即如这一回女子师范大学的风潮，我因为在那里担任一点钟功课，也就感到震动，而且就发了几句感慨，登在五月十二的《京报副刊》上。自然，自己也明知道违了“和光同尘”的古训了，但我就是这样，并不想以骑墙或阴柔来买人尊敬。三四天之后，忽然接到一本《现代评论》十五期，很觉得有些稀奇。这一期是新印的，第一页上目录已经整齐（初版字有参差处），就证明着至少是再版。我想：为什么这一期特别卖的多，送的多呢，莫非内容改变了么？翻开初版来，校勘下去，都一样；不过末页的金城银行的广告已经杳然，所以一篇《女师大的学潮》就赤条条地露出。我不是也发过议论的么？自然要看一看，原来是赞成杨荫榆校长的，和我的论调正相反。做的人是“一个女读者”。

中国原是玩意儿最多的地方，近来又刚闹过什么“琴心是否女士”问题，我于是心血来潮，忽而想：又捣什么鬼，装什么佯了？但我即刻不再想下去，因为接着就起了别一个念头，想到近来有些人，凡是自己善于在暗中播弄鼓动的，一看见别人明白质直的言动，便往往反噬他是播弄和鼓动，是某党，是某系；正如偷汉的女人的丈夫，总愿意说世人全是忘八，和他相同，他心里才觉舒畅。这种思想是卑劣的；我太多心了，人们也何至于一定用裙子来做军旗。我就将我的念头打断了。

此后，风潮还是拖延着，而且展开来，于是有七个教员的宣言发表，也登在五月二十七日的《京报》上，其中的一个是我。

这回的反响快透了，三十日发行（其实是二十九日已经发卖）的《现代评论》上，西滢先生就在《闲话》的第一段中特地评论。但是，据说宣言是"《闲话》正要付印的时候"才在报上见到的，所以前半只论学潮，和宣言无涉。后来又做了三大段，大约是见了宣言之后，这才文思泉涌的罢，可是《闲话》付印的时间，大概总该颇有些耽误了。但后做而移在前面，也未可知。那么，足见这是一段要紧的"闲话"。

《闲话》中说，"以前我们常常听说女师大的风潮，有在北京教育界占最大势力的某籍某系的人在暗中鼓动，可是我们总不敢相信。"所以他只在宣言中摘出"最精彩的几句"，加上圈子，评为"未免偏袒一方"；而且因为"流言更加传布得厉害"，遂觉"可惜"，但他说"还是不信我们平素所很尊敬的人会暗中挑剔风潮"。这些话我觉得确有些超妙的识见。例如"流言"本是畜类的武器，鬼蜮的手段，实在应该不信它。又如一查籍贯，则即使装作公平，也容易启人疑窦，总不如"不敢相信"的好，否则同籍的人固然惮于在一张纸上宣言，而别一某籍的人也不便在暗中给同籍的人帮忙了。这些"流言"和"听说"，当然都只配当作狗屁！

但是，西滢先生因为"未免偏袒一方"而遂叹为"可惜"，仍是引用"流言"，我却以为是"可惜"的事。清朝的县官坐堂，往往两造各责小板五百完案，“偏袒”之嫌是没有了，可是终于不免为胡涂虫。假使一个人还有是非之心，倒不如直说的好；否则，虽然吞吞吐吐，明眼人也会看出他暗中“偏袒”那一方，所表现的不过是自己的阴险和卑劣。宣言中所谓“若离若合，殊有混淆黑白之嫌”者，似乎也就是为此辈的手段写照。而且所谓“挑剔风潮”的“流言”，说不定就是这些伏在暗中，轻易不大露面的东西所制造的，但我自然也“没有调查详细的事实，不大知道”。可惜的是西滢先生虽说“还是不信”，却已为我辈“可惜”，足见流言之易于惑人，无怪常有人用作武器。但在我，却直到看见这《闲话》之后，才知道西滢先生们原来“常常”听到这样的流言，并且和我偶尔听到的都不对。可见流言也有种种，某种流言，大抵是奔凑到某种耳朵，写出在某种笔下的。

但在《闲话》的前半，即西滢先生还未在报上看见七个教员的宣言之前，已经比学校为“臭毛厕”，主张“人人都有扫除的义务”了。为什么呢？一者报上两个相反的启事已经发现；二者学生把守校门；三者有“校长不能在学校开会，不得不借邻近的饭店招集教员开会的奇闻”。但这所述的“臭毛厕”的情形还得修改些，因为层次有点颠倒。据宣言说，则“饭店开会”，乃在“把守校门”之前，大约西滢先生觉得不“最精彩”，所以没有摘录，或者已经写好，所以不及摘录的罢。现在我来补摘几句，并且也加些圈子，聊以效颦——

“……迨五月七日校内讲演时，学生劝校长杨荫榆先生退席后，杨先生乃于饭馆召集校员若干燕饮，继即以评议会名义，将学生自治会职员六人揭示开除，由是全校哗然，有坚拒杨先生长校之事变。……”

《闲话》里的和这事实的颠倒，从神经过敏的看起来，或者也可以认为“偏袒”的表现；但我在这里并非举证，不过聊作插话而已。其实，“偏袒”两字，因我适值选得不大堂皇，所以使人厌观，倘用别的字，便会大大的两样。况且，即使是自以为公平的批评家，“偏袒”也在所不免的，譬如和校长同籍贯，或是好朋友，或是换帖兄弟，或是叨过酒饭，每不免于不知不觉间有所“偏袒”。这也算人情之常，不足深怪；但当侃侃而谈之际，那自然也许流露出来。然而也没有什么要紧，局外人那里会知道这许多底细呢，无伤大体的。

但是学校的变成“臭毛厕”，却究竟在“饭店召集教员”之后，酒醉饭饱，毛厕当然合用了。西滢先生希望“教育当局”打扫，我以为在打扫之前，还须先封饭店，否则醉饱之后，总要拉矢，毛厕即永远需用，怎么打扫得干净？而且，还未打扫之前，不是已经有了“流言”了么？流言之力，是能使粪便增光，蛆虫成圣的，打扫夫又怎么动手？姑无论现在有无打扫夫。

至于“万不可再敷衍下去”，那可实在是斩钉截铁的办法。正应该这样办。但是，世上虽然有斩钉截铁的办法，却很少见有敢负责任的宣言。所多的是自在黑幕中，偏说不知道；替暴君奔走，却以局外人自居；满肚子怀着鬼胎，而装出公允的笑脸；有谁明说出自己所观察的是非来的，他便用了“流言”来作不负责任的武器：这种蛆虫充满的“臭毛厕”，是难于打扫干净的。丢尽“教育界的面目”的丑态，现在和将来还多着哩！

五月三十日。

题注：

本篇最初发表于1925年6月1日北京《京报副刊》。收入《华盖集》。《现代评论》，1924年12月创刊于北京，主要撰稿人有胡适、陈西滢、王世杰等。在女师大学潮中，《现代评论》派表面上不偏不倚，实际上偏袒北洋政府教育部章士钊及女师大校长杨荫榆。1925年5月27日《京报》发表由鲁迅拟就的《对于北京女子师范大学风潮宣言》，由马裕藻、沈尹默、周树人、李泰棻、钱玄同、沈兼士、周作人7人署名。陈西滢在《现代评论》第一卷第二十五期《闲话》中说女师大7教授的宣言"未免过于偏袒一方，不大公允"，"学校的丑态既然毕露，教育界的面目也就丢尽了。到了这种时期，实在旁观的人也不能再让它酝酿下去，好像一个臭毛厕，人人都有扫除的义务"。当天鲁迅在给许广平的信中说："今天看见《现代评论》，所谓西滢也者，对于我们的宣言出来说话了，装作局外人的样子，真会把戏。我也做了一点寄给《京副》，给他碰一个小钉子。"

我的“籍”和“系”

虽然因为我劝过人少——或者竟不——读中国书，曾蒙一位不相识的青年先生赐信要我搬出中国去，但是我终于没有走。而且我究竟是中国人，读过中国书的，因此也颇知道些处世的妙法。譬如，假使要掉文袋，可以说说“桃红柳绿”，这些事是大家早已公认的，谁也不会说你错。如果论史，就赞几句孔明，骂一通秦桧，这些是非也早经论定，学述一回决没有什么差池；况且秦太师的党羽现已半个无存，也可保毫无危险。至于近事呢，勿谈为佳，否则连你的籍贯也许会使你由可“尊敬”而变为“可惜”的。

我记得宋朝是不许南人做宰相的，那是他们的“祖制”，只可惜终于不能坚持。至于“某籍”人说不得话，却是我近来的新发见。也还是女师大的风潮，我说了几句话。但我先要声明，我既然说过，颇知道些处世的妙法，为什么又去说话呢？那是，因为，我是见过清末捣乱的人，没有生长在太平盛世，所以纵使颇有些涵养工夫，有时也不免要开口，客气地说，就是大不“安分”的。于是乎我说话了，不料陈西滢先生早已常常听到一种“流言”，那大致是“女师大的风潮，有北京教育界占最大势力的某籍某系的人在暗中鼓动”。现在我一说话，恰巧化“暗”为“明”，就使这常常听到流言的西滢先生代为“可惜”，虽然他存心忠厚，“自然还是不信平素所很尊敬的人会暗中挑剔风潮”；无奈“流言”却“更加传布得厉害了”，这怎不使人“怀疑”呢？自然是难怪的。

我确有一个“籍”，也是各人各有一个的籍，不足为奇。但我是什么“系”呢？自己想想，既非“研究系”，也非“交通系”，真不知怎么一回事。只好再精查，细想；终于也明白了，现在写它出来，庶几乎免得又有“流言”，以为我是黑籍的政客。

因为应付某国某君的嘱托，我正写了一点自己的履历，第一句是“我于一八八一年生在浙江省绍兴府城里一家姓周的家里”，这里就说明了我的“籍”。但自从到了“可惜”的地位之后，我便又在末尾添上一句道，“近几年我又兼做北京大学，师范大学，女子师范大学的国文系讲师”，这大概就是我的“系”了。我真不料我竟成了这样的一个“系”。

我常常要“挑剔”文字是确的，至于“挑剔风潮”这一种连字面都不通的阴谋，我至今还不知道是怎样的做法。何以一有流言，我就得沉默，否则立刻犯了嫌疑，至于使和我毫不相干的人如西滢先生者也来代为“可惜”呢？那么，如果流言说我正在钻营，我就得自己锁在房里了；如果流言说我想做皇帝，我就得连忙自称奴才了。然而古人却确是这样做过了，还留下些什么“空穴来风，桐乳来巢”的鬼格言。可惜我总不耐烦敬步后尘；不得已，我只好对于无论是谁，先奉还他无端送给我的“尊敬”。

其实，现今的将“尊敬”来布施和拜领的人们，也就都是上了古人的当。我们的乏的古人想了几千年，得到一个制驭别人的巧法：可压服的将他压服，否则将他抬高。而抬高也就是一种压服的手段，常常微微示意说，你应该这样，倘不，我要将你摔下来了。求人尊敬的可怜虫于是默默地坐着；但偶然也放开喉咙道“有利必有弊呀！”“彼亦一是非，此亦一是非呀！”“猗欤休哉呀！”听众遂亦同声赞叹道，“对呀对呀，可敬极了呀！”这样的互相敷衍下去，自己以为有趣。

从此这一个办法便成为八面锋，杀掉了许多乏人和白痴，但是穿了圣贤的衣冠入殓。可怜他们竟不知道自己将褒贬他的人们的身价估得太大了，反至于连自己的原价也一同失掉。

人类是进化的，现在的人心，当然比古人的高洁；但是“尊敬”的流毒，却还不下于流言，尤其是有谁装腔作势，要来将这撒去时，更足使乏人和白痴惶恐。我本来也无可尊敬；也不愿受人尊敬，免得不如人意的时候，又被人摔下来。更明白地说罢：我所憎恶的太多了，应该自己也得到憎恶，这才还有点像活在人间；如果收得的乃是相反的布施，于我倒是一个冷嘲，使我对于自己也要大加侮蔑；如果收得的是吞吞吐吐的不知道算什么，则使我感到将要呕哕似的恶心。然而无论如何，“流言”总不能吓哑我的嘴……。

六月二日晨。

题注：

本篇最初发表于1925年6月5日北京《莽原》周刊第七期。收入《华盖集》。

陈西滢在《现代评论》第一卷第二十五期《闲话》中说：“女师大的风潮，有北京教育界占最大势力的某籍某系的人在暗中鼓动”，还别有用心地说他“自然还是不信平素所很尊敬的人会暗中挑剔风潮”。鲁迅为此写下本文，予以驳斥。1925年5月30日，鲁迅在致许广平信中写道："西滢文托之'流言'，以为此次风潮是'某系某籍教员所鼓动'，那明明是说'国文系浙籍教员'了，别人我不知道，至于我之骂杨荫榆，却在此次风潮之后，而'杨家将'偏偏来诬赖，可谓卑劣万分。"

咬文嚼字（三）

三

自从世界上产生了“须知学校犹家庭”的名论之后，颇使我觉得惊奇，想考查这家庭的组织。后来，幸而在《国立北京女子师范大学校长杨荫榆对于暴烈学生之感言》中，发见了“与此曹子勃豀相向”这一句话，才算得到一点头绪：校长和学生的关系是“犹”之“妇姑”。于是据此推断，以为教员都是杂凑在杨府上的西宾，将这结论在《语丝》上发表。“可惜”！昨天偶然在《晨报》上拜读“该校哲教系教员兼代主任汪懋祖以彼之意见书投寄本报”的话，这才知道我又错了，原来都是弟兄，而且现正“相煎益急”，像曹操的儿子阿丕和阿植似的。

但是，尚希原谅，我于引用的原文上都不加圈了。只因为我不想圈，并非文章坏。

据考据家说，这曹子建的《七步诗》是假的。但也没有什么大相干，姑且利用它来活剥一首，替豆萁伸冤：

煮豆燃豆萁，萁在釜下泣——

我烬你熟了，正好办教席！

六月五日。

题注：

本篇最初发表于1925年6月7日北京《京报副刊》。收入《华盖集》。1925年6月2日《晨报》发表了女师大哲学系教员兼代主任汪懋祖的意见书《致全国教育界》，为杨荫榆辩护。汪懋祖（1891—1949），江苏吴县人，时为女师大教员，杨荫榆主持的评议会成员。他在这篇意见书中说："杨校长之为人，颇有刚健之气，欲努力为女界争一线光明，凡认为正义所在，虽赴汤蹈火，有所不辞。今反杨者，相煎益急，鄙人排难计穷，不敢再参末议。"鲁迅在看到汪懋祖文后，写下此文。

流言和谎话

这一回编辑《莽原》时，看见论及北京女子师范大学风潮的投稿里，还有用“某校”字样和几个方匡子的，颇使我觉得中国实在还很有存心忠厚的君子，国事大有可为。但其实，报章上早已明明白白地登载过许多次了。

今年五月，为了“同系学生同时登两个相反的启事已经发现了……”那些事，已经使“喜欢怀疑”的西滢先生有“好像一个臭毛厕”之叹（见《现代评论》二十五期《闲话》），现在如果西滢先生已回北京，或者要更觉得“世风日下”了罢，因为三个相反，或相成的启事已经发现了：一是“女师大学生自治会”；二是“杨荫榆”；三是单叫作“女师大”。

报载对于学生“停止饮食茶水”，学生亦云“既感饥荒之苦，复虑生命之危”，而“女师大”云“全属子虚”，是相反的。而杨荫榆云“本校原望该生等及早觉悟自动出校并不愿其在校受生活上种种之不便也”，则似乎饮食确已停止，和“女师大”说相反，与报章及学生说相成。

学生云“杨荫榆突以武装入校，勒令同学全体即刻离校，嗣复命令军警肆意毒打侮辱……”，而杨荫榆云“荫榆于八月一日到校……暴劣学生肆行滋扰……故不能不请求警署拨派巡警保护……”，是因为“滋扰”才请派警，与学生说相反的。而“女师大”云“不料该生等非特不肯遵命竟敢任情谩骂极端侮辱……幸先经内右二区派拨警士在校防护……”，是派警在先，“滋扰”在后，和杨荫榆说相反的。至于京师警察厅行政处公布，则云“查本厅于上月三十一日准国立北京女子师范大学函……请准予八月一日照派保安警察三四十名来校……”，乃又与学生及“女师大”说相成了。杨荫榆确是先期准备了“武装入校”，而自己竟不知道，以为临时叫来，真是离奇。

杨先生大约真如自己的启事所言，“始终以培植人才恪尽职守为素志……服务情形为国人所共鉴”的罢。“素志”我不得而知，至于“服务情形”，则不必再说别的，只要一看本月一日至四日的“女师大”和她自己的两个启事之离奇闪烁就尽够了！撒谎造谣，即在局外者也觉得。如果是严厉的观察者和批评者，即可以执此而推论其他。

但杨先生却道：“所以勉力维持至于今日者非贪恋个人之地位为彻底整饬学风计也”，窃以为学风是决非造谣撒谎所能整饬的；——地位自然不在此例。

且住，我又来说话了，或者西滢先生们又许要听到许多“流言”。然而请放心罢，我虽然确是“某籍”，也做过国文系的一两点钟的教员，但我并不想谋校长，或仍做教员以至增加钟点；也并不为子孙计，防她们会在女师大被诬被革，挨打挨饿。我借一句 Lermontov 的愤激的话告诉你们：“我幸而没有女儿！”

八月五日。

题注：

本篇最初发表于《莽原》周刊第十六期（1925 年 8 月 7 日）。收入《集外集》。1925 年 8 月 1 日晨 7 时许，杨荫榆带武装军警百余人突然包围女师大，把守要道，割断电线，紧锁校门。继而亲率 20 多人到校，张贴布告，解散“驱杨运动”中最为激烈的 4 个班级，并以武力严令住校学生 30 多人即刻离校。学生遭警察殴打驱赶，受伤者十余人。继而又分别于 8 月 3 日、4 日在《京报》刊登《女师大启事》《杨荫榆启事》，颠倒黑白，混乱视听，而“正人君子”们又为杨荫榆帮腔。女师大学生自治会曾针锋相对，于8月4日在《京报》上发表《紧要启事》，予以揭露。鲁迅即根据并比较这三个不同的启事，写作了本文。

答 KS 君

KS 兄：

我很感谢你的殷勤的慰问，但对于你所愤慨的两点和几句结论，我却并不谓然，现在略说我的意见——

第一，章士钊将我免职，我倒并没有你似的觉得诧异，他那对于学校的手段，我也并没有你似的觉得诧异，因为我本就没有预期章士钊能做出比现在更好的事情来。我们看历史，能够据过去以推知未来，看一个人的已往的经历，也有一样的效用。你先有了一种无端的迷信，将章士钊当作学者或智识阶级的领袖看，于是从他的行为上感到失望，发生不平，其实是作茧自缚；他这人本来就只能这样，有着更好的期望倒是你自己的误谬。使我较为感到有趣的倒是几个向来称为学者或教授的人们，居然也渐次吞吞吐吐地来说微温话了，什么“政潮”咧，“党”咧，仿佛他们都是上帝一样，超然象外，十分公平似的。谁知道人世上并没有这样一道矮墙，骑着而又两脚踏地，左右稳妥，所以即使吞吞吐吐，也还是将自己的魂灵枭首通衢，挂出了原想竭力隐瞒的丑态。丑态，我说，倒还没有什么丢人，丑态而蒙着公正的皮，这才催人呕吐。但终于使我觉得有趣的是蒙着公正的皮的丑态，又自己开出帐来发表了。仿佛世界上还有光明，所以即便费尽心机，结果仍然是一个瞒不住。

第二，你这样注意于《甲寅周刊》，也使我莫明其妙。《甲寅》第一次出版时，我想，大约章士钊还不过熟读了几十篇唐宋八大家文，所以模仿吞剥，看去还近于清通。至于这一回，却大大地退步了，关于内容的事且不说，即以文章论，就比先前不通得多，连成语也用不清楚，如“每下愈况”之类。尤其害事的是他似乎后来又念了几篇骈文，没有融化，而急于挦撦，所以弄得文字庞杂，有如泥浆混着沙砾一样。即如他那《停办北京女子师范大学呈文》中有云，“钊念儿女乃家家所有良用痛心为政而人人悦之亦无是理”，旁加密圈，想是得意之笔了。但比起何栻《齐姜醉遣晋公子赋》的“公子固翩翩绝世未免有情少年而碌碌因人安能成事”来，就显得字句和声调都怎样陋弱可哂。何栻比他高明得多，尚且不能入作者之林，章士钊的文章更于何处讨生活呢？况且，前载公文，接着就是通信，精神虽然是自己广告性的半官报，形式却成了公报尺牍合璧了，我中国自有文字以来，实在没有过这样滑稽体式的著作。这种东西，用处只有一种，就是可以借此看看社会的暗角落里，有着怎样灰色的人们，以为现在是攀附显现的时候了，也都吞吞吐吐的来开口。至于别的用处，我委实至今还想不出来。倘说这是复古运动的代表，那可是只见得复古派的可怜，不过以此当作讣闻，公布文言文的气绝罢了。

所以，即使真如你所说，将有文言白话之争，我以为也该是争的终结，而非争的开头，因为《甲寅》不足称为敌手，也无所谓战斗。倘要开头，他们还得有一个更通古学，更长古文的人，才能胜对垒之任，单是现在似的每周印一回公牍和游谈的堆积，纸张虽白，圈点虽多，是毫无用处的。

鲁迅。八月二十日。

题注：

本篇最初发表于 1925 年 8 月 28 日《莽原》周刊第十九期。收入《华盖集》。章士钊，时任教育总长，创办《甲寅》周刊，提倡尊孔读经，反对新文化运动。1925 年女师大风潮发生后，由于鲁迅反对章士钊压迫学生的行动和解散女师大的措施，章士钊便呈请段祺瑞罢免鲁迅的教育部佥事职务。鲁迅在平政院起诉章士钊，后胜诉复职。

通信（复霉江）

霉江先生：

如果“叛徒”们造成战线而能遇到敌人，中国的情形早已不至于如此，因为现在所遇见的并无敌人，只有暗箭罢了。所以想有战线，必须先有敌人，这事情恐怕还辽远得很，若现在，则正如来信所说，大概连是友是仇也不大容易分辨清楚的。

我对于《语丝》的责任，只有投稿，所以关于刊载的事，不知其详。至于江先生的文章，我得到来信后，才看了一点。我的意见，以为先生太认真了，大约连作者自己也未必以为他那些话有这么被人看得值得讨论。

先生大概年纪还青，所以竟这样愤慨，而且推爱及我，代我发愁，我实在不胜感谢。这事其实是不难的，只要打听大学教授陈源（即西滢）先生，也许能够知道章士钊是否又要“私禀执政”，因为陈教授那里似乎常有“流言”飞扬。但是，这不是我的事。

鲁迅。九月一日。

【备考】:

来信

鲁迅先生:

从近来《现代评论》之主张单独对英以媚亲日派的政府,侮辱学界之驱章为"打学潮糊涂账"以媚教育当局,骂"副刊至少有产生出来以备淘汰的价值"以侮辱"青年叛徒"及其领导者,藉达其下流的政客式的学者的拍卖人格的阴谋等等方面看来,我们深觉得其他有良心的学者和有人格的青年太少,太没有责任心,太怯懦了!从它的消售数目在各种周刊之上看(虽然有许多是送看的),从它的页数增加上看,我们可以知道卑污恶浊的社会里的读者最欢迎这类学术界中的《红》,《半月》或《礼拜六》。自从《新青年》停刊以后,思想界中再没有得力的旗帜鲜明的冲锋队了。如今"新青年的老同志有的投降了,有的退伍了,而新的还没练好",而且"势力太散漫了。"我今天上午着手草《联合战线》一文,致猛进社,语丝社,莽原社同人及全国的叛徒们的,目的是将三社同人及其他同志联合起来,印行一种刊物,注全力进攻我们本阶级的恶势力的代表:一系反动派的章士钊的《甲寅》,一系与反动派朋比为奸的《现代评论》。我正在写那篇文章的时候,N君拿着一份新出来的《语丝》,指给我看这位充满"阿Q精神"兼"推敲大教育家"江绍原的"小杂种",里面说道,"至于民报副刊,有人说是共产党办的。"江君翻打自己的嘴巴,乱生"小杂种",一被谑于米先生(见京报副刊),再见斥于作《阿Q的一点精神》

（见民报副刊）的辛人，老羞成怒，竟迁怒到民副记者的身上去了。最巧妙的是汇君偏在不入大人老爷之眼的语丝上诡谲地加上“有人说”三个字。N君说，“大约这位推敲大家在共出十五期的民副上没曾挂出一句共产的宣传来，而同时对于这位归国几满三年，从未作过一句宣传的文章，从未加入任何政党，从未卷入任何风潮，从未作任何活动的民副记者——一个颓废派诗人梭罗古勃的爱慕者，也终不能查出共产党的证据，所以只能加上‘有人说’三字，一方面可以摆脱责任，一方面又可造谣。而拈阄还凑巧正拈到投在语丝上……”我于是立刻将我的《联合战线》一文撕得粉碎；我万没想到这《现代评论》上的好文章，竟会在《语丝》上刊出来。实在，在这个世界上谁是谁的伙伴或仇敌呢？我们永远感受着胡乱握手与胡乱刺杀的悲哀。

我看你们时登民副记者的文章，那末，你不是窝藏共产党的（即使你不是共产党）么？至少“有人说”你是的。章士钊褫你的职还不足以泄其愤吧，谨防着他或者又会“私禀执政”把你当乱党办的。一笑。

下一段是N君仿江绍原的“小杂种”体编的，我写的——

“……胡适之怎样？……想起来了，那位博士近来盛传被‘皇上’‘德化’了，招牌怕不香吧。

“陈西滢怎样？……听说近来被人指为‘英日帝国主义者和某军阀的走狗章士钊’的‘党徒’……

“至于江绍原，有人说他是一般人所指为学者人格拍卖公司现代评论社的第□支部总经理。……”

本函倘可给莽原补白，尚祈教正，是荷。

霉江谨上。

题注：

本篇最初发表于1925年9月4日《莽原》周刊第十二期。收入《集外集》。

“碰壁”之余

女师大事件在北京似乎竟颇算一个问题，号称“大报”如所谓《现代评论》者，居然也“评论”了好几次。据我所记得的，是先有“一个女读者”的一封信，无名小婞，不在话下。此后是两个作者的“评论”了：陈西滢先生在《闲话》之间评为“臭毛厕”，李仲揆先生的《在女师大观剧的经验》里则比作戏场。我很吃惊于同是人，而眼光竟有这么不同；但究竟同是人，所以意见也不无符合之点：都不将学校看作学校。这一点，也可以包括杨荫榆女士的“学校犹家庭”和段祺瑞执政的“先父兄之教”。

陈西滢先生是“久已夫非一日矣”的《闲话》作家，那大名我在报纸的广告上早经看熟了，然而大概还是一位高人，所以遇有不合自意的，便一气呵成屎橛，而世界上蛆虫也委实太多。至于李仲揆先生其人也者，我在《女师风潮纪事》上才识大名，是八月一日拥杨荫榆女士攻入学校的三勇士之一；到现在，却又知道他还是一位达人了，庸人以为学潮的，到他眼睛里就等于“观剧”：这是何等逍遥自在。

据文章上说，这位李仲揆先生是和杨女士“不过见面两次”，但却被用电话邀去看“名振一时的文明新戏”去了，幸而李先生自有脚踏车，否则，还要用汽车来迎接哩。我真自恨福薄，一直活到现在，寿命已不可谓不长，而从没有遇见过一个不大认识的女士来邀“观剧”；对于女师大的事说了几句话，尚且因为不过是教一两点功课的讲师，“碰壁之后”，还很恭听了些高仁山先生在《晨报》上所发表的伟论。真的，世界上实在又有各式各样的运气，各式各样的嘴，各式各样的眼睛。

接着又是西滢先生的《闲话》：“现在一部分报纸的篇幅，几乎全让女师风潮占去了。现在大部分爱国运动的青年的时间，也几乎全让女师风潮占去了。……女师风潮实在是了不得的大事情，实在有了不得的大意义。”临末还有颇为俏皮的结论道：“外国人说，中国人是重男轻女的。我看不见得吧。”

我看也未必一定“见得”。正如人们有各式各样的眼睛一样，也有各式各样的心思，手段。便是外国人的尊重一切女性的事，倘使好讲冷话的人说起来，也许以为意在于一个女性。然而侮蔑若干女性的事，有时也就可以说意在于一个女性。偏执的弗罗特先生宣传了“精神分析”之后，许多正人君子的外套都被撕碎了。但撕下了正人君子的外套的也不一定就是“小人”，只要并非自以为还钻在外套里的不显本相的脚色。

我看也未必一定“见得”。中国人是“圣之时者也”教徒，况且活在二十世纪了，有华道理，有洋道理，轻重当然是都随意而无不合于道的：重男轻女也行，重女轻男也行，为了一个女性而重一切女性或轻若干女性也行，为了一个男人而轻若干女性或男性也行……。所可惜的是自从西滢先生看出底细之后，除了哑吧或半阴阳，就都坠入弗罗特先生所掘的陷坑里去了。

自己坠下去的是自作自受，可恨者乃是还要带累超然似的局外人。例如女师大——对不起，又是女师大——风潮，从有些眼睛看来，原是不值得提起的，但因为竟占去了许多可贵的东西，如“报纸的篇幅”“青年的时间”之类，所以，连《现代评论》的“篇幅”和西滢先生的时间也被拖累着占去一点了，而尤其罪大恶极的是触犯了什么“重男轻女”重女轻男这些大秘密。倘不是西滢先生首先想到，提出，大概是要被含糊过去了的。

我看，奥国的学者实在有些偏激，弗罗特就是其一，他的分析精神，竟一律看待，不让谁站在超人间的上帝的地位上。还有那短命的 Otto Weininger，他的痛骂女人，不但不管她是校长，学生，同乡，亲戚，爱人，自己的太太，太太的同乡，简直连自己的妈都骂在内。这实在和弗罗特说一样，都使人难于利用。不知道咱们的教授或学者们，可有方法补救没有？但是，我要先报告一个好消息：Weininger 早用手枪自杀了。这已经有刘百昭率领打手痛打女师大——对不起，又是女师大——的“毛丫头”一段“痛快”，他的话也就大可置之不理了罢。

还有一个好消息。“毛丫头”打出之后，张崧年先生引“罗素之所信”道，“因世人之愚，许多问题或终于不免只有武力可以解决也！”（《京副》二五〇号）又据杨荫榆女士章士钊总长者流之所说，则捣乱的“毛丫头”是极少数，可见中国的聪明人还多着哩，这是大可以乐观的。

忽而想谈谈我自己的事了。

我今年已经有两次被封为“学者”，而发表之后，也就即刻取消。第一次是我主张中国的青年应当多看外国书，少看，或者竟不看中国书的时候，便有论客以为素称学者的鲁迅不该如此，而现在竟至如此，则不但决非学者，而且还有洋奴的嫌疑。第二次就是这回佥事免职之后，我在《莽原》上发表了答 KS 君信，论及章士钊的脚色和文章的时候，又有论客以为因失了“区区佥事”而反对章士钊，确是气量狭小，没有“学者的态度”；而且，岂但没有“学者的态度”而已哉，还有“人格卑污”的嫌疑云。

其实，没有“学者的态度”，那就不是学者喽，而有些人偏要硬派我做学者。至于何时封赠，何时考定，却连我自己也一点都不知道。待到他们在报上说出我是学者，我自己也借此知道了原来我是学者的时候，则已经同时发表了我的罪状，接着就将这体面名称革掉了，虽然总该还要恢复，以便第三次的借口。

据我想来，佥事——文士诗人往往误作签事，今据官书正定——这一个官儿倒也并不算怎样“区区”，只要看我免职之后，就颇有些人在那里钻谋补缺，便是一个老大的证据。至于又有些人以为无足重轻者，大约自己现在还不过做几句“说不出”的诗文，所以不知不觉地就来“慷他人之慨”了罢，因为人的将来是想不到的。然而，惭愧我还不是“臣罪当诛兮天王圣明”式的理想奴才，所以竟不能“尽如人意”，已经在平政院对章士钊提起诉讼了。

提起诉讼之后，我只在答 KS 君信里论及一回章士钊，但听说已经要“人格卑污”了。然而别一论客却道是并不大骂，所以鲁迅究竟不足取。我所经验的事委实有点希奇，每有“碰壁”一类的事故，平时回护我的大抵愿我设法应付，甚至于暂图苟全。平时憎恶我的却总希望我做一个完人，即使敌手用了卑劣的流言和阴谋，也应该正襟危坐，毫无愤怨，默默地吃苦；或则戟指嚼舌，喷血而亡。为什么呢？自然是专为顾全我的人格起见喽。

够了，我其实又何尝“碰壁”，至多也不过遇见了“鬼打墙”罢了。

九月十五日。

题注：

本篇最初发表于1925年9月21日北京《语丝》周刊第四十五期。收入《华盖集》。自女师大学潮爆发后，《现代评论》上接连发表文章支持和声援杨荫榆。陈西滢的《闲话》嘲讽诬蔑各界声援女师大风潮是“重女轻男”，曾留学英国、当时任北京大学教授的李仲揆（即李四光）在《现代评论》第二卷第三十七期发表《在北京女师大观剧的经验》一文，把学潮比拟成一出“剧”。北京大学教授高仁山在《晨报》发表《大家不管的女师大》，指责兼任教员干涉学校的事情。此外，还有论敌攻击鲁迅跟章士钊斗争是没有“学者的态度”，气量狭小等等。鲁迅写此文予以回击。

并非闲话（二）

向来听说中国人具有大国民的大度，现在看看，也未必然。但是我们要说得好，那么，就说好清净，有志气罢。所以总愿意自己是第一，是唯一，不爱见别的东西共存。行了几年白话，弄古文的人们讨厌了；做了一点新诗，吟古诗的人们憎恶了；做了几首小诗，做长诗的人们生气了；出了几种定期刊物，连别的出定期刊物的人们也来诅咒了：太多，太坏，只好做将来被淘汰的资料。

中国有些地方还在“溺女”，就因为预料她们将来总是没出息的。可惜下手的人们总没有好眼力，否则并以施之男孩，可以减少许多单会消耗食粮的废料。

但是，歌颂“淘汰”别人的人也应该先行自省，看可有怎样不灭的东西在里面，否则，即使不肯自杀，似乎至少也得自己打几个嘴巴。然而人是总是自以为是的，这也许正是逃避被淘汰的一条路。相传曾经有一个人，一向就以“万物不得其所”为宗旨的，平生只有一个大愿，就是愿中国人都死完，但要留下他自己，还有一个女人和一个卖食物的。现在不知道他怎样，久没有听到消息了，那默默无闻的原因，或者就因为中国人还没有死完的缘故罢。

据说，张歆海先生看见两个美国兵打了中国的车夫和巡警，于是三四十个人，后来就有百余人，都跟在他们后面喊“打！打！”，美国兵却终于安然的走到东交民巷口了，还回头“笑着嚷道：‘来呀！来呀！’说也奇怪，这喊打的百余人不到两分钟便居然没有影踪了！”

西滢先生于是在《闲话》中斥之曰：“打！打！宣战！宣战！这样的中国人，呸！”

这样的中国人真应该受“呸！”他们为什么不打的呢，虽然打了也许又有人来说是“拳匪”。但人们那里顾忌得许多，终于不打，“怯”是无疑的。他们所有的不是拳头么？

但不知道他们可曾等候美国兵走进了东交民巷之后，远远地吐了唾沫？《现代评论》上没有记载，或者虽然“怯”，还不至于“卑劣”到那样罢。

然而美国兵终于走进东交民巷口了，毫无损伤，还笑嚷着“来呀来呀”哩！你们还不怕么？你们还敢说“打！打！宣战！宣战！”么？这百余人，就证明着中国人该被打而不作声！

“这样的中国人，呸！呸！！！”

更可悲观的是现在“造谣者的卑鄙龌龊更远过于章炳麟”，真如《闲话》所说，而且只能“匿名的在报上放一两枝冷箭”。而且如果“你代被群众专制所压迫者说了几句公平话，那么你不是与那人有‘密切的关系’，便是吃了他或她的酒饭。在这样的社会里，一个报不顾利害的专论是非，自然免不了诽谤丛生，谣诼蜂起。”这确是近来的实情。即如女师大风潮，西滢先生就听到关于我们的“流言”，而我竟不知道是怎样的“流言”，是那几个“卑鄙龌龊更远过于章炳麟”者所造。还有女生的罪状，已见于章士钊的呈文，而那些作为根据的“流言”，也不知道是那几个“卑鄙龌龊”且至于远不如畜类者所造。但是学生却都被打出了，其时还有人在酒席上得意。——但这自然也是“谣诼”。

可是我倒也并不很以“流言”为奇，如果要造，就听凭他们去造去。好在中国现在还不到“群众专制”的时候，即使有几十个人，只要“无权势”者叫一大群警察，雇些女流氓，一打，就打散了，正无须乎我来为“被压迫者”说什么“公平话”。即使说，人们也未必尽相信，因为“在这样的社会里”，有些“公平话”总还不免是“他或她的酒饭”填出来的。不过事过境迁，“酒饭”已经消化，吸收，只剩下似乎毫无缘故的“公平话”罢了。倘使连酒饭也失了效力，我想，中国也还要光明些。

但是，这也不足为奇的。不是上帝，那里能够超然世外，真下公平的批评。人自以为“公平”的时候，就已经有些醉意了。世间都以“党同伐异”为非，可是谁也不做“党异伐同”的事。现在，除了疯子，倘使有谁要来接吻，人大约总不至于倒给她一个嘴巴的罢。

九月十九日。

题注：

本篇最初发表于1925年9月25日北京《猛进》周刊第三十期。收入《华盖集》。陈西滢在《现代评论》第二卷第二十九期、三十八期（1925年6月27日、8月29日）的《闲话》中多次对五卅运动和爱国群众做出这样的表态：“我是不赞成高唱宣战的……如果许多热心的军民人等自己投效去作战，那么，以血肉之躯去和机关枪，毒气炮相搏，就完全牺牲完了也得不到什么。”“这与拳匪的一味横蛮通是一样的不得当。”又在《现代评论》第二卷第四十期（1925年9月12日）《闲话》中吹捧吴稚晖和章士钊。鲁迅在这篇文章中对陈西滢进行了反击。

十四年的“读经”

自从章士钊主张读经以来，论坛上又很出现了一些论议，如谓经不必尊，读经乃是开倒车之类。我以为这都是多事的，因为民国十四年的“读经”，也如民国前四年，四年，或将来的二十四年一样，主张者的意思，大抵并不如反对者所想像的那么一回事。

尊孔，崇儒，专经，复古，由来已经很久了。皇帝和大臣们，向来总要取其一端，或者“以孝治天下”，或者“以忠诏天下”，而且又“以贞节励天下”。但是，二十四史不现在么？其中有多少孝子，忠臣，节妇和烈女？自然，或者是多到历史上装不下去了；那么，去翻专夸本地人物的府县志书去。我可以说，可惜男的孝子和忠臣也不多的，只有节烈的妇女的名册却大抵有一大卷以至几卷。孔子之徒的经，真不知读到那里去了；倒是不识字的妇女们能实践。还有，欧战时候的参战，我们不是常常自负的么？但可曾用《论语》感化过德国兵，用《易经》咒翻了潜水艇呢？儒者们引为劳绩的，倒是那大抵目不识丁的华工！

所以要中国好，或者倒不如不识字罢，一识字，就有近乎读经的病根了。“瞰亡往拜”“出疆载质”的最巧玩艺儿，经上都有，我读熟过的。只有几个胡涂透顶的笨牛，真会诚心诚意地来主张读经。而且这样的脚色，也不消和他们讨论。他们虽说什么经，什么古，实在不过是空嚷嚷。问他们经可是要读到像颜回，子思，孟轲，朱熹，秦桧（他是状元），王守仁，徐世昌，曹锟；古可是要复到像清（即所谓“本朝”），元，金，唐，汉，禹汤文武周公，无怀氏，葛天氏？他们其实都没有定见。他们也知不清颜回以至曹锟为人怎样，“本朝”以至葛天氏情形如何；不过像苍蝇们失掉了垃圾堆，自不免嗡嗡地叫。况且既然是诚心诚意主张读经的笨牛，则决无钻营，取巧，献媚的手段可知，一定不会阔气；他的主张，自然也决不会发生什么效力的。

至于现在的能以他的主张，引起若干议论的，则大概是阔人。阔人决不是笨牛，否则，他早已伏处牖下，老死田间了。现在岂不是正值“人心不古”的时候么？则其所以得阔之道，居然可知。他们的主张，其实并非那些笨牛一般的真主张，是所谓别有用意；反对者们以为他真相信读经可以救国，真是“谬以千里”了！

我总相信现在的阔人都是聪明人；反过来说，就是倘使老实，必不能阔是也。至于所挂的招牌是佛学，是孔道，那倒没有什么关系。总而言之，是读经已经读过了，很悟到一点玩意儿，这种玩意儿，是孔二先生的先生老聃的大著作里就有的，此后的书本子里还随时可得。所以他们都比不识字的节妇，烈女，华工聪明；甚而至于比真要读经的笨牛还聪明。何也？曰：“学而优则仕”故也。倘若“学”而不“优”，则以笨牛没世，其读经的主张，也不为世间所知。

孔子岂不是“圣之时者也”么，而况“之徒”呢？现在是主张“读经”的时候了。武则天做皇帝，谁敢说“男尊女卑”？多数主义虽然现称过激派，如果在列宁治下，则共产之合于葛天氏，一定可以考据出来的。但幸而现在英国和日本的力量还不弱，所以，主张亲俄者，是被卢布换去了良心。

我看不见读经之徒的良心怎样，但我觉得他们大抵是聪明人，而这聪明，就是从读经和古文得来的。我们这曾经文明过而后来奉迎过蒙古人满洲人大驾了的国度里，古书实在太多，倘不是笨牛，读一点就可以知道，怎样敷衍，偷生，献媚，弄权，自私，然而能够假借大义，窃取美名。再进一步，并可以悟出中国人是健忘的，无论怎样言行不符，名实不副，前后矛盾，撒诳造谣，蝇营狗苟，都不要紧，经过若干时候，自然被忘得干干净净；只要留下一点卫道模样的文字，将来仍不失为“正人君子”。况且即使将来没有“正人君子”之称，于目下的实利又何损哉？

这一类的主张读经者，是明知道读经不足以救国的，也不希望人们都读成他自己那样的；但是，要些把戏，将人们作笨牛看则有之，“读经”不过是这一回要把戏偶尔用到的工具。抗议的诸公倘若不明乎此，还要正经老实地来评道理，谈利害，那我可不再客气，也要将你们归入诚心诚意主张读经的笨牛类里去了。

以这样文不对题的话来解释“俨乎其然”的主张，我自己也知道有不恭之嫌，然而我又自信我的话，因为我也是从“读经”得来的。我几乎读过十三经。

衰老的国度大概就免不了这类现象。这正如人体一样，年事老了，废料愈积愈多，组织间又沉积下矿质，使组织变硬，易就于灭亡。一面，则原是养卫人体的游走细胞（Wanderzelle）渐次变性，只顾自己，只要组织间有小洞，它便钻，蚕食各组织，使组织耗损，易就于灭亡。俄国有名的医学者梅契尼珂夫（Elias Metschnikov）特地给他别立了一个名目：大嚼细胞（Fresserzelle）。据说，必须扑灭了这些，人体才免于老衰；要扑灭这些，则须每日服用一种酸性剂。他自己就实行着。

古国的灭亡，就因为大部分的组织被太多的古习惯教养得硬化了，不再能够转移，来适应新环境。若干分子又被太多的坏经验教养得聪明了，于是变性，知道在硬化的社会里，不妨妄行。单是妄行的是可与论议的，故意妄行的却无须再与谈理。惟一的疗救，是在另开药方：酸性剂，或者简直是强酸剂。

不提防临末又提到了一个俄国人，怕又有人要疑心我收到卢布了罢。我现在郑重声明：我没有收过一张纸卢布。因为俄国还未赤化之前，他已经死掉了，是生了别的急病，和他那正在实验的药的有效与否这问题无干。

十一月十八日。

题注：

本篇最初发表于1925年11月27日北京《猛进》周刊第三十九期。收入《华盖集》。“十四年”，指民国十四年，即1925年。章士钊任北洋政府教育总长以后，提倡“尊孔读经”“读经救国”。1925年11月2日，他召开教育部部务会议，规定小学生从四年级起就要读经，每周一小时，至小学毕业为止。这一决定引起了舆论的反对。鲁迅撰写本文，揭露“读经”是阔人和聪明人的“把戏”。

并非闲话（三）

西滢先生这回是义形于色，在《现代评论》四十八期的《闲话》里很为被书贾擅自选印作品，因而受了物质上损害的作者抱不平。而且贱名也忝列于作者之列：惶恐透了。吃饭之后，写一点自己的所感罢。至于捏笔的“动机”，那可大概是“不纯洁”的。记得幼小时候住在故乡，每看见绅士将一点骗人的自以为所谓恩惠，颁给下等人，而下等人不大感谢时，则斥之曰“不识抬举！”我的父祖是读书的，总该可以算得士流了，但不幸从我起，不知怎的就有了下等脾气，不但恩惠，连吊慰都不很愿意受，老实说罢：我总疑心是假的。这种疑心，大约就是“不识抬举”的根苗，或者还要使写出来的东西“不纯洁”。

我何尝有什么白刃在前，烈火在后，还是钉住书桌，非写不可的“创作冲动”；虽然明知道这种冲动是纯洁，高尚，可贵的，然而其如没有何。前几天早晨，被一个朋友怒视了两眼，倒觉得脸有点热，心有点酸，颇近乎有什么冲动了，但后来被深秋的寒风一吹拂，脸上的温度便复原，——没有创作。至于已经印过的那些，那是被挤出来的。这“挤”字是挤牛乳之“挤”；这“挤牛乳”是专来说明“挤”字的，并非故意将我的作品比作牛乳，希冀装在玻璃瓶里，送进什么“艺术之宫”。倘用现在突然流行起来了的论调，将青年的急于发表未熟的作品称为“流产”，则我的便是“打胎”；或者简直不是胎，是狸猫充太子。所以一写完，便完事，管他妈的，书贾怎么偷，文士怎么说，都不再来提心吊胆。但是，如果有我所相信的人愿意看，称赞好，我终于是欢喜的。后来也集印了，为的是还想卖几文钱，老实说。

那么，我在写的时候没有虔敬的心么？答曰：有罢。即使没有这种冠冕堂皇的心，也决不故意要些油腔滑调。被挤着，还能嬉皮笑脸，游戏三昧么？倘能，那简直是神仙了。我并没有在吕纯阳祖师门下投诚过。

但写出以后，却也不很爱惜羽毛，有所谓“敝帚自珍”的意思，因为，已经说过，其时已经是“便完事，管他妈的”了。谁有心肠来管这些无聊的后事呢？所以虽然有什么选家在那里放出他那伟大的眼光，选印我的作品，我也照例给他一个不管。其实，要管也无从管起的。我曾经替人代理过一回收版税的译本，打听得卖完之后，向书店去要钱，回信却道，旧经理人已经辞职回家了，你向他要去罢；我们可是不知道。这书店在上海，我怎能趁了火车去向他坐索，或者打官司？但我对于这等选本，私心却也有“窃以为不然”的几点，一是原本上的错字，虽然一见就明知道是错的，他也照样错下去；二是他们每要发几句伟论，例如什么主义咧，什么意思咧之类，大抵是我自己倒觉得并不这样的事。自然，批评是“精神底冒险”，批评家的精神总比作者会先一步的，但在他们的所谓死尸上，我却分明听到心搏，这真是到死也说不到一块儿。此外，倒也没有什么大怨气了。

这虽然似乎是东方文明式的大度，但其实倒怕是因为我不靠卖文营生。在中国，骈文寿序的定价往往还是每篇一百两，然而白话不值钱；翻译呢，听说是自己不能创作而嫉妒别人去创作的坏心肠人所提倡的，将来文坛一进步，当然更要一文不值。我所写出来的东西，当初虽然很碰过许多大钉子，现在的时价是每千字一至二三元，但是不很有这样好主顾，常常只好尽些不知何自而来的义务。有些人以为我不但用了这些稿费或版税造屋，买米，而且还靠它吸烟卷，吃果糖。殊不知那些款子是另外骗来的；我实在不很擅长于先装鬼脸去吓书坊老板，然后和他接洽。我想，中国最不值钱的是工人的体力了，其次是咱们的所谓文章，只有伶俐最值钱。倘真要直直落落，借文字谋生，则据我的经验，卖来卖去，来回至少一个月，多则一年余，待款子寄到时，作者不但已经饿死，倘在夏天，连筋肉也都烂尽了，那里还有吃饭的肚子。

所以我总用别的道儿谋生；至于所谓文章也者，不挤，便不做。挤了才有，则和什么高超的“烟士披离纯”呀，“创作感兴”呀之类不大有关系，也就可想而知。倘说我假如不必用别的道儿谋生，则心志一专，就会有“烟士披离纯”等类，而产生较伟大的作品，至少，也可以免于献出剥皮的狸猫罢，那可是也未必。三家村的冬烘先生，一年到头，一早到夜教村童，不但毫不“时时想政治活动”，简直并不很“干着种种无聊的事”，但是他们似乎并没有《教育学概论》或“高头讲章”的待定稿，藏之名山。而马克思的《资本论》，陀思妥夫斯奇的《罪与罚》等，都不是啜末加加啡，吸埃及烟卷之后所写的。除非章士钊总长治下的“有些天才”的编译馆人员，以及讨得官僚津贴或银行广告费的“大报”作者，于谋成事遂，睡足饭饱之余，三月炼字，半年锻句，将来会做出超伦轶群的古奥漂亮作品。总之，在我，是肚子一饱，应酬一少，便要心平气和，关起门来，什么也不写了；即使还写，也许不过是温暾之谈，两可之论，也即所谓执中之说，公允之言，其实等于不写而已。

所以上海的小书贾化作蚊子，吸我的一点血，自然是给我物质上的损害无疑，而我却还没有什么大怨气，因为我知道他们是蚊子，大家也都知道他们是蚊子。我一生中，给我大的损害的并非书贾，并非兵匪，更不是旗帜鲜明的小人：乃是所谓“流言”。即如今年，就有什么“鼓动学潮”呀，“谋做校长”呀，“打落门牙”呀这些话。有一回，竟连现在为我的著作权受损失抱不平的西滢先生也要相信了，也就在《现代评论》（第二十五期）的照例的《闲话》上发表出来；它的效力就可想。譬如一个女学生，与其被若干卑劣阴险的文人学士们暗地里散布些关于品行的谣言，倒不如被土匪抢去一条红围巾——物质。但这种“流言”，造的是一个人还是多数人？姓甚，名谁？我总是查不出；后来，因为没有多工夫，也就不再去查考了，仅为便于述说起见，就总称之曰畜生。

虽然分了类，但不幸这些畜生就杂在人们里，而一样是人头，实际上仍然无从辨别。所以我就多疑，不大要听人们的说话；又因为无话可说，自己也就不大愿意做文章。有时候，甚至于连真的义形于色的公话也会觉得古怪，珍奇，于是乎而下等脾气的“不识抬举”遂告成功，或者会终于不可救药。

平心想起来，所谓“选家”这一流人物，虽然因为容易联想到明季的制艺的选家的缘故，似乎使人厌闻，但现在倒是应该有几个。这两三年来，无名作家何尝没有胜于较有名的作者的作品，只是谁也不去理会他，一任他自生自灭。去年，我曾向 DF 先生提议过，以为该有人搜罗了各处的各种定期刊行物，仔细评量，选印几本小说集，来绍介于世间；至于已有专集者，则一概不收，“再拜而送之大门之外”。但这话也不过终于是空话，当时既无定局，后来也大家走散了。我又不能做这事业，因为我是偏心的。评是非时我总觉得我的熟人对，读作品是异己者的手腕大概不高明。在我的心里似乎是没有所谓“公平”，在别人里我也没有看见过，然而还疑心什么地方也许有，因此就不敢做那两样东西了：法官，批评家。

现在还没有专门的选家时，这事批评家也做得，因为批评家的职务不但是剪除恶草，还得灌溉佳花，——佳花的苗。譬如菊花如果是佳花，则他的原种不过是黄色的细碎的野菊，俗名“满天星”的就是。但是，或者是文坛上真没有较好的作品之故罢，也许是一做批评家，眼界便极高卓，所以我只见到对于青年作家的迎头痛击，冷笑，抹杀，却很少见诱掖奖劝的意思的批评。有一种所谓“文士”而又似批评家的，则专是一个人的御前侍卫，托尔斯泰呀，托她斯泰呀，指东画西的，就只为一人做屏风。其甚者竟至于一面暗护此人，一面又中伤他人，却又不明明白白地举出姓名和实证来，但用了含沙射影的口气，使那人不知道说着自己，却又另用口头宣传以补笔墨所不及，使别人可以疑心到那人身上去。这不但对于文字，就是女人们的名誉，我今年也看见有用了这畜生道的方法来毁坏的。古人常说“鬼蜮技俩”，其实世间何尝真有鬼蜮，那所指点的，不过是这类东西罢了。这类东西当然不在话下，就是只做侍卫的，也不配评选一言半语，因为这种工作，做的人自以为不偏而其实是偏的也可以，自以为公平而其实不公平也可以，但总不可“别有用心”于其间的。

书贾也像别的商人一样，惟利是图；他的出版或发议论的“动机”，谁也知道他“不纯洁”，决不至于和大学教授的来等量齐观的。但他们除惟利是图之外，别的倒未必有什么用意，这就是使我反而放心的地方。自然，倘是向来没有受过更奇特而阴毒的暗箭的福人，那当然即此一点也要感到痛苦。

这也算一篇作品罢，但还是挤出来的，并非围炉煮茗时中的闲话，临了，便回上去填作题目，纪实也。

十一月二十二日。

题注：

本篇最初发表于1925年12月7日《语丝》周刊第五十六期。收入《华盖集》。

上海的一些书商唯利是图，擅自编选作家的作品。1925年11月7日陈西滢在《现代评论》第二卷第四期《闲话》中提到这种现象："鲁迅、郁达夫、叶绍钧、落华生诸先生都各人有自己出版的创作集，现在有人用什么小说选的名义，把那里的小说部分或全部摽窃了去，自然他们自己书籍的销路大受影响了。"他又把艺术品捧得极高："一件艺术品的产生，除了纯粹的创作冲动，是不是常常还夹杂着别的动机？是不是应当夹杂着别种不纯洁的动机？""我每看见一般有些天才而自愿著述终身的朋友在干着种种无聊的事情，只好为著作界的损失一叹了。"鲁迅针对陈西滢的《闲话》，声明比起书贾给自己带来的损害，更可怕的是若干卑劣的文人学士暗中散布的"流言"。

“公理”的把戏

自从去年春间，北京女子师范大学有了反对校长杨荫榆事件以来，于是而有该校长在太平湖饭店请客之后，任意将学生自治会员六人除名的事；有引警察及打手蜂拥入校的事；迨教育总长章士钊复出，遂有非法解散学校的事；有司长刘百昭雇用流氓女丐殴曳学生出校，禁之补习所空屋中的事；有手忙脚乱，急挂女子大学招牌以掩天下耳目的事；有胡敦复之趁火打劫，攫取女大校长饭碗，助章士钊欺罔世人的事。女师大的许多教职员，——我敢特地声明：并不是全体！——本极以章杨的措置为非，复痛学生之无辜受戮，无端失学，而校务维持会之组织，遂愈加严固。我先是该校的一个讲师，于黑暗残虐情形，多曾目睹；后是该会的一个委员，待到女师大在宗帽胡同自赁校舍，而章士钊尚且百端迫压的苦痛，也大抵亲历的。当章氏势焰熏天时，我也曾环顾这首善之区，寻求所谓“公理”“道义”之类而不得；而现在突起之所谓“教育界名流”者，那时则鸦雀无声；甚且捧献肉麻透顶的呈文，以歌颂功德。但这一点，我自然也判不定是因为畏章氏有嗾使兵警痛打之威呢，还是贪图分润金款之利，抑或真以他为“公理”或“道义”等类的具象的化身？但是，从章氏逃走，女师大复校以后，所谓“公理”等件，我却忽而间接地从女子大学在撷英馆宴请“北京教育界名流及女大学生家长”的席上找到了。

据十二月十六日的《北京晚报》说，则有些“名流”即于十四日晚六时在那个撷英番菜馆开会。请吃饭的，去吃饭的，在中国一天不知道有多多少少，本不与我相干，虽然也令我记起杨荫榆也爱在太平湖饭店请人吃饭的旧事。但使我留心的是，从这饭局里产生了“教育界公理维持会”，从这会又变出“国立女子大学后援会”，从这会又发出“致国立各校教职员联席会议函”，声势浩大，据说是“而于该校附和暴徒，自堕人格之教职员，即不能投畀豺虎，亦宜屏诸席外，勿与为伍”云。他们之所谓“暴徒”，盖即刘百昭之所谓“土匪”，官僚名流，口吻如一，从局外人看来，不过煞是可笑而已。而我是女师大维持会员之一，又是女师大教员，人格所关，当然有抗议的权利。岂但抗议？“投虎”“割席”，“名流”的熏灼之状，竟至于斯，则虽报以恶声，亦不为过。但也无须如此，只要看一看这些“名流”究竟是什么东西，就尽够了。报上和函上有名单：

除了万里鸣是太平湖饭店掌柜，以及董子鹤辈为我所不知道的不计外，陶昌善是农大教务长，教长兼农大校长章士钊的替身；石志泉是法大教务长；查良钊是师大教务长；李顺卿，王桐龄是师大教授；萧友梅是前女师大而今女大教员；蹇华芬是前女师大而今女大学生；马寅初是北大讲师，又是中国银行的什么，也许是“总司库”，这些名目我记不清楚了；燕树棠，白鹏飞，陈源即做《闲话》的西滢，丁燮林即做过《一只马蜂》的西林，周鲠生即周览，皮宗石，高一涵，李仲揆即李四光曾有一篇杨荫榆要用汽车迎他“观剧”的作品登在《现代评论》上的，都是北大教授，又大抵原住在东吉祥胡同，又大抵是先前反对北大对章士钊独立的人物，所以当章士钊炙手可热之际，《大同晚报》曾称他们为“东吉祥派的正人君子”，虽然他们那时并没有开什么“公理”会。但他们的住址，今年新印的《北大职员录》上可很有些函胡了，我所依据的是民国十一年的本子。

日本人学了中国人口气的《顺天时报》，即大表同情于女子大学，据说多人的意见，以为女师大教员多系北大兼任，有附属于北大之嫌。亏它征得这么多人的意见。然而从上列的名单看来，那观察是错的。女师大向来少有专任教员，正是杨荫榆的狡计，这样，则校长即可以独揽大权；当我们说话时，高仁山即以讲师不宜与闻校事来箝制我辈之口。况且女师大也决不因为中有北大教员，即精神上附属于北大，便是北大教授，正不乏有当学生反对杨荫榆的时候，即协力来歼灭她们的人。即如八月七日的《大同晚报》，就有“某当局……谓北大教授中，如东吉祥派之正人君子，亦主张解散”等语。《顺天时报》的记者倘竟不知，可谓昏瞀，倘使知道而故意淆乱黑白，那就有挑拨对于北大怀着恶感的人物，将那恶感蔓延于女师大之嫌，居心可谓卑劣。但我们国内战争，尚且常有日本浪人从中作祟，使良民愈陷于水深火热之中，更何况一校女生和几个教员之被诬蔑。我们也只得自责国人之不争气，竟任这样的报纸跳梁！

北大教授王世杰在撷英馆席上演说，即云“本人决不主张北大少数人与女师大合作”，就可以证明我前言的不诬。至又谓“照北大校章教职员不得兼他机关主要任务然而现今北大教授在女师大兼充主任者已有五人实属违法应加以否认云云”，则颇有语病。北大教授兼国立京师图书馆副馆长月薪至少五六百元的李四光，不也是正在坐中“维持公理”，而且演说的么？使之何以为情？李教授兼副馆长的演说辞，报上却不载；但我想，大概是不赞成这个办法的。

北大教授燕树棠谓女大学生极可佩服，而对于“形同土匪破坏女大的人应以道德上之否认加之”，则竟连所谓女大教务长萧纯锦的自辩女大当日所埋伏者是听差而非流氓的启事也没有见，却已一口咬定，嘴上忽然跑出一个“道德”来了。那么，对于形同鬼蜮破坏女师大的人，应以什么上之否认加之呢？

“公理”实在是不容易谈，不但在一个维持会上，就要自相矛盾，有时竟至于会用了“道义”上之手，自批“公理”上之脸的嘴巴。西滢是曾在《现代评论》（三十八）的《闲话》里冷嘲过援助女师大的人们的：“外国人说，中国人是重男轻女的。我看不见得吧。”现在却签名于什么公理会上了，似乎性情或体质有点改变。而且曾经感慨过：“你代被群众专制所压迫者说了几句公平话，那么你不是与那人有‘密切的关系’便是吃了他或她的酒饭。”（《现代》四十）然而现在的公理什么会上的言论和发表的文章上，却口口声声，侧重多数了；似乎主张又颇有些参差，只有“吃饭”的一件事还始终如一。在《现代评论》（五十三）上，自诩是“所有的批评都本于学理和事实，绝不肆口嫚骂”，而忘却了自己曾称女师大为“臭毛厕”，并且署名于要将人“投畀豺虎”的信尾曰：陈源。陈源不就是西滢么？半年的事，几个的人，就这么矛盾支离，实在可以使人悯笑。但他们究竟是聪明的，大约不独觉得“公理”歪邪，而且连自己们的“公理维持会”也很有些歪邪了罢，所以突然一变而为“女子大学后援会”了，这是的确的，后援，就是站在背后的援助。

但是十八日《晨报》上所载该后援会开会的记事，却连发言的人的名姓也没有了，一律叫作“某君”。莫非后来连对于自己的姓名也觉得可羞，真是“内愧于心”了？还是将人“投畀豺虎”之后，预备归过于“某君”，免得自己负责任，受报复呢？虽然报复的事，并为“正人君子”们所反对，但究竟还不如先使人不知道“后援”者为谁的稳当，所以即使为着“道义”，而坦白的态度，也仍为他们所不取罢。因为明白地站出来，就有些“形同土匪”或“暴徒”，怕要失了专在背后，用暗箭的聪明人的人格。

其实，撷英馆里和后援会中所啸聚的一彪人马，也不过是各处流来的杂人，正如我一样，到北京来骗一口饭，岂但“投畀豺虎”，简直是已经“投畀有北”的了。这算得什么呢？以人论，我与王桐龄，李顺卿虽曾在西安点首谈话，却并不当作朋侪；与陈源虽尝在给泰戈尔祝寿的戏台前一握手，而早已视为异类，又何至于会有和他们连席之意？而况于不知什么东西的杂人等辈也哉！以事论，则现在的教育界中实无豺虎，但有些城狐社鼠之流，那是当然不能免的。不幸十余年来，早见得不少了；我之所以对于有些人的口头的鸟“公理”而不敬者，即大抵由于此。

十二月十八日。

题注：

本篇最初发表于1925年12月24日北京《国民新报副刊》。收入《华盖集》。女师大复校后，陈西滢、王世杰等人于12月14日成立“教育界公理维持会”，旨在声援章士钊创办的女子大学，反对女师大复校。鲁迅历数北洋政府教育部以“校务维持会”“教育界公理维持会”等名目迫害女师大师生的种种行径。

碎话

如果只有自己，那是都可以的：今日之我与昨日之我战也好，今日这么说明日那么说也好。但最好是在自己的脑里想，在自己的宅子里说；或者和情人谈谈也不妨，横竖她总能以“阿呀”表示其佩服，而没有第三者与闻其事。只是，假使不自珍惜，陆续发表出来，以“领袖”“正人君子”自居，而称这些为“思想”或“公论”之类，却难免有多少老实人遭殃。自然，凡有神妙的变迁，原是反足以见学者文人们进步之神速的；况且文坛上本来就“只许州官放火不准百姓点灯”，既不幸而为庸人，则给天才做一点牺牲，也正是应尽的义务。谁叫你不能研究或创作的呢？亦惟有活该吃苦而已矣！

然而，这是天才，或者是天才的奴才的崇论宏议。从庸人一方面看起来，却不免觉得此说虽合乎理而反乎情；因为“蝼蚁尚且贪生”，也还是古之明训。所以虽然是庸人，总还想活几天，乐一点。无奈爱管闲事是他们吃苦的根苗，坐在家里好好的，却偏要出来寻导师，听公论了。学者文人们正在一日千变地进步，大家跟在他后面；他走的是小弯，你走的是大弯，他在圆心里转，你却必得在圆周上转，汗流浃背而终于不知所以，那自然是不待数计龟卜而后知的。

什么事情都要干，干，干！那当然是名言，但是倘有傻子真去买了手枪，就必要深悔前非，更进而悟到救国必先求学。这当然也是名言，何用多说呢，就遵谕钻进研究室去。待到有一天，你发见了一颗新彗星，或者知道了刘歆并非刘向的儿子之后，跳出来救国时，先觉者可是“杳如黄鹤”了，寻来寻去，也许会在戏园子里发见。你不要再菲薄那“小东人嗯嗯！哪，唉唉唉！”罢：这是艺术。听说“人类不仅是理智的动物”，必须“种种方面有充分发达的人，才可以算完人”呀，学者之在戏园，乃是“在感情方面求种种的美”。“束发小生”变成先生，从研究室里钻出，救国的资格也许有一点了，却不料还是一个精神上种种方面没有充分发达的畸形物，真是可怜可怜。

那么，立刻看夜戏，去求种种的美去，怎么样？谁知道呢。也许学者已经出戏园，学说也跟着长进（俗称改变，非也）了。

叔本华先生以厌世名一时，近来中国的绅士们却独独赏识了他的《妇人论》。的确，他的骂女人虽然还合绅士们的脾胃，但别的话却实在很有些和我们不相宜的。即如《读书和书籍》那一篇里，就说，“我们读着的时候，别人却替我们想。我们不过反复了这人的心的过程。……然而本来底地说起来，则读书时，我们的脑已非自己的活动地。这是别人的思想的战场了。”但是我们的学者文人们却正需要这样的战场——未经老练的青年的脑髓。但也并非在这上面和别的强敌战斗，乃是今日之我打昨日之我，“道义”之手批“公理”之颊——说得俗一点：自己打嘴巴。作了这样的战场者，怎么还能明白是怎么一回事。

这一月来，不知怎的又有几个学者文人或批评家亡魂失魄了，仿佛他们在上月底才从娘胎钻出，毫不知道民国十四年十二月以前的事似的。女师大学生一归她们被占的本校，就有人引以为例，说张胡子或李胡子可以“派兵送一二百学生占据了二三千学生的北大”。如果这样，北大学生确应该群起而将女师大扑灭，以免张胡或李胡援例，确保母校的安全。但我记得北大刚举行过二十七周年纪念，那建立的历史，是并非由章士钊将张胡或李胡将要率领的二百学生拖出，然后改立北大，招生三千，以掩人耳目的。这样的比附，简直是在青年的脑上打滚。夏间，则也可以称为"挑剔风潮"。但也许批评界有时也是"只许州官放火不准百姓点灯"，正如天才之在文坛一样的。

学者文人们最好是有这样的一个特权，月月，时时，自己和自己战，——即自己打嘴巴。免得庸人不知，以常人为例，误以为连一点"闲话"也讲不清楚。

十二月二十二日。

题注：

本篇最初发表于1926年1月8日北京《猛进》周刊第四十四期。收入《华盖集》。面对女师大风潮及当时北京及各地学校的学生运动，胡适、陈西滢等发表了许多自相矛盾的言论，如胡适早年在《新青年》第九卷第二号的《四烈士塚上的没字碑歌》中，歌颂"炸弹！炸弹！炸弹！""干！干！干！"；但在五卅运动后，他于1925年9月在《现代评论》第二卷第三十九期发表了《爱国运动与求学》，主张救国必先求学。陈西滢在章士钊等雇人将女师大学生殴拽出校，于女师大原址上另立女子大学时，未作表态；11月章士钊去职，女师大学生由临时校舍回到原址上课，却遭到陈西滢的攻击。1925年12月1日《现代评论》第三卷第五十四期发表他的《闲话》，以女师大学生人数只有女子大学的八分之一为由，指责女师大学生的回校是"用暴力去占据"女大校舍。鲁迅写下这篇"碎话"，揭穿胡适、陈西滢等人言行上的前后矛盾。

这回是“多数”的把戏

《现代评论》五五期《闲话》的末一段是根据了女大学生的宣言，说女师大学生只有二十个，别的都已进了女大，就深悔从前受了“某种报纸的催眠”。幸而见了宣言，这才省悟过来了，于是发问道：“要是二百人（按据云这是未解散前的数目）中有一百九十九人入了女大便怎样？要是二百人都入了女大便怎样？难道女师大校务维持会招了几个新生也去恢复么？我们不免要奇怪那维持会维持的究竟是谁呢？他们的目的究竟是什么呢？”

这当然要为夏间并不维持女师大而现在则出而维持“公理”的陈源教授所不解的。我虽然是女师大维持会的一个委员，但也知道别一种可解的办法——

二十人都往多的一边跑，维持会早该趋奉章士钊！

我也是“四五十岁的人爱说四五岁的孩子话”，而且爱学奴才话的，所以所说的也许是笑话。但是既经说开，索性再说几句罢：要是二百人中有二百另一人入了女大便怎样？要是维持会员也都入了女大便怎样？要是一百九十九人入了女大，而剩下的一个人偏不要维持便怎样？……

我想这些妙问，大概是无人能答的。这实在问得太离奇，虽是四五岁的孩子也不至于此，——我们不要小觑了孩子。人也许能受“某种报纸的催眠”，但也因人而异，“某君”只限于“某种”；即如我，就决不受《现代评论》或“女大学生某次宣言”的催眠。假如，倘使我看了《闲话》之后，便抚心自问：“要是二百人中有一百九十九人入了女大便怎样？……维持会维持的究竟是谁呢？……”那可真要连自己也奇怪起来，立刻对章士钊的木主肃然起敬了。但幸而连陈源教授所据为典要的《女大学生二次宣言》也还说有二十人，所以我也正不必有什么“杞天之虑”。

记得“公理”时代（可惜这黄金时代竟消失得那么快），不是有人说解散女师大的是章士钊，女大乃另外设立，所以石驸马大街的校址是不该归还的么？自然，或者也可以这样说。但我却没有被其催眠，反觉得这道理比满洲人所说的“亡明者闯贼也，我大清天下，乃得之于闯贼，非取之于明”的话还可笑。从表面上看起来，满人的话，倒还算顺理成章，不过也只能骗顺民，不能骗遗民和逆民，因为他们知道此中的底细。我不聪明，本也很可以相信的，然而竟不被骗者，因为幸而目睹了十四年前的革命，自己又是中国人。

然而“要是”女师大学生竟一百九十九人都入了女大，又怎样呢？其实，“要是”章士钊再做半年总长，或者他的走狗们作起祟来，宗帽胡同的学生纵不至于“都入了女大”，但可以被迫胁到只剩一个或不剩一个，也正是意中事。陈源教授毕竟是“通品”，虽是理想也未始没有实现的可能。那么，怎么办呢？我想，维持。那么，“目的究竟是什么呢？”我想，就用一句《闲话》来答复：“代被群众专制所压迫者说几句公平话”。

可惜正如“公理”的忽隐忽现一样，“少数”的时价也四季不同的。杨荫榆时候多数不该“压迫”少数，现在是少数应该服从多数了。你说多数是不错的么，可是俄国的多数主义现在也还叫作过激党，为大英大日本和咱们中华民国的绅士们所“深恶而痛绝之”。这真要令我莫名其妙。或者“暴民”是虽然多数，也得算作例外的罢。

“要是”帝国主义者抢去了中国的大部分，只剩了一二省，我们便怎样？别的都归了强国了，少数的土地，还要维持么？！明亡以后，一点土地也没有了，却还有窜身海外，志在恢复的人。凡这些，从现在的“通品”看来，大约都是谬种，应该派“在德国手格盗匪数人”，立功海外的英雄刘百昭去剿灭他们的罢。

“要是”真如陈源教授所言，女师大学生只有二十人了呢？但是究竟还有二十人，这足可使在章士钊门下暗作走狗而脸皮还不十分厚的教授文人学者们愧死！

十二月二十八日。

题注：

本篇最初发表于1925年12月31日北京《国民新报副刊》。收入《华盖集》。女师大学生返校后，《晨报》于1925年12月24日刊出了《女大学生二次宣言》。其中说：“女师大学生，原来不满二百人，而转入女大者，有一百八十人……女师大学生之在宗帽胡同者，其数不过二十人。”以此断言“恢复女师大校址，当然应归此多数主持”。陈西滢在1925年12月26日《现代评论》第三卷第五十五期的《闲话》中引用了这个“宣言”，以支持“多数”为名反对女师大复校。鲁迅撰写此文，为“少数”辩护，批评陈西滢等人试图玩弄“多数”的把戏来压迫少数。

杂论管闲事·做学问·灰色等

一

听说从今年起，陈源（即西滢）教授要不管闲事了；这预言就见于《现代评论》五十六期的《闲话》里。惭愧我没有拜读这一期，因此也不知其详。要是确的呢，那么，除了用那照例的客套说声“可惜”之外，真的倒实在很诧异自己之胡涂：年纪这么大了，竟不知道阳历的十二月三十一日和一月一日之交在别人是可以发生这样的大变动。我近来对于年关颇有些神经过钝了，全不觉得怎样。其实，倘要觉得罢，可是也不胜其觉得。大家挂上五色旗，大街上搭起几坐彩坊，中间还有四个字道：“普天同庆”，据说这算是过年。大家关了门，贴上门神，爆竹毕剥砰硧的放起来，据说这也是过年。要是言行真跟着过年为转移，怕要转移不迭，势必至于成为转圈子。所以，神经过钝虽然有落伍之虑，但有弊必有利，却也很占一点小小的便宜的。

但是，还有些事我终于想不明白：即如天下有闲事，有人管闲事之类。我现在觉得世上是仿佛没有所谓闲事的，有人来管，便都和自己有点关系；即便是爱人类，也因为自己是人。假使我们知道了火星里张龙和赵虎打架，便即大有作为，请酒开会，维持张龙，或否认赵虎，那自然是颇近于管闲事了。然而火星上事，既然能够“知道”，则至少必须已经可以通信，关系也密切起来，算不得闲事了。因为既能通信，也许将来就能交通，他们终于会在我们的头顶上打架。至于咱们地球之上，即无论那一处，事事都和我们相关，然而竟不管者，或因不知道，或因管不着，非以其“闲”也。譬如英国有刘千昭雇了爱尔兰老妈子在伦敦拉出女生，在我们是闲事似的罢，其实并不，也会影响到我们这里来。留学生不是多多，多多了么？倘有合宜之处，就要引以为例，正如在文学上的引用什么莎士比亚呀，塞文狄斯呀，芮恩施呀一般。

（不对，错了。芮恩施是美国的驻华公使，不是文学家。我大约因为在讲什么文艺学术的一篇论文上见过他的名字，所以一不小心便带出来了。合即订正于此，尚希读者谅之。）

即使是动物，也怎能和我们不相干？青蝇的脚上有一个霍乱菌，蚊子的唾沫里有两个疟疾菌，就说不定会钻进谁的血里去。管到“邻猫生子”，很有人以为笑谈，其实却正与自己大有相关。譬如我的院子里，现在就有四匹邻猫常常吵架了，倘使这些太太们之一又诞育四匹，则三四月后，我就得常听到八匹猫们常常吵闹，比现在加倍地心烦。

所以我就有了一种偏见，以为天下本无所谓闲事，只因为没有这许多遍管的精神和力量，于是便只好抓一点来管。为什么独抓这一点呢？自然是最和自己相关的，大则因为同是人类，或是同类，同志；小则，因为是同学，亲戚，同乡，——至少，也大概叨光过什么，虽然自己的显在意识上并不了然，或者其实了然，而故意装痴作傻。

但陈源教授据说是去年却管了闲事了，要是我上文所说的并不错，那就确是一个超人。今年不问世事，也委实是可惜之至，真是斯人不管，“如苍生何”了。幸而阴历的过年又快到了，除夕的亥时一过，也许又可望心回意转的罢。

二

昨天下午我从沙滩回家的时候，知道大琦君来访过我了。这使我很高兴，因为我是猜想他进了病院的了，现在知道并没有。而尤其使我高兴的是他还留赠我一本《现代评论增刊》，只要一看见封面上画着的一枝细长的蜡烛，便明白这是光明之象，更何况还有许多名人学者的著作，更何况其中还有陈源教授的一篇《做学问的工具》呢？这是正论，至少可以赛过“闲话”的；至少，是我觉得赛过“闲话”，因为它给了我许多东西。

我现在才知道南池子的“政治学会图书馆”去年“因为时局的关系，借书的成绩长进了三至七倍”了，但他“家翰笙”却还“用‘平时不烧香，临时抱佛脚’十个字形容当今学术界大部分的状况”。这很改正了我许多误解。我先已说过，现在的留学生是多多，多多了，但我总疑心他们大部分是在外国租了房子，关起门来燉牛肉吃的，而且在东京实在也看见过。那时我想：燉牛肉吃，在中国就可以，何必路远迢迢，跑到外国来呢？虽然外国讲究畜牧，或者肉里面的寄生虫可以少些，但燉烂了，即使多也就没有关系。所以，我看见回国的学者，头两年穿洋服，后来穿皮袍，昂头而走的，总疑心他是在外国亲手燉过几年牛肉的人物，而且即使有了什么事，连“佛脚”也未必肯抱的。现在知道并不然，至少是“留学欧美归国的人”并不然。但可惜中国的图书馆里的书太少了，据说北京“三十多个大学，不论国立私立，还不及我们私人的书多”云。这“我们”里面，据说第一要数“溥仪先生的教师庄士敦先生”，第二大概是“孤桐先生”即章士钊，因为在德国柏林时候，陈源教授就亲眼看见他两间屋里“几乎满床满架满桌满地，都是关于社会主义的德文书”。现在呢，想来一定是更多的了。这真教我欣羡佩服。记得自己留学时候，官费每月三十六元，支付衣食学费之外，简直没有赢余，混了几年，所有的书连一壁也遮不满，而且还是杂书，并非专而又专，如“都是关于社会主义的德文书”之类。

但是很可惜，据说当民众“再毁”这位“孤桐先生”的“寒家”时，“好像他们夫妇两位的藏书都散失了”。想那时一定是拉了几十车，向各处走散，可惜我没有去看，否则倒也是一个壮观。

所以“暴民”之为“正人君子”所深恶痛绝，也实在有理由，即如这回之“散失”了“孤桐先生”夫妇的藏书，其加于中国的损失，就在毁坏了三十多个国立及私立大学的图书馆之上。和这一比较，刘百昭司长的失少了家藏的公款八千元，要算小事件了，但我们所引为遗憾的是偏是章士钊刘百昭有这么多的储藏，而这些储藏偏又全都遭了劫。

在幼小时候曾有一个老于世故的长辈告诫过我：你不要和没出息的担子或摊子为难，他会自己摔了，却诬赖你，说不清，也赔不完。这话于我似乎到现在还有影响，我新年去逛火神庙的庙会时，总不敢挤近玉器摊去，即使它不过摆着寥寥的几件。怕的是一不小心，将它碰倒了，或者摔碎了一两件，就要变成宝贝，一辈子赔不完，那罪孽之重，会在毁坏一坐博物馆之上。而且推而广之，连热闹场中也不大去了，那一回的示威运动时，虽有“打落门牙”的“流言”，其实却躺在家里，托福无恙。但那两屋子“关于社会主义的德文书”以及其他从“孤桐先生”府上陆续散出的壮观，却也因此“交臂失之”了。这实在也就是所谓“有一利必有一弊”，无法两全的。

现在是收藏洋书之富，私人要数庄士敦先生，公团要推“政治学会图书馆”了，只可惜一个是外国人，一个是靠着美国公使芮恩施竭力提倡出来的。“北京国立图书馆”将要扩张，实在是再好没有的事，但听说所依靠的还是美国退还的赔款，常年经费又不过三万元，每月二千余。要用美国的赔款，也是非同小可的事，第一，馆长就必须学贯中西，世界闻名的学者。据说，这自然只有梁启超先生了，但可惜西学不大贯，所以配上一个北大教授李四光先生做副馆长，凑成一个中外兼通的完人。然而两位的薪水每月就要一千多，所以此后也似乎不大能够多买书籍。这也就是所谓“有利必有弊”罢，想到这里，我们就更不能不痛切地感到“孤桐先生”独力购置的几房子好书惨遭散失之可惜了。

总之，在近几年中，是未必能有较好的“做学问的工具”的，学者要用功，只好是自己买书读，但又没有钱。听说“孤桐先生”倒是想到了这一节，曾经发表过文章，然而下台了，很可惜。学者们另外还有什么法子呢，自然“也难怪他们除了说说‘闲话’便没有什么可干”，虽然北京三十多个大学还不及他们“私人的书多”。为什么呢？要知道做学问不是容易事，“也许一个小小的题目得参考百十种书”，连“孤桐先生”的藏书也未必够用。陈源教授就举着一个例：“就以‘四书’来说”罢，“不研究汉宋明清许多儒家的注疏理论，‘四书’的真正意义是不易领会的。短短的一部‘四书’，如果细细的研究起来，就得用得了几百几千种参考书”。

这就足见“学问之道，浩如烟海”了，那“短短的一部‘四书’”，我是读过的，至于汉人的“四书”注疏或理论，却连听也没有听到过。陈源教授所推许为“那样提倡风雅的封藩大臣”之一张之洞先生在做给“束发小生”们看的《书目答问》上曾经说：“‘四书’，南宋以后之名。”我向来就相信他的话，此后翻翻《汉书艺文志》,《隋书经籍志》之类，也只有“五经”，“六经”，“七经”，“六艺”，却没有“四书”，更何况汉人所做的注疏和理论。但我所参考的，自然不过是通常书，北京大学的图书馆里就有，见闻寡陋，也未可知，然而也只得这样就算了，因为即使要“抱”，却连“佛脚”都没有。由此想来，那能“抱佛脚”的，肯“抱佛脚”的，的确还是真正的福人，真正的学者了。他“家翰笙”还慨乎言之，大约是“《春秋》责备贤者”之意罢。

完

现在不高兴写下去了，只好就此完结。总之：将《现代评论增刊》略翻一遍，就觉得五光十色，正如看见有一回广告上所开列的作者的名单。例如李仲揆教授的《生命的研究》呀，胡适教授的《译诗三首》呀，徐志摩先生的译诗一首呀，西林氏的《压迫》呀，陶孟和教授的要到二〇二五年才发表而必须我们的玄孙才能全部拜读的大著作的一部分呀……。但是，翻下去时，不知怎的我的眼睛却看见灰色了，于是乎抛开。

现在的小学生就能玩七色板，将七种颜色涂在圆板上，停着的时候，是好看的，一转，便变成灰色，——本该是白色的罢，可是涂得不得法，变成灰色了。收罗许多著名学者的大著作的大报，自然是光怪陆离，但也是转不得，转一周，就不免要显出灰色来，虽然也许这倒正是它的特色。

一月三日。

题注：

本篇最初发表于1926年1月18日北京《语丝》周刊第六十二期。收入《华盖集续编》。1925年11月28日，北京民众举行反对段祺瑞政府的示威游行，曾到段祺瑞及依附他的政客章士钊等人的住宅示威，次日章士钊在《寒家再毁记》一文中称散失了一批藏书，称示威群众为“暴民”。接着，陈西滢在《做学问的工具》一文里附和说：“孤桐先生在英国德国买的书是我亲自看见的……从《寒家再毁记》看来，好像他们夫妇两位的藏书都散失了。这真是很可惜的。”对章士钊失去了“比较完善的做学问的工具”表示惋惜。1926年1月2日，陈西滢在《现代评论》第三卷第五十六期的《闲话》中称自己因为在《现代评论》上发表文章“代人抱不平”，“就常常惹了祸了”。又说：“我们新年的决心，不如就说以后永远的不管人家的闲事吧。”鲁迅因此从管闲事、做学问谈起，揭示《现代评论》派这一批人“灰色”的面目。

有趣的消息

虽说北京像一片大沙漠，青年们却还向这里跑；老年们也不大走，即或有到别处去走一趟的，不久就转回来了，仿佛倒是北京还很有什么可以留恋。厌世诗人的怨人生，真是“感慨系之矣”，然而他总活着；连祖述释迦牟尼先生的哲人勖本华尔也不免暗地里吃一种医治什么病症的药，不肯轻易“涅槃”。俗语说：“好死不如恶活”，这当然不过是俗人的俗见罢了，可是文人学者之流也何尝不这样。所不同的，只是他总有一面辞严义正的军旗，还有一条尤其义正辞严的逃路。真的，倘不这样，人生可真要无聊透顶，无话可说了。

北京就是一天一天地百物昂贵起来；自己的“区区佥事”，又因为“妄有主张”，被章士钊先生革掉了。向来所遭遇的呢，借了安特来夫的话来说，是“没有花，没有诗”，就只有百物昂贵。然而也还是“妄有主张”，没法回头；倘使有一个妹子，如《晨报副刊》上所艳称的“闲话先生”的家事似的，叫道：“阿哥！”那声音正如“银铃之响于幽谷”，向我求告，“你不要再做文章得罪人家了，好不好？”我也许可以借此拨转马头，躲到别墅里研究汉朝人所做的“四书”注疏和理论去。然而惜哉，没有这样的好妹子；“女媭之婵媛兮，申申其詈予，曰：鲧婞直以亡身兮，终然殀乎羽之野。”连有一个那样凶姊姊的幸福也不及屈灵均。我的终于“妄有主张”，或者也许是无可推托之故罢。然而这关系非同小可，将来怕要遭殃了，因为我知道，得罪人是要得到报应的。

话要回到释迦先生的教训去了，据说：活在人间，还不如下地狱的稳妥。做人有“作”就是动作（＝造孽），下地狱却只有“报”（＝报应）了；所以生活是下地狱的原因，而下地狱倒是出地狱的起点。这样说来，实在令人有些想做和尚，但这自然也只限于“有根”（据说，这是“一句天津话”）的大人物，我却不大相信这一类鬼画符。活在沙漠似的北京城里，枯燥当然是枯燥的，但偶然看看世态，除了百物昂贵之外，究竟还是五花八门，创造艺术的也有，制造流言的也有，肉麻的也有，有趣的也有……这大概就是北京之所以为北京的缘故，也就是人们总还要奔凑聚集的缘故。可惜的是只有一些小玩意，老实一点的朋友就难于给自己竖起一杆辞严义正的军旗来。

我一向以为下地狱的事，待死后再对付，只有目前的生活的枯燥是最可怕的，于是便不免于有时得罪人，有时则寻些小玩意儿来开开笑口，但这也就是得罪人。得罪人当然要受报，那也只好准备着，因为寻些小玩意儿来开开笑口的是更不能竖起辞严义正的军旗来的。其实，这里也何尝没有国家大事的消息呢，“关外战事不日将发生”呀，“国军一致拥段”哪，有些报纸上都用了头号字煌煌地排印着，可以刺得人们头昏，但于我却都没有什么鸟趣味。人的眼界之狭是不大有药可救的，我近来觉得有趣的倒要算看见那在德国手格盗匪若干人，在北京率领三河县老妈子一大队的武士刘百昭校长居然做骈文，大有偃武修文之意了；而且“百昭海邦求学，教部备员，多艺之誉愧不如人，审美之情差堪自信”，还是一位文武全才，我先前实在没有料想到。第二，就是去年青管闲事的“学者”，今年不管闲事了，在年底结清帐目的办法，原来不止是掌柜之于流水簿，也可以适用于“正人君子”的行为的。或者，“阿哥！”这一声叫，正在中华民国十四年十二月卅一日的夜间十二点钟罢。

但是，这些趣味，刹那间也即消失了，就是我自己的思想的变动，也诚然是可恨。我想，照着境遇，思想言行当然要迁移，一迁移，当然会有所以迁移的道理。况且世界上的国庆很不少，古今中外名流尤其多，他们的军旗，是全都早经竖定了的。前人之勤，后人之乐，要做事的时候可以援引孔丘墨翟，不做事的时候另外有老聃，要被杀的时候我是关龙逄，要杀人的时候他是少正卯，有些力气的时候看看达尔文赫胥黎的书，要人帮忙就有克鲁巴金的《互助论》，勃朗宁夫妇岂不是讲恋爱的模范么，勗本华尔和尼采又是咒诅女人的名人，……归根结蒂，如果杨荫榆或章士钊可以比附到犹太人特莱孚斯去，则他的篾片就可以等于左拉等辈了。这个时候，可怜的左拉要被中国人背出来；幸而杨荫榆或章士钊是否等于特莱孚斯，也还是一个大疑问。

然而事情还没有这么简单，中国的坏人（如水平线下的文人和学棍学匪之类），似乎将来要大吃其苦了，虽然也许要在身后，像下地狱一般。但是，深谋远虑的人，总还以从此小心，不要多说为稳妥。你以为“闲话先生”真是不管闲事了么？并不然的。据说他是要“到那天这班出锋头的人们脱尽了锐气的日子，我们这位闲话先生正在从容的从事他那‘完工的拂拭’（The finishing touch），笑吟吟的擎着他那枝从铁杠磨成的绣针，讽刺我们情急是多么不经济的一个态度，反面说只有无限的耐心才是天才唯一的凭证”。（《晨报副刊》一四二三）

后出者胜于前者，本是天下的平常事情，但除了堕落的民族。即以衣服而论，也是由裸体而用会阴带或围裙，于是有衣裳，衮冕。我们将来的天才却特异的，别人系了围裙狂跳时，他却躲在绣房里刺绣，——不，磨绣针。待到别人的围裙全数破旧，他却穿了绣花衫子站出来了。大家只好说道“阿！”可怜的性急的野蛮人，竟连围裙也不知道换一条，怪不得锐气终于脱尽；脱尽犹可，还要看那“笑吟吟”的“讽刺”的“天才”脸哩，这实在是对于灵魂的鞭责，虽说还在辽远的将来。

还有更可怕的，是我们风闻二〇二五年一到，陶孟和教授要发表一部著作。内容如何，只有百年后的我们的曾孙或玄孙们知道罢了，但幸而在《现代评论增刊》上提前发表了几节，所以我们竟还能“管中窥豹”似的，略见这一部新书的大概。那是讲“现代教育界的特色”的，连教员的“兼课”之多也说在内。他问：“我的议论太悲观，太刻薄，太荒诞吗？我深愿受这个批评，假使事实可以证明。”这些批评我们且俟之百年之后，虽然那时也许无从知道事实；典籍呢，大概也只有“笑吟吟的”佳作留传。要是当真这样，那大半是“英雄所见略同”的，后人总不至于以为刻薄罢。但我们也难于悬揣，不过就今论今，似乎颇有些“孔子作《春秋》，而乱臣贼子惧”之意了。人们不逢如此盛事者，盖已将二千四百年云。

总之：百年以内，将有陈源教授的许多（？）书，百年以后，将有陶孟和教授的一部书出现。内容虽然不知道怎样，但据目下所走漏的风声看起来，大概总是讽刺“那班出锋头的人们”，或“驰驱九城”的教授的。

我常常感叹，印度小乘教的方法何等厉害：它立了地狱之说，借着和尚，尼姑，念佛老妪的嘴来宣扬，恐吓异端，使心志不坚定者害怕。那诀窍是在说报应并非眼前，却在将来百年之后，至少也须到锐气脱尽之时。这时候你已经不能动弹了，只好听别人摆布，流下鬼泪，深悔生前之妄出锋头；而且这时候，这才认识阎罗大王的尊严和伟大。

这些信仰，也许是迷信罢，但神道设教，于“挽世道而正人心”的事，或者也还是不无裨益。况且，未能将坏人“投畀豺虎”于生前，当然也只好口诛笔伐之于身后，孔子一车两马，倦游各国以还，抽出钢笔来作《春秋》，盖亦此志也。

但是，时代迁流了，到现在，我以为这些老玩意，也只好骗骗极端老实人。连闹这些玩意儿的人们自己尚且未必信，更何况所谓坏人们。得罪人要受报应，平平常常，并不见得怎样奇特，有时说些宛转的话，是姑且客气客气的，何尝想借此免于下地狱。这是无法可想的，在我们不从容的人们的世界中，实在没有那许多工夫来摆臭绅士的臭架子了，要做就做，与其说明年喝酒，不如立刻喝水；待廿一世纪的剖拨戮尸，倒不如马上就给他一个嘴巴。至于将来，自有后起的人们，决不是现在人即将来所谓古人的世界，如果还是现在的世界，中国就会完！

一月十四日。

题注：

本篇最初发表于1926年1月19日北京《国民新报副刊》。收入《华盖集续编》。北洋政府教育部专门教育司司长刘百昭曾率流氓军警武装占领女师大，后居然大做骈文，在为北京艺术专门学校《艺专旬刊》所作的《发刊词》中自吹“审美之情差堪自信”；陈西滢将章士钊、杨荫榆比为被诬获罪的法国犹太籍军官特莱孚斯，而自诩是为特莱孚斯仗义执言的法国大作家左拉；北大教授陶孟和用需待2025年才能出版的著作恐吓别人，书的内容大概是讽刺鲁迅等支持进步学生运动的兼职教授……鲁迅用幽默的笔法披露了章士钊及《现代评论》派一干人的滑稽言行。

不是信

一个朋友忽然寄给我一张《晨报副刊》，我就觉得有些特别，因为他是知道我懒得看这种东西的。但既然特别寄来了，姑且看题目罢：《关于下面一束通信告读者们》。署名是：志摩。哈哈，这是寄来和我开玩笑的，我想；赶紧翻转，便是几封信，这寄那，那寄这，看了几行，才知道似乎还是什么“闲话……闲话”问题。这问题我仅知道一点儿，就是曾在新潮社看见陈源教授即西滢先生的信，说及我“捏造的事实，传布的‘流言’，本来已经说不胜说”。我便在《学界的三魂》后面加了一些附记，送给《语丝》付印了。送出后一想，人就苦于不能将自己的灵魂砍成酱，因此能有记忆，也因此而有感慨或滑稽。记得首先根据了“流言”，来判决杨荫榆事件即女师大风潮的，正是这位西滢先生，那大文便登在去年五月三十日发行的《现代评论》上。我不该生长“某籍”又在“某系”教书，所以也被归入“暗中挑剔风潮”者之列，虽然他说还不相信，不过觉得可惜。在这里声明一句罢，以免读者的误解：“某系”云者，大约是指国文系，不是说研究系。那时我见了“流言”字样，曾经很愤然，立刻加以驳正，虽然也很自愧没有“十年读书十年养气的工夫”。不料过了半年，这些“流言”却变成由我传布的了，自造自己的“流言”，这真是自己掘坑埋自己，不必说聪明人，便是傻子也想不通。倘说这回的所谓“流言”，并非关于“某籍某系”的，乃是关于不信“流言”的陈源教授的了，则我实在不知道陈教授有怎样的被捏造的事实和流言在社会上传布。说起来惭愧煞人，我不赴宴会，很少往来，也不奔走，也不结什么文艺学术的社团，实在最不合式于做捏造事实和传布流言的枢纽。只是弄弄笔墨是在所不免的，但也不肯以流言为根据，故意给它传布开来，虽然偶有些“耳食之言”，又大抵是无关大体的事；要是错了，即使月久年深，也决不惜追加订正，例如对于汪原放先生“已作古人”一案，其间竟隔了几乎有两年。——但这自然是只对于看过《热风》的读者说的。

这几天，我的“捏……言”罪案，仿佛只等于昙花一现了，《一束通信》的主要部分中，似乎也承情没有将我“流”进去，不过在后屁股的《西滢致志摩》是附带的对我的专论，虽然并非一案，却因为亲属关系而灭族，或文字狱的株连一般。灭族呀，株连呀，又有点“刑名师爷”口吻了，其实这是事实，法家不过给他起了一个名，所谓“正人君子”是不肯说的，虽然不妨这样做。此外如甲对乙先用流言，后来却说乙制造流言这一类事，“刑名师爷”的笔下就简括到只有两个字：“反噬”。呜呼，这实在形容得痛快淋漓。然而古语说，“察见渊鱼者不祥”，所以“刑名师爷”总没有好结果，这是我早经知道的。

我猜想那位寄给我《晨报副刊》的朋友的意思了：来刺激我，讥讽我，通知我的，还是要我也说几句话呢？终于不得而知。好，好在现在正须还笔债，就用这一点事来搪塞一通罢，说话最方便的题目是《鲁迅致□□》，既非根据学理和事实的论文，也不是“笑吟吟”的天才的讽刺，不过是私人通信而已，自己何尝愿意发表；无论怎么说，粪坑也好，毛厕也好，决定与“人气”无关。即不然，也是因为生气发热，被别人逼成的，正如别的副刊将被《晨报副刊》“逼死”一样。我的镜子真可恨，照出来的总是要使陈源教授呕吐的东西，但若以赵子昂——“是不是他？”——画马为例，自然恐怕正是我自己。自己是没有什么要紧的，不过总得替□□想一想。现在不是要谈到《西滢致志摩》么，那可是极其危险的事，一不小心就要跌入“泥潭中”，遇到“悻悻的狗”，暂时再也看不见“笑吟吟”。至少，一关涉陈源两个字，你总不免要被公理家认为“某籍”，“某系”，“某党”，“喽罗”，“重女轻男”……等；而且还得小心记住，倘有人说过他是文士，是法兰斯，你便万不可再用“文士”或“法兰斯”字样，否则，——自然，当然又有“某籍”……等等的嫌疑了，我何必如此陷害无辜，《鲁迅致□□》决计不用。所以一直写到这里，还没有题目，且待写下去看罢。

我先前不是刚说我没有“捏造事实”么？那封信里举的却有。说是我说他“同杨荫榆女士有亲戚朋友的关系，并且吃了她许多酒饭”了，其实都不对。杨荫榆女士的善于请酒，我说过的，或者别人也说过，并且偶见于新闻上。现在的有些公论家，自以为中立，其实却偏，或者和事主倒有亲戚，朋友，同学，同乡，……等等关系，甚至于叨光了酒饭，我也说过的。这不是明明白白的么，报社收津贴，连同业中也互讦过，但大家仍都自称为公论。至于陈教授和杨女士是亲戚而且吃了酒饭，那是陈教授自己连结起来的，我没有说曾经吃酒饭，也不能保证未曾吃酒饭，没有说他们是亲戚，也不能保证他们不是亲戚，大概不过是同乡罢，但只要不是“某籍”，同乡有什么要紧呢。绍兴有“刑名师爷”，绍兴人便都是“刑名师爷”的例，是只适用于绍兴的人们的。

我有时泛论一般现状，而无意中触着了别人的伤疤，实在是非常抱歉的事。但这也是没法补救，除非我真去读书养气，一共廿年，被人们骗得老死牖下；或者自己甘心倒掉；或者遭了阴谋。即如上文虽然说明了他们是亲戚并不是我说的话，但因为列举的名词太多了，“同乡”两字，也足以招人“生气”，只要看自己愤然于“流言”中的“某籍”两字，就可想而知。照此看来，这一回的说“叭儿狗”（《莽原半月刊》第一期），怕又有人猜想我是指着他自己，在那里“悻悻”了。其实我不过是泛论，说社会上有神似这个东西的人，因此多说些它的主人：阔人，太监，太太，小姐。本以为这足见我是泛论了，名人们现在那里还有肯跟太监的呢，但是有些人怕仍要忽略了这一层，各各认定了其中的主人之一，而以“叭儿狗”自命。时势实在艰难，我似乎只有专讲上帝，才可以免于危险，而这事又非我所长。但是，倘使所有的只是暴戾之气，还是让它尽量发出来罢，“一群悻悻的狗”，在后面也好，在对面也好。我也知道将什么之气都放在心里，脸上笔下却全都“笑吟吟”，是极其好看的；可是掘不得，小小的挖一个洞，便什么之气都出来了。但其实这倒是真面目。

第二种罪案是“近一些的一个例”，陈教授曾“泛论图书馆的重要”，“说孤桐先生在他未下台以前发表的两篇文章里，这一层‘他似乎没看到’。”我却轻轻地改为“听说孤桐先生倒是想到了这一节，曾经发表过文章，然而下台了，很可惜”了。而且还问道：“你看见吗，那刀笔吏的笔尖？”“刀笔吏”是不会有漏洞的，我却与陈教授的原文不合，所以成了罪案，或者也就不成其为“刀笔吏”了罢。《现代评论》早已不见，全文无从查考，现在就据这一回的话，敬谨改正，为“据说孤桐先生在未下台以前发表的文章里竟也没想到；现在又下了台，目前无法补救了，很可惜”罢。这里附带地声明，我的文字中，大概是用别人的原文用引号，举大意用“据说”，述听来的类似“流言”的用“听说”，和《晨报》大将文例不相同。

第三种罪案是关于我说“北大教授兼京师图书馆副馆长月薪至少五六百元的李四光”的事，据说已告了一年的假，假期内不支薪，副馆长的月薪又不过二百五十元。别一张《晨副》上又有本人的声明，话也差不多，不过说月薪确有五百元，只是他“只拿二百五十元”，其余的“捐予图书馆购买某种书籍”了。此外还给我许多忠告，这使我非常感谢，但愿意奉还“文士”的称号，我是不属于这一类的。只是我以为告假和辞职不同，无论支薪与否，教授也仍然是教授，这是不待“刀笔吏”才能知道的。至于图书馆的月薪，我确信李教授（或副馆长）现在每月“只拿二百五十元”的现钱，是美国那面的；中国这面的一半，真说不定要拖欠到什么时候才有。但欠帐究竟也是钱，别人的兼差，大抵多是欠帐，连一半现钱也没有，可是早成了有些论客的口实了，虽然其缺点是在不肯及早捐出去。我想，如果此后每月必发，而以学校欠薪作比例，中国的一半是明年的正月间会有的，倘以教育部欠俸作比例，则须十七年正月间才有，那时购买书籍来，我一定就更正，只要我还在做“官僚”，因为这容易得知，我也自信还有这样的记性，不至于今年忘了去年事。但是，倘若又被章士钊们革掉，那就莫明其妙，更正的事也只好作罢了。可是我所说的职衔和钱数，在今日却是事实。

第四种的罪案是……。陈源教授说，“好了，不举例了。”为什么呢？大约是因为“本来已经说不胜说”，或者是在矫正“打笔墨官司的时候，谁写得多，骂得下流，捏造得新奇就是谁的理由大”的恶习之故罢，所以就用三个例来概其全般，正如中国戏上用四个兵卒来象征十万大军一样。此后，就可以结束，漫骂——“正人君子”一定另有名称，但我不知道，只好暂用这加于“下流”人等的行为上的话——了。原文很可以做“正人君子”的真相的标本，删之可惜，扯下来粘在后面罢——

“有人同我说，鲁迅先生缺乏的是一面大镜子，所以永远见不到他的尊容。我说他说错了。鲁迅先生的所以这样，正因为他有了一面大镜子。你听见过赵子昂——是不是他？——画马的故事罢？他要画一个姿势，就对镜伏地做出那个姿势来。鲁迅先生的文章也是对了他的大镜子写的，没有一句骂人的话不能应用在他自己的身上。要是你不信，我可以同你打一个赌。”

这一段意思很了然，犹言我写马则自己就是马，写狗自己就是狗，说别人的缺点就是自己的缺点，写法兰斯自己就是法兰斯，说“臭毛厕”自己就是臭毛厕，说别人和杨荫榆女士同乡，就是自己和她同乡。赵子昂也实在可笑，要画马，看看真马就够了，何必定作畜生的姿势；他终于还是人，并不沦入马类，总算是侥幸的。不过赵子昂也是“某籍”，所以这也许还是一种“流言”，或自造，或那时的“正人君子”所造都说不定。这只能看作一种无稽之谈。倘若陈源教授似的信以为真，自己也照样做，则写法兰斯的时候坐下做一个法姿势，讲“孤桐先生”的时候立起作一个孤姿势，倒还堂哉皇哉；可是讲“粪车”也就得伏地变成粪车，说“毛厕”即须翻身充当便所，未免连臭架子也有些失掉罢，虽然肚子里本来满是这样的货色。

“不是有一次一个报馆访员称我们为‘文士’吗？鲁迅先生

为了那名字几乎笑掉了牙。可是后来某报天天鼓吹他是‘思想界的权威者’他倒又不笑了。

“他没有一篇文章里不放几枝冷箭，但是他自己常常的说人‘放冷箭’，并且说‘放冷箭’是卑劣的行为。

“他常常‘散布流言’和‘捏造事实’，如上面举出来的几个例，但是他自己又常常的骂人‘散布流言’‘捏造事实’，并且承认那样是‘下流’。

“他常常的无故骂人，要是那人生气，他就说人家没有‘幽默’。可是要是有人侵犯了他一言半语，他就跳到半天空，骂得你体无完肤——还不肯罢休。”

这是根据了三条例和一个赵子昂故事的结论。其实是称别个为“文士”我也笑，称我为“思想界的权威者”我也笑，但牙却并非“笑掉”，据说是“打掉”的，这较可以使他们快意些。至于“思想界的权威者”等等，我连夜梦里也没有想做过，无奈我和“鼓吹”的人不相识，无从劝止他，不像唱双簧的朋友，可以彼此心照；况且自然会有“文士”来骂倒，更无须自己费力。我也不想借这些头衔去发财发福，有了它于实利上是并无什么好处的。我也曾反对过将自己的小说采入教科书，怕的是教错了青年，记得曾在报上发表；不过这本不是对上流人说的，他们当然不知道。冷箭呢，先是不肯的，后来也放过几枝，但总是对于先“放冷箭”用“流言”的如陈源教授之辈，“请君入瓮”，也给他尝尝这滋味。不过虽然对于他们，也还是明说的时候多，例如《语丝》上的《音乐》就说明是指徐志摩先生，《我的籍和系》和《并非闲话》也分明对西滢即陈源教授而发；此后也还要射，并无悔祸之心。至于署名，则去年以来只用一个，就是陈教授之所谓“鲁迅，即教育部佥事周树人”就是。但在下半年，应将“教育部佥事”五字删去，因为被“孤桐先生”所革；今年却又变了“暂署佥事”了，还未去做，然而预备去做的，目的是在弄几文俸钱，因为我祖宗没有遗产，老婆没有奁田，文章又不值钱，只好以此暂且糊口。还有一个小目的，是在对于以我去年的免官为“痛快”者，给他一个不舒服，使他恨得扒耳搔腮，忍不住露出本相。至于“流言”，则先已说过，正是陈源教授首先发明的专卖品，独有他听到过许多；在我呢，心术是看不见的东西，且勿说，我的躲在家里的生活即不利于作“捏……言”的枢纽。剩下的只有“幽默”问题了，我又没有说过这些话，也没有主张过“幽默”，也许将这两字连写，今天还算第一回。我对人是“骂人”，人对我是“侵犯了一言半语”，这真使我记起我的同乡“刑名师爷”来，而且还是弄着不正经的“出重出轻”的玩意儿的时候。这样看来，一面镜子确是该有的，无论生在那一县。还有罪状哩——

> “他常常挖苦别人家抄袭。有一个学生钞了沫若的几句诗，他老先生骂得刻骨镂心的痛快，可是他自己的《中国小说史略》，却就是根据日本人盐谷温的《支那文学概论讲话》里面的‘小说’一部分。其实拿人家的著述做你自己的蓝本，本可以原谅，只要你在书中有那样的声明，可是鲁迅先生就没有那样的声明。在我们看来，你自己做了不正当的事也就罢了，何苦再去挖苦一个可怜的学生，可是他还尽量的把人家刻薄。‘窃钩者诛，窃国者侯’，本是自古已有的道理。”

这“流言”早听到过了；后来见于《闲话》，说是“整大本的摽窃”，但不直指我，而同时有些人的口头上，却相传是指我的《中国小说史略》。我相信陈源教授是一定会干这样勾当的。但他既不指名，我也就只回敬他一通骂街，这可实在不止“侵犯了他一言半语”。这回说出来了；我的“以小人之心”也没有猜错了“君子之腹”。但那罪名却改为“做你自己的蓝本”了，比先前轻得多，仿佛比自谦为“一言半语”的“冷箭”钝了一点似的。盐谷氏的书，确是我的参考书之一，我的《小说史略》二十八篇的第二篇，是根据它的，还有论《红楼梦》的几点和一张《贾氏系图》，也是根据它的，但不过是大意，次序和意见就很不同。其他二十六篇，我都有我独立的准备，证据是和他的所说还时常相反。例如现有的汉人小说，他以为真，我以为假；唐人小说的分类他据森槐南，我却用我法。六朝小说他据《汉魏丛书》，我据别本及自己的辑本，这工夫曾经费去两年多，稿本有十册在这里；唐人小说他据谬误最多的《唐人说荟》，我是用《太平广记》的，此外还一本一本搜起来……。其余分量，取舍，考证的不同，尤难枚举。自然，大致是不能不同的，例如他说汉后有唐，唐后有宋，我也这样说，因为都以中国史实为“蓝本”。我无法“捏造得新奇”，虽然塞文狄斯的事实和“四书”合成的时代也不妨创造。但我的意见，却以为似乎不可，因为历史和诗歌小说是两样的。诗歌小说虽有人说同是天才即不妨所见略同，所作相像，但我以为究竟也以独创为贵；历史则是纪事，固然不当偷成书，但也不必全两样。说诗歌小说相类不妨，历史有几点近似便是“摽窃”，那是“正人君子”的特别意见，只在以“一言半语”“侵犯”“鲁迅先生”时才适用的。好在盐谷氏的书听说（！）已有人译成（？）中文，两书的异点如何，怎样“整大本的摽窃”，还是做“蓝本”，不久（？）就可以明白了。在这以前，我以为恐怕连陈源教授自己也不知道这些底细，因为不过是听来的“耳食之言”。不知道对不对？（盐谷教授的《支那文学概论讲话》的译本，今年夏天看见了，将五百余页的原书，译成了薄薄的一本，那小说一部分，和我的也无从对比了。广告上却道“选译”。措辞实在聪明得很。十月十四日补记。）

但我还要对于“一个学生钞了沫若的几句诗”这事说几句话；“骂得刻骨镂心的痛快”的，似乎并不是我。因为我于诗向不留心，所以也没有看过“沫若的诗”，因此即更不知道别人的是否钞袭。陈源教授的那些话，说得坏一点，就是“捏造事实”，故意挑拨别人对我的恶感，真可以说发挥着他的真本领。说得客气一点呢，他自说写这信时是在“发热”，那一定是热度太高，发了昏，忘记装腔了，不幸显出本相；并且因为自己爬着，所以觉得我“跳到半天空”，自己抓破了皮肤或者一向就破着，却以为被我“骂”破了。——但是，我在有意或无意中碰破了一角纸糊绅士服，那也许倒是有的；此后也保不定。彼此迎面而来，总不免要挤擦，碰磕，也并非“还不肯罢休”。

绅士的跳踉丑态，实在特别好看，因为历来隐藏蕴蓄着，所以一来就比下等人更浓厚。因这一回的放泄，我才悟到陈源教授大概是以为揭发叔华女士的剽窃小说图画的文章，也是我做的，所以早就将“大盗”两字挂在“冷箭”上，射向“思想界的权威者”。殊不知这也不是我做的，我并不看这些小说。“琵亚词侣”的画，我是爱看的，但是没有书，直到那“剽窃”问题发生后，才刺激我去买了一本 Art of A.Beardsley 来，化钱一元七。可怜教授的心目中所看见的并不是我的影，叫跳竟都白费了。遇见的“粪车”，也是境由心造的，正是自己脑子里的货色，要吐的唾沫，还是静静的咽下去罢。

太费纸张了，虽然我不至于娇贵到会发热，但也得赶紧的收梢。然而还得粘上一段大罪状——

“据他自己的自传，他从民国元年便做了教育部的官，从没脱离过。所以袁世凯称帝，他在教育部，曹锟贿选，他在教育部，‘代表无耻的彭允彝’做总长，他也在教育部，甚而至于‘代表无耻的章士钊’免了他的职后，他还大嚷‘佥事这一个官儿倒也并不算怎样的“区区”’，怎样有人在那里钻谋补他的缺，怎样以为无足轻重的人是‘慷他人之慨’，如是如是，这样这样……这像‘青年叛徒的领袖’吗？

“其实一个人做官也不大要紧，做了官再装出这样的面孔来可叫人有些恶心吧了。

“现在又有人送他‘土匪’的名号了。好一个‘土匪’。”

苦心孤诣给我加了上去的“土匪”的恶名，这一回忽又否认了，可见唾沫还是静静的咽下去好，免得后来自己舐回去。但是，“文士”别有慧心，那里会给我便宜呢，自然即代以自“袁世凯称帝”以来的罪恶，仿佛“称帝”“贿选”那类事，我既在教育部，即等于全由我一手包办似的。这是真的，从那时以来，我确没有带兵独立过，但我也没有冷笑云南起义，也没有希望国民军失败；对于教育部，其实是脱离过两回，一是张勋复辟时，一就是章士钊长部时，前一回以教授的一点才力自然不知道，后一回却忘却得有些离奇。我向来就“装出这样的面孔”，不但毫不顾忌陈源教授可“有些恶心”，对于“孤桐先生”也一样。要在我的面孔上寻出些有趣来，本来是没头脑的妄想，还是去看别的面孔罢。

这类误解似乎不止陈源教授，有些人也往往如此，以为教员清高，官僚是卑下的。真所谓“得意忘形”，“官僚官僚”的骂着。可悲的就在此，现在的骂官僚的人里面，到外国去炸大过一回而且做教员的就很多：所谓“钻谋补他的缺”的也就是这一流，那时我说“佥事这一个官儿倒也并不算怎样的‘区区’”，就为此人的乘机想做官而发，刺他一针，聊且快意，不提防竟又被陈教授“刻骨镂心”的记住了，也许又疑心我向他在“放冷箭”了罢。

我并非因为自己是官僚，定要上侪于清高的教授之列，官僚的高下也因人而异，如所谓“孤桐先生”，做官时办《甲寅》，佩服的人就很多，下台之后，听说更有生气了。而我“下台”时所做的文章，岂不是不但并不更有生气，还招了陈源教授的一顿“教训”，而且罪孽深重，延祸“面孔”了么？这是以文才和面孔言；至于从别一方面看，则官僚与教授就有“一丘之貉”之叹，这就是说：钱的来源。国家行政机关的事务官所得的所谓俸钱，国立学校的教授所得的所谓薪水，还不是同一来源，出于国库的么？在曹锟政府下做国立学校的教员，和做官的没有大区别。难道教员的是捐给了学校，所以特别清高了？袁世凯称帝时代，陈源教授或者还在外国的研究室里，是到了曹锟贿选前后才做教授的，比我到北京迟得多，福气也比我好得多。曹锟贿选，他做教授，“代表无耻的彭允彝做总长”，他做教授，“甚而至于‘代表无耻的章士钊’做总长”，他自然做教授，我可是被革掉了，甚而至于待到那“甚而至于‘代表无耻的章士钊’”不做总长了，他自然还做教授，归国以来，一帆风顺，一个小钉子也没有碰。这当然是因为有适宜的面孔，不“叫人有些恶心”之故喽。看他脸上既无我一样的可厌的“八字胡子”，也可以说没有“官僚的神情”，所以对于他的面孔，却连我也并没有什么大“恶心”，而且仿佛还觉得有趣。这一类的面孔，只要再白胖一点，也许在中国就不可多得了。

不免招我说几句费话的不过是他对镜装成的姿势和“爆发”出来的蕴蓄，但又即刻掩了起来，关上大门，据说“大约不再打这样的笔墨官司”了。前面的香车既经杳然，我且不做叫门的事，因为这些时候所遇到的大概不过几个家丁；而且已是往“国立北京女子师范大学复校纪念会”的时候了，就这样的算收束。

二月一日。

题注：

本篇最初发表于1926年2月8日北京《语丝》周刊第六十五期。收入《华盖集续编》。女师大风潮爆发后，鲁迅与陈西滢展开激烈论辩。1926年初徐志摩接连在《晨报副刊》刊发文章，试图做和事佬，但明显是替陈西滢辩护。周作人因此在《晨报副刊》发表《闲话的闲话之闲话》一文，针对徐志摩说陈西滢对女性的态度是“太忠贞了”，揭发了陈西滢侮辱女学生的话。1926年1月30日《晨报副刊》发表徐志摩的《关于下面一束通信告读者们》和陈源（即陈西滢）的《闲话的闲话之闲话引出来的几封信》，其中陈源的《致志摩》这封公开信对鲁迅施以诬蔑和人身攻击，说鲁迅是“做了十几年官的刑名师爷……一下笔就构陷人家的罪状”，“没有一篇文章里不放几枝冷箭”等等。鲁迅这篇就是针对陈西滢和徐志摩的几封信而写。

我还不能“带住”

一月三十日《晨报副刊》上满载着一些东西，现在有人称它为“攻周专号”，真是些有趣的玩意儿，倒可以看见绅士的本色。不知怎的，今天的《晨副》忽然将这事结束，照例用通信，李四光教授开场白，徐志摩“诗哲”接后段，一唱一和，说道“带住！让我们对着混斗的双方猛喝一声，带住！”了。还“声明一句，本刊此后不登载对人攻击的文字”云。

他们的什么“闲话……闲话”问题，本与我没有什么鸟相干，“带住”也好，放开也好，拉拢也好，自然大可以随意玩把戏。但是，前几天不是因为“令兄”关系，连我的“面孔”都攻击过了么？我本没有去“混斗”，倒是株连了我。现在我还没有怎样开口呢，怎么忽然又要“带住”了？从绅士们看来，这自然不过是“侵犯”了我“一言半语”，正无须“跳到半天空”，然而我其实也并没有“跳到半天空”，只是还不能这样地谨听指挥，你要“带住”了，我也就“带住”。

对不起，那些文字我无心细看，“诗哲”所说的要点，似乎是这样闹下去，要失了大学教授的体统，丢了“负有指导青年重责的前辈”的丑，使学生不相信，青年不耐烦了。可怜可怜，有臭赶紧遮起来。“负有指导青年重责的前辈”，有这么多的丑可丢，有那么多的丑怕丢么？用绅士服将“丑”层层包裹，装着好面孔，就是教授，就是青年的导师么？中国的青年不要高帽皮袍，装腔作势的导师；要并无伪饰，——倘没有，也得少有伪饰的导师。倘有戴着假面，以导师自居的，就得叫他除下来，否则，便将它撕下来，互相撕下来。撕得鲜血淋漓，臭架子打得粉碎，然后可以谈后话。这时候，即使只值半文钱，却是真价值；即使丑得要使人“恶心”，却是真面目。略一揭开，便又赶忙装进缎子盒里去，虽然可以使人疑是钻石，也可以猜作粪土，纵使外面满贴着好招牌，法兰斯呀，萧伯讷呀，……毫不中用的！

李四光教授先劝我“十年读书十年养气”。还一句绅士话罢：盛意可感。书是读过的，不止十年，气也养过的，不到十年，可是读也读不好，养也养不好。我是李教授所早认为应当“投畀豺虎”者之一，此时本已不必温言劝谕，说什么“弄到人家无故受累”，难道真以为自己是“公理”的化身，判我以这样大罪之后，还要我叩谢天恩么？还有，李教授以为我“东方文学家的风味，似乎格外的充足，……所以总要写到露骨到底，才尽他的兴会。”我自己的意见却绝不同。我正因为生在东方，而且生在中国，所以“中庸”“稳妥”的余毒，还沦肌浃髓，比起法国的勃罗亚——他简直称大报的记者为“蛆虫”——来，真是“小巫见大巫”，使我自惭究竟不及白人之毒辣勇猛。即以李教授的事为例罢：一，因为我知道李教授是科学家，不很“打笔墨官司”的，所以只要可以不提，便不提；只因为要回敬贵会友一杯酒，这才说出“兼差”的事来。二，关于兼差和薪水一节，已在《语丝》（六五）上答复了，但也还没有“写到露骨到底”。

我自己也知道，在中国，我的笔要算较为尖刻的，说话有时也不留情面。但我又知道人们怎样地用了公理正义的美名，正人君子的徽号，温良敦厚的假脸，流言公论的武器，吞吐曲折的文字，行私利己，使无刀无笔的弱者不得喘息。倘使我没有这笔，也就是被欺侮到赴诉无门的一个；我觉悟了，所以要常用，尤其是用于使麒麟皮下露出马脚。万一那些虚伪者居然觉得一点痛苦，有些省悟，知道技俩也有穷时，少装些假面目，则用了陈源教授的话来说，就是一个“教训”。只要谁露出真价值来，即使只值半文，我决不敢轻薄半句。但是，想用了串戏的方法来哄骗，那是不行的；我知道的，不和你们来敷衍。

“诗哲”为援助陈源教授起见，似乎引过罗曼罗兰的话，大意是各人的身上都有鬼，但人却只知道打别人身上的鬼。没有细看，记不清了，要是差不多，那就是一并承认了陈源教授的身上也有鬼，李四光教授自然也难逃。他们先前是自以为没有鬼的。假使真知道了自己身上也有鬼，“带住”的事可就容易办了。只要不再串戏，不再摆臭架子，忘却了你们的教授头衔，且不做指导青年的前辈，将你们的“公理”的旗插到“粪车”上去，将你们的绅士衣装抛到“臭毛厕”里去，除下假面具，赤条条地站出来说几句真话就够了！

二月三日。

题注：

本篇最初发表于1926年2月7日北京《京报副刊》。收入《华盖集续编》。1926年2月3日《晨报副刊》以“结束闲话，结束废话！”为题，发表了李四光和徐志摩的通信。李四光和陈西滢都是支持杨荫榆的“国立女子大学后援会”成员之一，李四光在通信中慨叹“指导青年的人，还要彼此辱骂，制成一个恶劣的社会”。徐志摩在通信中说大学教授是“负有指导青年重责的前辈”，不应该让学生看到他们这样“丢丑”，所以他要对混战双方猛喝一声：“带住！”鲁迅在这篇文章中宣告决不“带住”，要用自己的刀笔彻底揭下正人君子们的假面。

无花的蔷薇

一

又是 Schopenhauer 先生的话——

“无刺的蔷薇是没有的。——然而没有蔷薇的刺却很多。”

题目改变了一点，较为好看了。

“无花的蔷薇”也还是爱好看。

二

去年，不知怎的这位勗本华尔先生忽然合于我们国度里的绅士们的脾胃了，便拉扯了他的一点《女人论》；我也就夹七夹八地来称引了好几回，可惜都是刺，失了蔷薇，实在大煞风景，对不起绅士们。

记得幼小时候看过一出戏，名目忘却了，一家正在结婚，而勾魂的无常鬼已到，夹在婚仪中间，一同拜堂，一同进房，一同坐床……实在大煞风景，我希望我还不至于这样。

三

有人说我是“放冷箭者”。

我对于“放冷箭”的解释，颇有些和他们一流不同，是说有人受伤，而不知这箭从什么地方射出。所谓“流言”者，庶几近之。但是我，却明明站在这里。

但是我，有时虽射而不说明靶子是谁，这是因为初无“与众共弃”之心，只要该靶子独自知道，知道有了洞，再不要面皮鼓得急绷绷，我的事就完了。

四

蔡孑民先生一到上海，《晨报》就据国闻社电报郑重地发表他的谈话，而且加以按语，以为“当为历年潜心研究与冷眼观察之结果，大足诏示国人，且为知识阶级所注意也。”

我很疑心那是胡适之先生的谈话，国闻社的电码有些错误了。

五

预言者，即先觉，每为故国所不容，也每受同时人的迫害，大人物也时常这样。他要得人们的恭维赞叹时，必须死掉，或者沉默，或者不在面前。

总而言之，第一要难于质证。

如果孔丘，释迦，耶稣基督还活着，那些教徒难免要恐慌。对于他们的行为，真不知道教主先生要怎样慨叹。

所以，如果活着，只得迫害他。

待到伟大的人物成为化石，人们都称他伟人时，他已经变了傀儡了。

有一流人之所谓伟大与渺小，是指他可给自己利用的效果的大小而言。

六

法国罗曼罗兰先生今年满六十岁了。晨报社为此征文，徐志摩先生于介绍之余，发感慨道："……但如其有人拿一些时行的口号，什么打倒帝国主义等等，或是分裂与猜忌的现象，去报告罗兰先生说这是新中国，我再也不能预料他的感想了。"（《晨副》一二九九）

他住得远，我们一时无从质证，莫非从"诗哲"的眼光看来，罗兰先生的意思，是以为新中国应该欢迎帝国主义的么？

"诗哲"又到西湖看梅花去了，一时也无从质证。不知孤山的古梅，著花也未，可也在那里反对中国人"打倒帝国主义"？

七

志摩先生曰："我很少夸奖人的。但西滢就他学法郎士的文章说，我敢说，已经当得起一句天津话：'有根'了。"而且"像西滢这样，在我看来，才当得起'学者'的名词。"（《晨副》一四二三）

西滢教授曰："中国的新文学运动，方在萌芽，可是稍有贡献的人，如胡适之，徐志摩，郭沫若，郁达夫，丁西林，周氏兄弟等等都是曾经研究过他国文学的人。尤其是志摩他非但在思想方面，就是在体制方面，他的诗及散文，都已经有一种中国文学里从来不曾有过的风格。"（《现代》六三）

虽然抄得麻烦，但中国现今"有根"的"学者"和"尤其"的思想家及文人，总算已经互相选出了。

八

志摩先生曰："鲁迅先生的作品，说来大不敬得很，我拜读过很少，就只《呐喊》集里两三篇小说，以及新近因为有人尊他是中国的尼采他的《热风》集里的几页。他平常零星的东西，我即使看也等于白看，没有看进去或是没有看懂。"（《晨副》一四三三）

西滢教授曰："鲁迅先生一下笔就构陷人家的罪状。……可是他的文章，我看过了就放进了应该去的地方——说句体己话，我觉得它们就不应该从那里出来——手边却没有。"（同上）

虽然抄得麻烦，但我总算已经被中国现在"有根"的"学者"和"尤其"的思想家及文人协力踏倒了。

九

但我愿奉还"曾经研究过他国文学"的荣名。"周氏兄弟"之一，一定又是我了。我何尝研究过什么呢，做学生时候看几本外国小说和文人传记，就能算“研究过他国文学”么？

该教授——恕我打一句“官话”——说过，我笑别人称他们为“文士”，而不笑“某报天天鼓吹”我是“思想界的权威者”。现在不了，不但笑，简直唾弃它。

十

其实呢，被毁则报，被誉则默，正是人情之常。谁能说人的左颊既受爱人接吻而不作一声，就得援此为例，必须默默地将右颊给仇人咬一口呢？

我这回的竟不要那些西滢教授所颁赏陪衬的荣名，“说句体己话”罢，实在是不得已。我的同乡不是有“刑名师爷”的么？他们都知道，有些东西，为要显示他伤害你的时候的公正，在不相干的地方就称赞你几句，似乎有赏有罚，使别人看去，很像无私……。

“带住！”又要“构陷人家的罪状”了。只是这一点，就已经够使人“即使看也等于白看”，或者“看过了就放进了应该去的地方”了。

二月二十七日。

题注：

本篇最初发表于1926年3月8日北京《语丝》周刊第六十九期。收入《华盖集续编》。这篇标题取意于1916年德文版《叔本华全集》

第六卷《比喻、隐喻和寓言》中的一句话：“没有无刺的蔷薇。——但不是蔷薇的刺却很多。”题作“无花的蔷薇”，意思是没有花，都是刺。本篇由十则小杂感组成，主要针对陈西滢、徐志摩等在《晨报副刊》上发表的言论。《晨报副刊》于1925年10月1日由徐志摩接手后，在政治立场上反对“赤化”，关于“闲话”的论辩文章则把矛头指向鲁迅。鲁迅对他们进行了辛辣的讽刺。

再来一次

去年编定《热风》时，还有绅士们所谓“存心忠厚”之意，很删削了好几篇。但有一篇，却原想编进去的，因为失掉了稿子，便只好从缺。现在居然寻出来了；待《热风》再版时，添上这篇，登一个广告，使迷信我的文字的读者们再买一本，于我倒不无裨益。但是，算了罢，这实在不很有趣。不如再登一次，将来收入杂感第三集，也就算作补遗罢。

这是关于章士钊先生的——

“两个桃子杀了三个读书人”

章行严先生在上海批评他之所谓“新文化”说，“二桃杀三士”怎样好，“两个桃子杀了三个读书人”便怎样坏，而归结到新文化之“是亦不可以已乎？”

是亦大可以已者也！“二桃杀三士”并非僻典，旧文化书中常见的。但既然是“谁能为此谋？相国齐晏子。”我们便看看《晏子春秋》罢。

《晏子春秋》现有上海石印本，容易入手的了，这古典就在该石印本的卷二之内。大意是“公孙接田开疆古冶子事景公，以勇力搏虎闻，晏子过而趋，三子者不起，”于是晏老先生以为无礼，和景公说，要除去他们了。那方法是请景公使人送他们两个桃子，说道，“你三位就照着功劳吃桃罢。”呵，这可就闹起来了：

> “公孙接仰天而叹曰，‘晏子，智人也，夫使公之计吾功者，不受桃，是无勇也。士众而桃寡，何不计功而食桃矣？接一搏猏而再搏虎，若接之功，可以食桃而无与人同矣。’援桃而起。
>
> “田开疆曰，‘吾仗兵而却三军者再。若开疆之功，可以食桃而无与人同矣。’援桃而起。
>
> “古冶子曰，‘吾尝从君济于河，鼋衔左骖以入砥柱之流。当是时也，冶少不能游，潜行逆流百步，顺流九里，得鼋杀之，左操骖尾，右挈鼋头，鹤跃而出。津人皆曰，河伯也；若冶视之，则大鼋之首。若冶之功，可以食桃而无与人同矣！二子何不反桃？’抽剑而起。”

钞书太讨厌。总而言之，后来那二士自愧功不如古冶子，自杀了；古冶子不愿独生，也自杀了：于是乎就成了“二桃杀三士”。

我们虽然不知道这三士于旧文化有无心得，但既然书上说是“以勇力闻”，便不能说他们是“读书人”。倘使《梁父吟》说是“二桃杀三勇士”，自然更可了然，可惜那是五言诗，不能增字，所以不得不作“二桃杀三士”，于是也就害了章行严先生解作“两个桃子杀了三个读书人”。

旧文化也实在太难解，古典也诚然太难记，而那两个旧桃子也未免太作怪：不但那时使三个读书人因此送命，到现在还使一个读书人因此出丑，“是亦不可以已乎”！

去年，因为“每下愈况”问题，我曾经很受了些自以为公平的青年的教训，说是因为他革去了我的“签事”，我便那么奚落他。现在我在此只得特别声明：这还是一九二三年九月所作，登在《晨报副刊》上的。那时的《晨报副刊》，编辑尚不是陪过泰戈尔先生的“诗哲”，也还未负有逼死别人，掐死自己的使命，所以间或也登一点我似的俗人的文章；而我那时和这位后来称为“孤桐先生”的，也毫无“睚眦之怨”。那“动机”，大概不过是想给白话的流行帮点忙。

在这样“祸从口出”之秋，给自己也辩护得周到一点罢。或者将曰，且夫这次来补遗，却有“打落水狗”之嫌，“动机”就很“不纯洁”了。然而我以为也并不。自然，和不多时以前，士钊秘长运筹帷幄，假公济私，谋杀学生，通缉异己之际，“正人君子”时而相帮讥笑着被缉诸人的逃亡，时而“孤桐先生”“孤桐先生”叫得热剌剌地的时候一比较，目下诚不免有落寞之感。但据我看来，他其实并未落水，不过“安住”在租界里而已：北京依旧是他所豢养过的东西在张牙舞爪，他所勾结着的报馆在颠倒是非，他所栽培成的女校在兴风作浪：依然是他的世界。

在“桃子”上给一下小打击，岂遂可与“打落水狗”同日而语哉？！

但不知怎的，这位“孤桐先生”竟在《甲寅》上辩起来了，以为这不过是小事。这是真的，不过是小事。弄错一点，又何伤乎？即使不知道晏子，不知道齐国，于中国也无损。农民谁懂得《梁父吟》呢，农业也仍然可以救国的。但我以为攻击白话的豪举，可也大可以不必了；将白话来代文言，即使有点不妥，反正也不过是小事情。

我虽然未曾在“孤桐先生”门下钻，没有看见满桌满床满地的什么德文书的荣幸，但偶然见到他所发表的“文言”，知道他于法律的不可恃，道德习惯的并非一成不变，文字语言的必有变迁，其实倒是懂得的。懂得而照直说出来的，便成为改革者；懂得而不说，反要利用以欺瞒别人的，便成为“孤桐先生”及其“之流”。他的保护文言，内骨子也不过是这样。

如果我的检验是确的，那么，“孤桐先生”大概也就染了《闲话》所谓“有些志士”的通病，为“老婆子女”所累了，此后似乎应该另买几本德文书，来讲究“节育”。

五月二十四日。

题注：

本篇最初发表于1926年6月10日北京《莽原》半月刊第十一期。收入《华盖集续编》。1923年8月章士钊在上海《新闻报》上发表《评新文化运动》一文，借“二桃杀三士”的典故，鼓吹文言文，反对白话文。1923年9月14日鲁迅以“雪之”的笔名在《晨报副刊》发表《“两个桃子杀了三个读书人”》一文，说明章士钊“三个读书人”解释得不通。这篇杂感在编定《热风》时没有收入。1925年9月章士钊在

《甲寅》周刊第一卷第九号上重新刊载他的《评新文化运动》一文时，前面加了一段按语，其中为自己错用典故辩解说："北京报纸。屡以文中士与读书人对举。为不合情实。意谓二桃之士。乃言勇士。非读书人。此等小节。宁关谋篇本旨。且不学曰学。其理彼乃蒙然。又可哂也。"因此鲁迅将这篇杂感加上说明重新发表。

所谓“思想界先驱者”鲁迅启事

《新女性》八月号登有“狂飙社广告”，说：“狂飙运动的开始远在二年之前……去年春天本社同人与思想界先驱者鲁迅及少数最进步的青年文学家合办《莽原》……兹为大规模地进行我们的工作起见于北京出版之《乌合》《未名》《莽原》《弦上》四种出版物外特在上海筹办《狂飙丛书》及一篇幅较大之刊物”云云。我在北京编辑《莽原》,《乌合丛书》,《未名丛刊》三种出版物，所用稿件，皆系以个人名义送来；对于狂飙运动，向不知是怎么一回事：如何运动，运动甚么。今忽混称“合办”，实出意外；不敢掠美，特此声明。又，前因有人不明真相，或则假借虚名，加我纸冠，已非一次，业经先有陈源在《现代评论》上，近有长虹在《狂飙》上，迭加嘲骂，而狂飙社一面又锡以第三顶“纸糊的假冠”，真是头少帽多，欺人害己，虽“世故的老人”，亦身心之交病矣。只得又来特此声明：我也不是“思想界先驱者”即英文 Forerunner 之译名。此等名号，乃是他人暗中所加，别有作用，本人事前并不知情，事后亦未尝高兴。倘见者因此受愚，概与本人无涉。

题注：

本篇最初发表于1926年12月10日北京《莽原》半月刊第二十三期，同时又发表于《语丝 》《北新》《新女性》等期刊。收入《华盖集续编》。鲁迅离开北京后，莽原社与狂飙社的高长虹等闹分裂。1925年8月北京《民报》在一则广告中称鲁迅为“中国思想界之权威者”，狂飙社的高长虹等对鲁迅“迭加嘲骂”。1926年8月狂飙社在一则广告中却又称鲁迅为“思想界先驱者”，并说“本社同人”曾与鲁迅等合办《莽原》，出版“乌合”“未名”丛书。高长虹在上海出版的《狂飙》周刊第五期（1926年11月）发表《走到出版界——1925年北京出版界形势指掌图》，称鲁迅为“世故老人”，说他“戴其纸糊的权威者的假冠”等等。鲁迅发表这则启事，公开与狂飙社划清界限。同年11月20日，鲁迅在《两地书》第七十九信中说：“我也不再留情面，先作一个启事，将他利用我的名字，而对于别人用我名字，则加笑骂等情状，揭露出来……”又1926年11月20日致韦素园信中说：“我到上海看见狂飙社广告后，便对人说：我编《莽原》《未名》《乌合》三种，俱与所谓什么狂飙运动无干，投稿者多互不相识，长虹作如此广告，未免过于利用别人了。此语他似乎今已知道，在《狂飙》上骂我。我作了一个启事，给开一个玩笑。”同月23日致李霁野的信中也曾说及此事。

《走到出版界》的“战略”

“他（鲁迅）的战略是‘暗示’，我的战略是‘同情’。”

——长虹——

> 狂飙社广告
>
> ……与思想界先驱者鲁迅及少数最进步的青年合办《莽原》……

“鲁迅是一个深刻的思想家，同时代的人没有及得上他的。”

“…………”

“我们思想上的差异本来很甚，但关系毕竟是好的。《莽原》便是这样好的精神的表现。”

“…………”

“但如能得到你的助力，我们竭诚地欢喜。”

“…………”

“但他说不能做批评，因为他向来不做批评，因为他觉得自己是党同伐异的。我以为他这种态度是很好的。但是，如对于做批评的朋友，却要希望他党同伐异，便至少也是为人谋而不忠了！”

“…………”

“已经成名的人，我想能够得到他们的帮助便是很好的了。鲁迅当初提议办《莽原》的时候，我以为他便是这样态度。但以后的事实却……只证明他想得到一个‘思想界的权威者’的空名便够了！同他反对的话都不要说，……而他还不以为他是受了人的帮助，有时倒反疑惑是别人在利用他呢？”

“…………”

“于是‘思想界权威者’的大广告便在《民报》上登出来了。我看了真觉‘瘟臭’痛惋而且呕吐。”

“…………”

“须知年龄尊卑，是乃父乃祖们的因袭思想，在新的时代是最大的阻碍物。鲁迅去年不过四十五岁，……如自谓老人，是精神的堕落！”

“…………”

“直到实际的反抗者从哭声中被迫出校后，……鲁迅遂戴其纸糊的权威者的假冠入于身心交病之状况矣！”

所谓“思想界先驱者”鲁迅启事

……而狂飙社一面又锡以第三顶“纸糊的假冠”，真是头少帽多，欺人害已……

“未名社诸君的创作力，我们是知道的，在目前并不十分丰富。所以，《莽原》自然要偏重介绍的工作了。……但这实际上也便是《未名半月刊》了。如仍用《莽原》的名义，便不免有假冒的嫌疑。”

“…………”

“至少亦希望彼等勿挟其历史的势力，而倒卧在青年的脚下以行其绊脚石式的开倒车狡计，亦勿一面介绍外国作品，一面则蝎子撩尾以中伤青年作者的毫兴也！”

“…………”

“正义：我来写光明日记——救救老人！

不再吃人的老人或者还有？

救救老人！！！”

“…………”

“请大家认清界限——到‘知其故而不能言其理’时，用别的方法来排斥新思想，那便是所谓开倒车，如林琴南，章士钊之所为是也。我们希望《新青年》时代的思想家不要再学他们去！”

“…………”

“正义：我深望彼等觉悟，但恐不容易吧！

公理：我即以其人之道反诸其人之身。”

二二，一二，一九二六。鲁迅掠。

题注：

本篇最初发表于北京《语丝》周刊第一一三期（1927年1月8日），初未收集。《走到出版界》是高长虹在上海《狂飙》周刊主持的一个专栏上连续发表的批评文字的总题，后来印有单行本，由泰东书局出版。本文是鲁迅摘录高长虹对鲁迅从捧到骂的种种文字，编排对照，以示高长虹的“战略”。

新的世故

一　“普通的批评看去像广告”

“批评工作的开始。所批评的作品，现在也大概举出几种如下：——

《女神》《呐喊》《超人》《彷徨》《沉沦》《故乡》《三个叛逆的女性》《飘渺的梦》《落叶》《荆棘》《咖啡店之一夜》《野草》《雨天的书》《心的探险》

此项文字都只在《狂飙周刊》上发表，现在也说不定几期可发表几篇，一切都决于我的时间的分配。”

二　“这里的广告却是批评”？

党同：“《心的探险》。实价六角。长虹的散文及诗集。将他的以虚无为实有，而又反抗这实有的精悍苦痛的战叫，尽量地吐露着。鲁迅选并画封面。”

伐异：“我早看过译出的一部分《察拉图斯德拉如是说》和一本《工人绥惠略夫》。”

三　“幽默与批评的冲突”

批评：你学学亚拉籍夫！你学学哥哥尔！你学学罗曼罗兰！……

幽默：前清的世故老人纪晓岚的笔记里有一段故事，一个人想自杀，各种鬼便闻风而至，求作替代。缢鬼劝他上吊，溺鬼劝他投池，刀伤鬼劝他自刎。四面拖曳，又互相争持，闹得不可开交。那人先是左不是，右不是，后来晨鸡一叫，鬼们都一哄而散，他到底没有死成，仔细一想，索性不自杀了。

批评：唉，唉，我真不能不叹人心之死尽矣。

四　新时代的月令

八月，鲁迅化为“思想界先驱者”。

十一月，“思想界先驱者”化为“绊脚石”。

传曰：先驱云者，鞭之使冲锋，所谓“他是受了人的帮助”也。不受“帮助”，于是“绊”矣。脚者，所谓“我们”之脚，非他们之脚也。其化在十二月，而云十一月者何，倒填年月也。

五　世故与绊脚石

世故：不要再写，中了计，反而给他们做广告。

石：不管。被做广告，由来久矣。

世故：那么，又做了背广告的“先驱者”了。

石：不，有时也“绊脚”的。

六　新旧时代和新时代间的冲突

新时代：我是青年，所以公理在我这里。

旧时代：我是前辈，所以公理在我这里。

新时代：须知年龄尊卑，是乃父乃祖们的因袭思想，在新的时代是最大的阻碍物。

七　希望与科学的冲突

希望：勿蝎子撩尾以中伤青年作者的毫兴也。

科学：“生存竞争，天演公例”，是彪门书局出版的一本课本上就有的。

八　给……

见面时一谈，

不见面时一战。
在厦门的鲁迅，
说在湖北的郭沫若骄傲，
还说了好几回，在北京。
倘不信，有科学的耳朵为证。
但到上海才记起来了，
真不能不早叹人心之死尽矣！
幸而新发见了近地的蔡孑民先生之雅量
和周建人先生为科学作战。

九　自由批评家走不到的出版界

光华书局。

十　忽而“认清界限”

以上也许近乎“蝎子撩尾”。倘是蝎子，要它不撩尾，“希望”是不行的，正如希望我之到所谓“我们的新时代”去一样，惟一的战略是打杀。

不过打的时候，须有说它要螫我，它是异类的小勇气。倘若它要螫“公理”和“正义”，所以打，那就是还未组织成功的科学家的话，在旧时代尚且要觉得有些支离。

知其故而言其理，极简单的：争夺一个《莽原》；或者，《狂飙》代了《莽原》。仍旧是天无二日，惟我独尊的酋长思想。不过“新时代的青年作者”却又似乎深恶痛疾这思想，而偏从别人的“心”里面看出来。我做了一篇《论他妈的》是真的，“论”而已矣，并不说这话是我所发明，现在却又在力争这发明的荣誉了。

因为稿件的纠葛，先前我曾主张将《莽原》半月刊停止或改名；现在却不这样了，还是办下去，内容也像第一年一样。也并没有作什么“运动”的豪兴，不过是有人做，有人译，便印出来，给要看的人看，不要看的自然会不看它，以前的印《乌合丛书》也是这意思。

创作翻译和批评，我没有研究过等次，但我都给以相当的尊重。对于常被奚落的翻译和介绍，也不轻视，反以为力量是非同小可的。我译了几种书，就会有一个中国的绥惠略夫出现，倘译一部世界史，不就会有许多拟中外古今的大人物猬集一堂么。但我想不干这件事。否则，拿破仑要我帮同打仗，秦始皇要我帮同烧书，科仑布拉去旅行，梅特涅加以压制，一个人撕得粉碎了。跟了一面，其余的英雄们又要造谣。

创作难，翻译也不易。批评，我不知道怎样，自己是不会做，却也不“希望”别人不做。大叫科学，斥人不懂科学，不就是科学；翻印几张外国画片，不就是新艺术，这是显而易见的。称为批评，不知道可能就是批评，做点杂感尚且支离，则伟大的工作也不难推见。“听见他怎么说”，“他‘希望’怎样”，“他‘想’怎样”，“他脸色怎样”，……还不如做自由新闻罢。

不过这也近乎蝎子撩尾，不多谈；但也不要紧。尼采先生说过，大毒使人死，小毒是使人舒服的。最无聊的倒是缠不清。我不想螫死谁，也不想绊某一只脚，如果躺在大路上，阻了谁的路了，情愿力疾爬开，而且从速。但倘若我并不躺在大路上，而偏有人绕到我背后，忽然用作前驱，忽然斥为绊脚，那可真是“闭门家里坐，祸从天上来”，有些知其故而不欲言其理了。

本来隐姓埋名的躲着，未曾登报招贤，也没有奔走求友，而终于被人查出，并且来访了。据“世故”所训示：青年们说，不见，是摆架子。于是乎见。有的是一见而去了；有的是提出各种要求，见我无能为力而去了；有的是不过谈谈闲天；有的是播弄一点是非；有的是不过要一点物质上的补助；有的却这样那样，纠缠不清，知有己而不知有人，硬要将我造成合于他的胃口的人物。从此我就添了一门新功课，除陪客之外，投稿，看稿，绍介，写回信，催稿费，编辑，校对。但我毫无不平，有时简直一面吃药，一面做事，就是长虹所笑为“身心交病”的时候。我自甘这样用去若干生命，不但不以生命来放阎王债，想收得重大的利息，而且毫不希望一点报偿。有人要我做一回踏脚而升到什么地方去，也可以的，只希望不要踏不完，又不许别人踏。

然而人究竟不是一块踏脚石或绊脚石，要动转，要睡觉的；又有个性，不能适合各个访问者的胃口。因此，凡有人要我代说他所要说的话，攻击他所敌视的人的时候，我常说，我不会批评，我只能说自己的话，我是党同伐异的。的确，我还没有寻到公理或正义。就是去年的和章士钊闹，我何尝说是自己放出批评的眼光，环顾中国，比量是非，断定他是阻碍新文化的罪魁祸首，于是啸聚义师，厉兵秣马，天戈直指，将以澄清天下也哉？不过意见和利害，彼此不同，又适值在狭路上遇见，挥了几拳而已。所以，我就不挂什么“公理正义”，什么“批评”的金字招牌。那时，以我为是者我辈，以章为是者章辈；即自称公正的中立的批评之流，在我看来，也是以我为是者我辈，以章为是者章辈。其余一切等等，照此类推。再说一遍：我乃党同而伐异，“济私”而不“假公”，零卖气力而不全做牺牲，敢卖自己而不卖朋友，以为这样也好者不妨往来，以为不行者无须劳驾；也不收策略的同情，更不要人布施什么忠诚的友谊，简简单单，如此而已。

至于被利用呢，倒也无妨。有些人看见这字面，就面红耳赤，觉得扫了豪兴了，我却并不以为有这样坏。说得好看一点，就是“帮助”。文字上这样的玩艺儿是颇多的。“互相利用”也可以说“互助”；“妥协”，“调和”，都不好看，说“让步”就冠冕。但现在姑且称为帮助罢。叫我个人帮一点忙，是可以的，就是利用，也毫无反感；只是不要间接涉及别的人。八月底我到上海，看见狂飙社广告，连《未名丛刊》和《乌合丛书》都算作“狂飙运动”的工作了。我颇诧异，说：这广告大约是长虹登的罢，连《未名》和《乌合》都拉扯上，未免太会利用别个了，不应当的。因为这两种书，是只因由我编印，要用相似的形式，所以立了一个名目，书的著者译者，是不但并不互相认识，有几个我也只见过两三回。我不能骗取了他们的稿子，合成丛书，私自贩卖给别一个团体。

接着，在北京的《莽原》的投稿的纠葛发生了，在上海的长虹便发表一封公开信，要在厦门的我说一句话。这是只要有一点常识，就知道无从说起的，我并非千里眼，怎能见得这么远。我沉默着。但我也想将《莽原》停刊或别出。然而青年作家的豪兴是喷泉一般的，不久，在长虹的笔下，经我译过他那作品的厨川白村便先变了灰色，我是从“思想深刻”一直掉到只有“世故”，而且说是去年已经看出，不说坦白的话了。原来我至少已被播弄了一年！

这且由他去罢。生病也算是笑柄了，年龄也成了大错处了，然而也由他。连别人所登的广告，也是我的罪状了；但是自己呢，也在广告上给我加上一个头衔。这样的双岔舌头，是要螯一下的，我就登一个《所谓“思想界先驱者”鲁迅启事》。

这一下螯出“新时代富于人类同情”的幽默来了，有公理和正义的谈话——

> “不再吃人的老人或者还有？
>
> 救救老人！！！”

还有希望——

> “至少亦希望彼等勿挟其历史的势力，而倒卧在青年的脚下以行其绊脚石式的开倒车的狡计，亦勿一面介绍外国作品，一面则蝎子撩尾以中伤青年作者的毫兴也！”

这两段只要将“介绍外国作品”改作“挂着批评招牌”，就可以由未名社赠给他自己。

其实，先驱者本是容易变成绊脚石的。然而我幸不至此，因为我确是一个平凡的人；加以对于青年，自以为总是常常避道，即躺倒，跨过也很容易的，就因为很平凡。倘有人觉得横亘在前，乃是因为他自己绕到背后，而又眼小腿短，于是别的就看不见，走不开，从此开口鲁迅，闭口鲁迅，做梦也是鲁迅；文字里点几点虚线，也会给别人从中看出“鲁迅”两字来。连在泰东书局看见老先生问鲁迅的书，自己也要嘟哝着《小说史略》之类我是不要看。这样下去，怕真要成“鲁迅狂”了。病根盖在肝，“以其好喝醋也”。

只要能达目的，无论什么手段都敢用，倒也还不失为一个有些豪兴的青年。然而也要有敢于坦白地说出来的勇气，至少，也要有自己心里明白的勇气，费笔费墨，费纸费寿，归根结蒂，总逃不出争夺一个《莽原》的地盘，要说得冠冕一点，就是阵地。中国现在道路少，虽有，也很狭，“生存竞争，天演公例”，须在同界中排斥异己，无论其为老人，或同是青年，“取而代之”，本也无足怪的，是时代和环境所给与的运命。

但若满身挂着什么并不懂得的科学，空壳的人类同情，广告式的自由批评，新闻式的记载，复制铜版的新艺术，则小范围的“党同伐异”的真相，虽然似乎遮住，而走向新时代的脚，却绊得跨不开了。

这过误，在内是因为太要虚饰，在外是因为太依附或利用了先驱。但也都不要紧。只要唾弃了那些旧时代的好招牌，不要忽而不敢坦白地说话，则即使真有绊脚石，也就成为踏脚石的。

我并非出卖什么“友谊”或“同情”，无论对于识者或不识者都就是这样说。

一九二六，十二，二四。

题注：

本篇最初发表于北京《语丝》周刊第一一四期（1927 年 1 月 15 日）。收入《集外集拾遗补编》。

本篇也是对高长虹种种非议的回击。高长虹于 1924 年 12 月认识鲁迅，曾得到鲁迅很多指导和帮助。1926 年下半年起，因追求许广平不得之故，转而对鲁迅多所责难和非议。鲁迅在《两地书·一一二》中曾说：“长虹的拼命攻击我是为了一个女性，《狂飙》上有一首诗，太阳是自比，我是夜，月是她……我这才明白长虹原来在害‘单相思病’……”鲁迅在1926年11月25日致韦素园信中说：“《狂飙》第五期已见过，但未细看，其中说诳挑拨之处似颇多，单是记我的谈话之处，就是改头换面的记述，当此文（指《走到出版界》——注者）未出之前，我还想不到长虹至于如此下劣。这真是不足道了。关于我在京所遇的事（从五六年前起），我或者也要做一篇记述发表……”所谈即是本文。

海上通信

小峰兄：

前几天得到来信，因为忙于结束我所担任的事，所以不能即刻奉答。现在总算离开厦门坐在船上了。船正在走，也不知道是在什么海上。总之一面是一望汪洋，一面却看见岛屿。但毫无风涛，就如坐在长江的船上一般。小小的颠簸自然是有的，不过这在海上就算不得颠簸；陆上的风涛要比这险恶得多。

同舱的一个是台湾人，他能说厦门话，我不懂；我说的蓝青官话，他不懂。他也能说几句日本话，但是，我也不大懂得他。于是乎只好笔谈，才知道他是丝绸商。我于丝绸一无所知，他于丝绸之外似乎也毫无意见。于是乎他只得睡觉，我就独霸了电灯写信了。

从上月起，我本在搜集材料，想趁寒假的闲空，给《唐宋传奇集》做一篇后记，准备付印，不料现在又只得搁起来。至于《野草》，此后做不做很难说，大约是不见得再做了，省得人来谬托知己，舐皮论骨，什么是“入于心”的。但要付印，也还须细看一遍，改正错字，颇费一点工夫。因此一时也不能寄上。

我直到十五日才上船，因为先是等上月份的薪水，后来是等船。

在最后的一星期中，住着实在很为难，但也更懂了一些新的世故，就是，我先前只以为要饭碗不容易，现在才知道不要饭碗也是不容易的。我辞职时，是说自己生病，因为我觉得无论怎样的暴主，还不至于禁止生病；倘使所生的并非气厥病，也不至于牵连了别人。不料一部分的青年不相信，给我开了几次送别会，演说，照相，大抵是逾量的优礼，我知道有些不妥了，连连说明：我是戴着“纸糊的假冠”的，请他们不要惜别，请他们不要忆念。但是，不知怎地终于发生了改良学校运动，首先提出的是要求校长罢免大学秘书刘树杞博士。

听说三年前，这里也有一回相类的风潮，结果是学生完全失败，在上海分立了一个大夏大学。那时校长如何自卫，我不得而知；这回是说我的辞职，和刘博士无干，乃是胡适之派和鲁迅派相排挤，所以走掉的。这话就登在鼓浪屿的日报《民钟》上，并且已经加以驳斥。但有几位同事还大大地紧张起来，开会提出质问；而校长却答复得很干脆：没有说这话。有的还不放心，更给我放散别种的谣言，要减轻“排挤说”的势力。真是“天下纷纷，何时定乎？”如果我安心在厦门大学吃饭，或者没有这些事的罢，然而这是我所意料不到的。

校长林文庆博士是英国籍的中国人，开口闭口，不离孔子，曾经做过一本讲孔教的书，可惜名目我忘记了。听说还有一本英文的自传，将在商务印书馆出版；现在正做着《人种问题》。他待我实在是很隆重，请我吃过几回饭；单是饯行，就有两回。不过现在“排挤说”倒衰退了；前天所听到的是他在宣传，我到厦门，原是来捣乱，并非预备在厦门教书的，所以北京的位置都没有辞掉。

现在我没有到北京，“位置说”大概又要衰退了罢，新说如何，可惜我已在船上，不得而知。据我的意料，罪孽一定是日见其深重的，因为中国向来就是“当面输心背面笑”，正不必“新的时代”的青年才这样。对面是“吾师”和“先生”，背后是毒药和暗箭，领教了已经不只两三次了。

新近还听到我的一件罪案，是关于集美学校的。厦门大学和集美学校，都是秘密世界，外人大抵不大知道。现在因为反对校长，闹了风潮了。先前，那校长叶渊定要请国学院里的人们去演说，于是分为六组，每星期一组，凡两人。第一次是我和语堂。那招待法也很隆重，前一夜就有秘书来迎接。此公和我谈起，校长的意思是以为学生应该专门埋头读书的。我就说，那么我却以为也应该留心世事，和校长的尊意正相反，不如不去的好罢。他却道不妨，也可以说说。于是第二天去了，校长实在沉鸷得很，殷勤劝我吃饭。我却一面吃，一面愁。心里想，先给我演说就好了，听得讨厌，就可以不请我吃饭；现在饭已下肚，倘使说话有背谬之处，适足以加重罪孽，如何是好呢。午后讲演，我说的是照例的聪明人不能做事，因为他想来想去，终于什么也做不成等类的话。那时校长坐在我背后，我看不见。直到前几天，才听说这位叶渊校长也说集美学校的闹风潮，都是我不好，对青年人说话，那里可以说人是不必想来想去的呢。当我说到这里的时候，他还在后面摇摇头。

我的处世，自以为退让得尽够了，人家在办报，我决不自行去投稿；人家在开会，我决不自己去演说。硬要我去，自然也可以的，但须任凭我说一点我所要说的话，否则，我宁可一声不响，算是死尸。但这里却必须我开口说话，而话又须合于校长之意。我不是别人，那知道别人的意思呢？“先意承志”的妙法，又未曾学过。其被摇头，实活该也。

但从去年以来，我居然大大地变坏，或者是进步了。虽或受着各方面的斫刺，似乎已经没有创伤，或者不再觉得痛楚；即使加我罪案，也并不觉着一点沉重了。这是我经历了许多旧的和新的世故之后，才获得的。我已经管不得许多，只好从退让到无可退避之地，进而和他们冲突，蔑视他们，并且蔑视他们的蔑视了。

我的信要就此收场。海上的月色是这样皎洁；波面映出一大片银鳞，闪烁摇动；此外是碧玉一般的海水，看去仿佛很温柔。我不信这样的东西是会淹死人的。但是，请你放心，这是笑话，不要疑心我要跳海了，我还毫没有跳海的意思。

鲁迅。一月十六夜，海上。

题注：

本篇最初发表于1927年2月12日北京《语丝》周刊第一一八期。收入《华盖集续编》。鲁迅写这封信时，是在出发去广州中山大学的船上。在信中鲁迅提到自己与厦门大学校长林文庆的理念不合，在集美大学的演讲也被认为是煽动学生闹风潮，这是他离开厦门的最主要原因。

辞顾颉刚教授令“候审”

来信

鲁迅先生：

顷发一挂号信，以未悉先生住址，由中山大学转奉，嗣恐先生未能接到，特探得尊寓所在，另钞一分奉览。

敬请大安。

颉刚敬上。十六，七，廿四。

钞件

鲁迅先生：

颉刚不知以何事开罪于先生，使先生对于颉刚竟作如此强烈之攻击，未即承教，良用耿耿。前日见汉口《中央日报副刊》上，先生及谢玉生先生通信，始悉先生等所以反对颉刚者，盖欲伸党国大义，而颉刚所作之罪恶直为天地所不容，无任惶骇。诚恐此中是非，非笔墨口舌所可明了，拟于九月中回粤后提起诉讼，听候法律解决。如颉刚确有反革命之事实，虽受死刑，亦所甘心，否则先生等自当负发言之责任。务请先生及谢先生暂勿离粤，以俟开审，不胜感盼。

敬请大安，谢先生处并候。

中华民国十六年七月廿四日

回信

颉刚先生：

来函谨悉，甚至于吓得绝倒矣。先生在杭盖已闻仆于八月中须离广州之讯，于是顿生妙计，命以难题。如命，则仆尚须提空囊赁屋买米，作穷打算，恭候偏何来迟，提起诉讼。不如命，则先生可指我为畏罪而逃也；而况加以照例之一传十，十传百乎哉？但我意早决，八月中仍当行，九月已在沪。江浙俱属党国所治，法律当与粤不异，且先生尚未启行，无须特别函挽听审，良不如请即就近在浙起诉，尔时仆必到杭，以负应负之责。倘其典书卖裤，居此生活费綦昂之广州，以俟月余后或将提起之诉讼，天下那易有如此十足笨伯哉！《中央日报副刊》未见；谢君处恕不代达，此种小傀儡，可不做则不做而已，无他秘计也。此复，顺请

著安！

鲁迅。

题注：

本篇在收入《三闲集》之前未另发表。

顾颉刚曾与鲁迅同在厦门大学任教。鲁迅到广州不久，他也于1927年4月18日往中山大学任教。同年5月11日，汉口《中央日报》副刊第四十八号上，载有鲁迅在厦大与中大任教时的学生谢玉生和鲁迅给编者孙伏园的两封信，谢玉生在信中谈到顾颉刚在厦大造谣诬蔑鲁迅；厦大风潮发生后顾颉刚又为校长林文庆摇旗呐喊，伙同他人主张开除学生。鲁迅对顾极为反感。鲁迅在信中说："我真想不到，在厦门那么反对民党，使兼士愤愤的顾颉刚，竟到这里来做教授了，那么，这里的情形，难免要变成厦大，硬直者逐，改革者开除。而且据我看来，或者会比不上厦大，这是我所得的感觉。我已于上星期四辞去一切职务，脱离中大了。"顾颉刚对"反对民党"之说非常敏感，于7月24日写信给鲁迅，威吓鲁迅"暂勿离粤"，以诉诸法庭、等候开审。鲁迅当即回本信予以反驳。

辞“大义”

我自从去年得罪了正人君子们的“孤桐先生”，弄得六面碰壁，只好逃出北京以后，默默无语，一年有零。以为正人君子们忘记了这个“学棍”了罢，——哈哈，并没有。

印度有一个泰戈尔。这泰戈尔到过震旦来，改名竺震旦。因为这竺震旦做过一本《新月集》，所以这震旦就有了一个新月社，——中间我不大明白了——现在又有一个叫作新月书店的。这新月书店要出版的有一本《闲话》，这本《闲话》的广告里有下面这几句话：

> “……鲁迅先生（语丝派首领）所仗的大义，他的战略，读过《华盖集》的人，想必已经认识了。但是现代派的义旗，和它的主将——西滢先生的战略，我们还没有明了。……”

“派”呀，“首领”呀，这种谥法实在有些可怕。不远就又会有人来诮骂。甲道：看哪！鲁迅居然称为首领了。天下有这种首领的么？乙道：他就专爱虚荣。人家称他首领，他就满脸高兴。我亲眼看见的。

但这是我领教惯的教训了，并不为奇。这回所觉得新鲜而惶恐的，是忽而将宝贵的“大义”硬塞在我手里，给我竖起大旗来，叫我和“现代派”的“主将”去对垒。我早已说过：公理和正义，都被正人君子夺去了，所以我已经一无所有。大义么，我连它是圆柱形的呢还是椭圆形的都不知道，叫我怎么“仗”？

“主将”呢，自然以有“义旗”为体面罢。不过我没有这么冠冕。既不成“派”，也没有做“首领”，更没有“仗”过“大义”。更没有用什么“战略”，因为我未见广告以前，竟没有知道西滢先生是“现代派”的“主将”，——我总当他是一个喽罗儿。

我对于我自己，所知道的是这样的。我想，“孤桐先生”尚在，“现代派”该也未必忘了曾有人称我为“学匪”，“学棍”，“刀笔吏”，而今忽假“鲁迅先生”以“大义”者，但为广告起见而已。

呜呼，鲁迅鲁迅，多少广告，假汝之名以行！

九月三日。

题注：

本文最初发表于1927年10月1日北京《语丝》第一五一期。收入《而已集》。1925年5月至1926年8月，鲁迅与《现代评论》派陈西滢等人，围绕北京女师大风潮、三一八惨案等事件，展开过论战。1927年新月社成员多数南下，在上海创办新月书店，该书店将陈西滢攻击鲁迅的文章集为《西滢闲话》出版，并在书的广告中说：“鲁迅先生（语丝派首领）所仗的大义，他的战略，读过《华盖集》的人，想必已经认识了。但是现代派的义旗，和它的主将——西滢先生的战略，我们还没有明了……”读到这则广告后，鲁迅撰写此文。

革“首领”

这两年来，我在北京被“正人君子”杀退，逃到海边；之后，又被“学者”之流杀退，逃到另外一个海边；之后，又被“学者”之流杀退，逃到一间西晒的楼上，满身痱子，有如荔支，兢兢业业，一声不响，以为可以免于罪戾了罢。阿呀，还是不行。一个学者要九月间到广州来，一面做教授，一面和我打官司，还预先叫我不要走，在这里“以俟开审”哩。

以为在五色旗下，在青天白日旗下，一样是华盖罩命，晦气临头罢，却又不尽然。不知怎地，于不知不觉之中，竟在“文艺界”里高升了。谓予不信，有陈源教授即西滢的《闲话》广告为证，节抄无趣，剪而贴之——

“徐丹甫先生在《学灯》里说：‘北京究是新文学的策源地，根深蒂固，隐隐然执全国文艺界的牛耳。’究竟什么是北京文艺界？质言之，前一两年的北京文艺界，便是现代派和语丝派交战的场所。鲁迅先生（语丝派首领）所仗的大义，他的战略，读过《华盖集》的人，想必已经认识了。但是现代派的义旗，和它的主将——西滢先生的战略，我们还没有明了。现在我们特地和西滢先生商量，把《闲话》选集起来，印成专书，留心文艺界掌故的人，想必都以先睹为快。

“可是单把《闲话》当作掌故又错了。想——

欣赏西滢先生的文笔的，

研究西滢先生的思想的，

想认识这位文艺批评界的权威的——

尤其不可不读《闲话》！”

这很像“诗哲”徐志摩先生的，至少，是“诗哲”之流的“文笔”，所以如此飘飘然，连我看了也几乎想要去买一本。但，只是想到自己，却又迟疑了。两三个年头，不算太长久。被“正人君子”指为“学匪”，还要“投畀豺虎”，我是记得的。做了一点杂感，有时涉及这位西滢先生，我也记得的。这些东西，“诗哲”是看也不看，西滢先生是即刻叫它“到应该去的地方去”，我也记得的。后来终于出了一本《华盖集》，也是实情。然而我竟不知道有一个“北京文艺界”，并且我还做了“语丝派首领”，仗着“大义”在这“文艺界”上和“现代派主将”交战。虽然这“北京文艺界”已被徐丹甫先生在《学灯》上指定，隐隐然不可动摇了，而我对于自己的被说得有声有色的战绩，却还是莫名其妙，像着了狐狸精的迷似的。

现代派的文艺，我一向没有留心，《华盖集》里从何提起。只有某女士窃取“琵亚词侣”的画的时候，《语丝》上（也许是《京报副刊》上）有人说过几句话，后来看“现代派”的口风，仿佛以为这话是我写的。我现在郑重声明：那不是我。我自从被杨荫榆女士杀败之后，即对于一切女士都不敢开罪，因为我已经知道得罪女士，很容易引起“男士”的义侠之心，弄得要被“通缉”都说不定的，便不再开口。所以我和现代派的文艺，丝毫无关。

但终于交了好运了，升为“首领”，而且据说是曾和现代派的“主将”在“北京文艺界”上交过战了。好不堂哉皇哉。本来在房里面有喜色，默认不辞，倒也有些阔气的。但因为我近来被人随手抑扬，忽而“权威”，忽而不准做“权威”，只准做“前驱”；忽而又改为“青年指导者”；甲说是“青年叛徒的领袖”罢，乙又来冷笑道：“哼哼哼。”自己一动不动，故我依然，姓名却已经经历了几回升沉冷暖。人们随意说说，将我当作一种材料，倒也罢了，最可怕的是广告底恭维和广告底嘲骂。简直是膏药摊上挂着的死蛇皮一般。所以这回虽然蒙现代派追封，但对于这“首领”的荣名，还只得再来公开辞退。不过也不见得回回如此，因为我没有这许多闲工夫。

背后插着“义旗”的“主将”出马，对手当然以阔一点的为是。我们在什么演义上时常看见：“来将通名！我的宝刀不斩无名之将！”主将要来“交战”而将我升为“首领”，大概也是“不得已也”的。但我并不然，没有这些大架子，无论吧儿狗，无论臭茅厕，都会唾过几口吐沫去，不必定要脊梁上插着五张尖角旗（义旗？）的“主将”出台，才动我的“刀笔”。假如有谁看见我攻击茅厕的文字，便以为也是我的劲敌，自恨于它的气味还未明了，再要去嗅一嗅，那是我不负责任的。恐怕有人以这广告为例，所以附带声明，以免拖累。

至于西滢先生的“文笔”，“思想”，“文艺批评界的权威”，那当然必须“欣赏”，“研究”而且“认识”的。只可惜要“欣赏”……这些，现在还只有一本《闲话》。但我以为咱们的“主将”的一切“文艺”中，最好的倒是登在《晨报副刊》上的，给志摩先生的大半痛骂鲁迅的那一封信。那是发热的时候所写，所以已经脱掉了绅士的黑洋服，真相跃如了。而且和《闲话》比较起来，简直是两样态度，证明着两者之中，有一种是虚伪。这也是要“研究”……西滢先生的“文笔”等等的好东西。

然而虽然是这一封信之中，也还须分别观之。例如：“志摩，……前面是遥遥茫茫荫在薄雾的里面的目的地”之类。据我看来，其实并无这样的“目的地”，倘有，却不怎么“遥遥茫茫”。这是因为热度还不很高的缘故，倘使发到九十度左右，我想，那便可望连这些“遥遥茫茫”都一扫而光，近于纯粹了。

九月九日，广州。

题注：

本篇最初发表于1927年10月15日北京《语丝》第一五三期。收入《而已集》。此篇是针对新月书店广告中“首领”两字而作，当为《辞“大义”》一文的续篇。1927年9月19日鲁迅致章廷谦信中说：“新月书店的目录，你看过了没有？每种广告都飘飘然，是诗哲手笔。……最可恶《闲话》广告将我升为‘语丝派首领’，而云首与‘现代派主将’陈西滢交战，故凡看《华盖集》者，也当看《闲话》云云。我已作杂感寄《语丝》以骂之……”

匪笔三篇

今之“正人君子”，论事有时喜欢讲“动机”。案动机，我自己知道，绍介这三篇文章是未免有些有伤忠厚的。旅资将尽，非逐食不可了，许多人已知道我将于八月中走出广州。七月末就收到了一封所谓“学者”的信，说我的文字得罪了他，“拟于九月中回粤后提起诉讼，听候法律解决”。且叫我“暂勿离粤，以俟开审”。命令被告枵腹恭候于异地，以俟自己雍容布置，慢慢开审，真是霸道得可观。第二天偶在报纸上看见飞天虎寄亚妙信，有“提防剑仔”的话，不知怎地忽而欣然独笑，还想到别的两篇东西，想执绍介之劳了。这种拉扯牵连，若即若离的思想，自己也觉得近乎刻薄，——但是，由它去罢，好在“开审”时总会结帐的。

在我的估计上，这类文章的价值却并不在文人学者的名文之下。先前也曾收集，得了五六篇，后来只在北京的《平民周刊》上发表过一篇模范监狱里的一个囚人的自序，其余的呢，我跑出北京以后，不知怎样了，现在却还想搜集。要夸大地说起来，则此类文章，于学术上也未始无用；我记得 Lombroso 所做的一本书——大约是《天才与狂人》，请读者恕我手头无书，不能指实——后面，就附有许多疯子的作品。然而这种金字招牌，我辈却无须挂起来。

这回姑且将现成的三篇介绍，都是从香港《循环日报》上采取的。以其都不是韵文，所以取阮氏《文笔对》之说，名之曰：笔。倘有好事之徒，寄我材料，无任欢迎。但此后拟不限有韵无韵，并且廓大范围，并收土匪，骗子，犯人，疯子等等的创作。但经文人润色，或拟作赝作者不收。

其实，古如陈涉帛书，米巫题字，近如义和团传单，同善社乩笔，也都是这一流。我想，凡见于古书的，也都可以抄出来编为一集，和现在的来比照，看思想手段，有什么不同。

来件想托北新书局代收，当择尤发表，——但这是我倘不忙于“以俟开审”或下了牢监的话。否则，自己的文章也就是材料，不必旁搜博采了。

闲话休题，言归正传：

一　撕票布告

潘平

广州佛山缸瓦栏维新码头发现烂艇一艘，有水浸淹其中，用蓑衣覆盖男子尸身一具，露出手足，旁有粗碗一只，白旗一面，书明云云。由六区水警，将该尸艇移泊西医院附近。验得该尸颈旁有一枪孔，直贯其鼻，显系生前轰毙。查死者年约三十岁，乃穿短线衫裤，剪平头装者。

南海紫洞潘平布告。

为布告事：昨四月念六日，在禄步共掳得乡人十余名，困留月余，并望赎音。兹提出禄步笋洞沙乡，姓许名进洪一名，枪毙示众，以儆其余。四方君子，特字周知，切勿视财如命！此布。（据七月十三日《循环报》。）

二　致信女某书

金吊桶

广西梧州洞天酒店相命家金吊桶，原名黄卓生，新会人，日前有行骗陈社恩，黄心，黄作梁夫妇银钱单据，为警备司令部将其捕获，又搜获一封固之信，内空白信笺一张，以火烘之，发现字迹如下：

今日民国十六年五月二十九日，吕纯阳先师下降，查明汝信女系广西人。汝今生为人，心善清洁，今天上玉皇赐横财四千五百两银过你，汝信享福养儿育女。但此财分作八回中足，今年七月尾只中白鸽票七百五十元左右。老来结局有个子，第三位有官星发达，有官太做。但汝终身要派大三房妾伴，不能坐正位。今生条命极好。汝前世犯了白虎五鬼天狗星，若想得横财旺子，要用六元六毫交与金吊桶先生代汝解除，方得平安无事。若不信解除，汝条命得来十分无夫福无子福，有子死子，有夫死夫。但见字要求先生共汝解去此凶星为要可也。汝想得财得子者，为夫福者，有夫权者，要求先生共汝行礼，交合阴阳一二回，方可平安。如有不顺从先生者，汝条命冇好处，无安乐也。……（据七月二十六日《循环报》。）

三　诘妙嫦书

飞天虎

香港永乐街如意茶楼女招待妙嫦，年仅双十，寓永吉街三十号二楼。七月二十九日晚十一时许，散工之后，偕同女侍三数人归家，道经大道中永吉街口，遇大汉三四人，要截于途，诘妙嫦曰：汝其为妙玲乎？嫦不敢答，闪避而行。讵大汉不使去，逞凶殴之，凡两拳，且曰：汝虽不语，固认识汝之面目者也！嫦被殴，大哭不已，归家后，以为大汉等所殴者为妙玲，故尚自怨无辜被辱，不料翌早复接恐吓信一通，按址由邮局投至，遂知昨晚之被殴，确为寻己，乃将事密报侦探，并告以所疑之人，务使就捕雪恨云。

亚妙女招待看！启者：久在如意茶楼，用诸多好言，殴辱我兄弟，及用滚水来陆之兄弟，灵端相劝，置之不理，与续大发雌雄，反口相齿，亦所谓恶不甚言矣。昨晚在此二人殴打已捶，亦非介意，不过小小之用。刻下限你一星期内答复，妥讲此事，若有无答复，早夜出入，提防剑仔，决列对待，及难保性命之虞，勿怪书不在先，至于死地之险也。诸多未及，难解了言，顺候，此询危险。七月初一晚，卅六友飞天虎谨。（据八月一日《循环报》。）

题注：

本篇最初发表于北京《语丝》第一四八期（1927 年 9 月 10 日）。收入《三闲集》。为揭露社会的黑暗现实，讽刺顾颉刚拉大旗作虎皮、以文字入罪打官司的行为，鲁迅以在广州收集的三条“社会新闻”为反面材料，作了本文。以作者按语加社会新闻的文章手法，鲁迅曾在 1925 年也作过，即《一个“罪犯”的自述》和《启事》，分别发表于《民众文艺》和《京报副刊》。《循环日报》，香港出版的中文报纸，1874 年创办，约于 1947 年停刊。

新时代的放债法

还有一种新的“世故”。

先前，我总以为做债主的人是一定要有钱的，近来才知道无须。在“新时代”里，有一种精神的资本家。

你倘说中国像沙漠罢，这资本家便乘机而至了，自称是喷泉。你说社会冷酷罢，他便自说是热；你说周围黑暗罢，他便自说是太阳。

阿！世界上冠冕堂皇的招牌，都被拿去了。岂但拿去而已哉。他还润泽，温暖，照临了你。因为他是喷泉，热，太阳呵！

这是一宗恩典。

不但此也哩。你如有一点产业，那是他赏赐你的。为什么呢？因为倘若他一提倡共产，你的产业便要充公了，但他没有提倡，所以你能有现在的产业。那自然是他赏赐你的。

你如有一个爱人，也是他赏赐你的。为什么呢？因为他是天才而且革命家，许多女性都渴仰到五体投地。他只要说一声“来！”便都飞奔过去了，你的当然也在内。但他不说“来！”所以你得有现在的爱人。那自然也是他赏赐你的。

这又是一宗恩典。

还不但此也哩！他到你那里来的时候，还每回带来一担同情！一百回就是一百担——你如果不知道，那就因为你没有精神的眼睛——经过一年，利上加利，就是二三百担……

阿阿！这又是一宗大恩典。

于是乎要算账了。不得了，这么雄厚的资本，还不够买一个灵魂么？但革命家是客气的，无非要你报答一点，供其使用——其实也不算使用，不过是“帮忙”而已。

倘不如命地“帮忙”，当然，罪大恶极了。先将忘恩负义之罪，布告于天下。而且不但此也，还有许多罪恶，写在账簿上哩，一旦发布，你便要“身败名裂”了。想不“身败名裂”么，只有一条路，就是赶快来“帮忙”以赎罪。

然而我不幸竟看见了“新时代的新青年”的身边藏着这许多账簿，而他们自己对于“身败名裂”又怀着这样天大的恐慌。

于是乎又得了新“世故”：关上门，塞好酒瓶，捏紧皮夹。这倒于我很保存了一些润泽，光和热——我是只看见物质的。

九，十四。

题注：

本篇最初发表于1927年10月22日北京《语丝》第一五四期，原题为《“新时代”的避债法》。收入《而已集》。本篇针对高长虹的攻击性言论。本文中“世故”等一些词句都引用高长虹的话。1926年11月高长虹在《狂飙》周刊第五期发表的《走到出版界——1925年北京出版界形势指掌图》中称鲁迅为“世故老人”。在第六期（1926年11月）《给——》一诗中自比太阳。在第九期（1926年12月）《介绍中华第一诗人》中说："在恋爱上我虽然像嫉妒过人，然而其实是我倒让步过人。"在第十期（1926 年 12 月）《时代的命运》中又说"我对于鲁迅先生曾献过最大的让步，不只是思想上，而且是生活上"，说他和鲁迅"曾经过一个思想上的战斗时期"，他所用的"战略"是"同情"。在第十四期（1927 年 1 月）《我走出了化石的世界》中说："鲁迅不特身心交病，且将身败名裂矣！"等等。此外，"帮忙""新时代的新青年"等，都是高长虹文中常用的词语。

“公理”之所在

在广州的一个“学者”说，“鲁迅的话已经说完，《语丝》不必看了。”这是真的，我的话已经说完，去年说的，今年还适用，恐怕明年也还适用。但我诚恳地希望他不至于适用到十年二十年之后。倘这样，中国可就要完了，虽然我倒可以自慢。

公理和正义都被“正人君子”拿去了，所以我已经一无所有。这是我去年说过的话，而今年确也还是如此。然而我虽然一无所有，寻求是还在寻求的，正如每个穷光棍，大抵不会忘记银钱一样。

话也还没有说完。今年，我竟发见了公理之所在了。或者不能说发见，只可以说证实。北京中央公园里不是有一座白石牌坊，上面刻着四个大字道，“公理战胜”么？——Yes，就是这个。

这四个字的意思是“有公理者战胜”，也就是“战胜者有公理”。

段执政有卫兵，“孤桐先生”秉政，开枪打败了请愿的学生，胜矣。于是东吉祥胡同的“正人君子”们的“公理”也蓬蓬勃勃。慨自执政退隐，“孤桐先生”“下野”之后，——呜呼，公理亦从而零落矣。那里去了呢？枪炮战胜了投壶，阿！有了，在南边了。于是乎南下，南下，南下……

于是乎“正人君子”们又和久违的“公理”相见了。

《现代评论》的一千元津贴事件，我一向没有插过嘴，而“主将”也将我拉在里面，乱骂一通，——大约以为我是“首领”之故罢。横竖说也被骂，不说也被骂，我就回敬一杯，问问你们所自称为“现代派”者，今年可曾幡然变计，另外运动，收受了新的战胜者的津贴没有？

还有一问，是：“公理”几块钱一斤？

题注：

本篇最初发表于1927年10月22日北京《语丝》第一五四期。收入《而已集》。《现代评论》派曾经标榜“公理”和“正义”，为北洋政府效劳，北伐战争胜利后又转而投靠国民政府。本篇讽刺章士钊、陈西滢等纷纷南下的投机行为。1927年7月28日鲁迅致章廷谦信之末附荆有麟来信摘录，其中有陈西滢到南京国民政府活动的消息。鲁迅写道：“吧儿跑到南京了，消息如别纸，今附上。”又在此消息上加批语：“吧儿狗也终于‘择主而事了’。”

“意表之外”

有恒先生在《北新周刊》上诧异我为什么不说话，我已经去信公开答复了。还有一层没有说。这也是一种新的“世故”。

我的杂感常不免于骂。但今年发见了，我的骂对于被骂者是大抵有利的。

拿来做广告，显而易见，不消说了。还有：

1，天下以我为可恶者多，所以有一个被我所骂的人要去运动一个以我为可恶的人，只要摊出我的杂感来，便可以做他们的“兰谱”，“相视而笑，莫逆于心”了。“咱们一伙儿”。

2，假如有一个人在办一件事，自然是不会好的。但我一开口，他却可以归罪于我了。譬如办学校罢，教员请不到，便说：这是鲁迅说了坏话的缘故；学生闹一点小乱子罢，又是鲁迅说了坏话的缘故。他倒干干净净。

我又不学耶稣，何苦替别人来背十字架呢？

但“江山好改，本性难移”，也许后来还要开开口。可是定了“新法”了，除原先说过的“主将”之类以外，新的都不再说出他的真姓名，只叫“一个人”，“某学者”，“某教授”，“某君”。这么一来，他利用的时候便至少总得费点力，先须加以说明。

你以为“骂”决非好东西罢，于有些人还是有利的。人类究竟是可怕的东西。就是能够咬死人的毒蛇，商人们也会将它浸在酒里，什么“三蛇酒”，“五蛇酒”，去卖钱。

这种办法实在比“交战”厉害得多，能使我不敢写杂感。但再来一回罢，写“不敢写杂感”的杂感。

题注：

本篇最初发表于1927年10月22日北京《语丝》第一五四期。收入《而已集》。本文题目“意表之外”，是引用林纾文章中不通的用语。鲁迅在这篇文章中补充了一点自己不说话的原因，是怕被人利用，因此不敢写杂感。但即便如此，他也还是要写“不敢写杂感”的杂感。

吊与贺

《语丝》在北京被禁之后，一个相识者寄给我一块剪下的报章，是十一月八日的北京《民国晚报》的《华灯》栏，内容是这样的：

吊丧文

孔伯尼

顷闻友云："《语丝》已停"，其果然欤？查《语丝》问世，三年于斯，素无余润，常经风波。以久特闻，迄未少衰焉。方期益臻坚壮，岂意中道而崩？"闲话"失慎，"随感"伤风欤？抑有他故耶？岂明老人再不兴风作浪，叛徒首领无从发令施威；忠臣孝子，或可少申余愤；义士仁人，大宜下井投石。"语丝派"已亡，众怒少息，"拥旗党"犹在，五色何忧？从此狂澜平静，邪说歼绝。有关风化，良匪浅鲜！则《语丝》之停也，岂不懿欤？所惜者余孽未尽，祸根犹存，复萌故态，诚堪预防！自宜除恶务尽，何容姑息养奸？兴仁义师，招抚并用；设文字狱，赏罚分明。打倒异端，惩办祸首；以安民心，而属众望。岂惟功垂不朽；曷止德及黎庶？抑亦国旗为荣耶？效《狂飙》之往例，草

《语丝》之哀辞，当仁不让，舍我其谁？朝野君子，乞勿忽之。

未废标点，已禁语体之秋，阳历晦日，杏坛上。

先前没有想到，这回却记得起来了。去年我在厦门岛上时，也有一个朋友剪寄我一片报章，是北京的《每日评论》，日子是“丙寅年十二月二十……”，阳历的日子被剪掉了。内容是这一篇：

挽狂飙

燕生

不料我刚作了《读狂飙》一文之后，《狂飙》疾终于上海正寝的讣闻随着就送到了。本来《狂飙》的不会长命百岁，是我们早已料到的，但它夭折的这样快，却确乎“出人意表之外”。尤其是当这与“思想界的权威者”正在宣战的时候，而突然得到如此的结果，多心的人也许会猜疑到权威者的反攻战略上面，“这话当然不确”，“不过”自由批评家所走不到的光华书局，“思想界的权威”也许竟能走得到了，于是乎《狂飙》乃停，于是乎《狂飙》乃不得不停。

但当今之世，权威亦多矣，《狂飙》所得罪者不知是南方之强欤？北方之强欤？抑……欤？

思想家究竟不如武人爽快，《狂飙》虽停，而长虹终于能安然走到北京，这个，我们倒要向长虹道贺。

呜呼！回想非宗教大同盟轰轰烈烈之际，则有五教授慨然署名于拥护思想自由之宣言，曾几何时，而自由批评已成为反动者唯一之口号矣。自由乎！自由乎！其随线装书以入于毛厕坑中乎！嘻嘻！咄咄！

《语丝》本来并非选定了几个人，加以恭维或攻击或诅咒之后，便将作者和刊物的荣枯存灭，都推在这几个人的身上的出版物。但这回的禁终于燕京北寝的讣闻，却“也许”不“会猜疑到权威者的反攻战略上面”去了罢。诚然，我亦觉得“思想家究竟不如武人爽快”也！

但是，这个，我倒要向燕生和五色国旗道贺。

十二月四日，于上海正寝。

题注：

本篇最初发表于上海《语丝》第四卷第三期（1927 年 12 月 31 日）。收入《三闲集》。1927 年 1 月，《狂飙》周刊在上海停刊，国家主义派文人常燕生称，《狂飙》的停刊是出于“鲁迅的反攻战略”，又说《狂飙》的编辑高长虹“终于能安然走到北京”，倒要向他“道贺”。同年 10 月，《语丝》周刊在北京出至第一百五十四期，被军阀张作霖查禁，当时报纸上出现诸如《吊丧文》之类文章对此幸灾乐祸。为抨击当局对进步文艺的摧残，讽刺“吊”与“贺”的言论，鲁迅撰写本文。常燕生贬责鲁迅的言论，鲁迅后来在《我的态度气量和年纪》中也再次提到。1922 年初，世界基督教学生同盟曾决定在北京召开第十一次大会，中国一部分知识分子表示反对，上海、北京等地成立“非基督教学生同盟”。北京大学周作人、钱玄同、沈士远等五教授反对“同盟”的意见，发表《主张信教自由者的宣言》，认为“人们的信仰，应当有绝对的自由，不受任何人的干涉”。

卢梭和胃口

做过《民约论》的卢梭，自从他还未死掉的时候起，便受人们的责备和迫害，直到现在，责备终于没有完。连在和“民约”没有什么关系的中华民国，也难免这一幕了。

例如商务印书馆出版的《爱弥尔》中文译本的序文上，就说——

> “……本书的第五编即女子教育，他的主张非但不彻底，而且不承认女子的人格，与前四编的尊重人类相矛盾。……所以在今日看来，他对于人类正当的主张，可说只树得一半……。”

然而复旦大学出版的《复旦旬刊》创刊号上梁实秋教授的意思，却“稍微有点不同”了。其实岂但“稍微”而已耶，乃是“卢梭论教育，无一是处，唯其论女子教育，的确精当。”因为那是“根据于男女的性质与体格的差别而来”的。而近代生物学和心理学研究的结果，又证明着天下没有两个人是无差别。怎样的人就该施以怎样的教育。所以，梁先生说——

“我觉得‘人’字根本的该从字典里永远注销，或由政府下令永禁行使。因为‘人’字的意义太糊涂了。聪明绝顶的人，我们叫他做人，蠢笨如牛的人，也一样的叫做人，弱不禁风的女子，叫做人，粗横强大的男人，也叫做人，人里面的三流九等，无一非人。近代的德谟克拉西的思想，平等的观念，其起源即由于不承认人类的差别。近代所谓的男女平等运动，其起源即由于不承认男女的差别。人格是一个抽象名词，是一个人的身心各方面的特点的总和。人的身心各方面的特点既有差别，实即人格上亦有差别。所谓侮辱人格的，即是不承认一个人特有的人格，卢梭承认女子有女子的人格，所以卢梭正是尊重女子的人格。抹杀女子所特有之特性者，才是侮辱女子人格。”

于是势必至于得到这样的结论——

“……正当的女子教育应该是使女子成为完全的女子。”

那么，所谓正当的教育者，也应该是使“弱不禁风”者，成为完全的“弱不禁风”，“蠢笨如牛”者，成为完全的“蠢笨如牛”，这才免于侮辱各人——此字在未经从字典里永远注销，政府下令永禁行使之前，暂且使用——的人格了。卢梭《爱弥尔》前四编的主张不这样，其“无一是处”，于是可以算无疑。

但这所谓“无一是处”者，也只是对于“聪明绝顶的人”而言；在“蠢笨如牛的人”，却是“正当”的教育。因为看了这样的议论，可以使他更渐近于完全“蠢笨如牛”。这也就是尊重他的人格。

然而这种议论还是不会完结的。为什么呢？一者，因为即使知道说“自然的不平等”，而不容易明白真“自然”和“因积渐的人为而似自然”之分。二者，因为凡有学说，往往“合吾人之胃口者则容纳之，且从而宣扬之”也。

上海一隅，前二年大谈亚诺德，今年大谈白璧德，恐怕也就是胃口之故罢。

许多问题大抵发生于“胃口”，胃口的差别，也正如“人”字一样的——其实这两字也应该呈请政府“下令永禁行使”。我且抄一段同是美国的 Upton Sinclair 的，以尊重另一种人格罢——

> “无论在那一个卢梭的批评家，都有首先应该解决的唯一的问题。为什么你和他吵闹的？要为他的到达点的那自由，平等，调协开路么？还是因为畏惧卢梭所发向世界上的新思想和新感情的激流呢？使对于他取了为父之劳的个人主义运动的全体怀疑，将我们带到子女服从父母，奴隶服从主人，妻子服从丈夫，臣民服从教皇和皇帝，大学生毫不发生疑问，而佩服教授的讲义的善良的古代去，乃是你的目的么？
>
> “阿嵬夫人曰：‘最后的一句，好像是对于白璧德教授的一箭似的。’
>
> “‘奇怪呀，’她的丈夫说。‘斯人也而有斯姓也……那一定是上帝的审判了。’”

不知道和原意可有错误，因为我是从日本文重译的。书的原名是《Mammonart》，在 California 的 Pasadena 作者自己出版，胃口相近的人们自己弄来看去罢。Mammon 是希腊神话里的财神，art 谁都知道是艺术。可以译作“财神艺术”罢。日本的译名是“拜金艺术”，也行。因为这一个字是作者生造的，政府既没有下令颁行，字典里也大概未曾注入，所以姑且在这里加一点解释。

十二，二一。

题注：

本篇最初发表于1928年1月7日上海《语丝》第四卷第四期。收入《而已集》。1927年《新女性》月刊等报刊开展关于妇女问题的讨论，新月派作家梁实秋在同年11月《复旦旬刊》创刊号上发表了旧文《卢梭论女子教育》。他秉承新人文主义运动的领导人白璧德的观点，说卢梭一无是处，唯独肯定卢梭关于女子教育的偏颇观点，认为卢梭关于女子教育的学说，“实足矫正近年来男女平等的学说”，又说：“正当的女子教育应该是使女子成为完全的女子”，“理想的女子教育就是贤母良妻的教育”。鲁迅本篇即针对梁实秋的女性观而写。

文学和出汗

上海的教授对人讲文学，以为文学当描写永远不变的人性，否则便不久长。例如英国，莎士比亚和别的一两个人所写的是永久不变的人性，所以至今流传，其余的不这样，就都消灭了云。

这真是所谓“你不说我倒还明白，你越说我越胡涂”了。英国有许多先前的文章不流传，我想，这是总会有的，但竟没有想到它们的消灭，乃因为不写永久不变的人性。现在既然知道了这一层，却更不解它们既已消灭，现在的教授何从看见，却居然断定它们所写的都不是永久不变的人性了。

只要流传的便是好文学，只要消灭的便是坏文学；抢得天下的便是王，抢不到天下的便是贼。莫非中国式的历史论，也将沟通了中国人的文学论欤?

而且，人性是永久不变的么?

类人猿，类猿人，原人，古人，今人，未来的人，……如果生物真会进化，人性就不能永久不变。不说类猿人，就是原人的脾气，我们大约就很难猜得着的，则我们的脾气，恐怕未来的人也未必会明白。要写永久不变的人性，实在难哪。

譬如出汗罢，我想，似乎于古有之，于今也有，将来一定暂时也还有，该可以算得较为“永久不变的人性”了。然而“弱不禁风”的小姐出的是香汗，“蠢笨如牛”的工人出的是臭汗。不知道倘要做长留世上的文字，要充长留世上的文学家，是描写香汗好呢，还是描写臭汗好？这问题倘不先行解决，则在将来文学史上的位置，委实是“岌岌乎殆哉”。

听说，例如英国，那小说，先前是大抵写给太太小姐们看的，其中自然是香汗多；到十九世纪后半，受了俄国文学的影响，就很有些臭汗气了。那一种的命长，现在似乎还在不可知之数。

在中国，从道士听论道，从批评家听谈文，都令人毛孔痉挛，汗不敢出。然而这也许倒是中国的“永久不变的人性”罢。

二七，一二，二三。

题注：

本篇最初发表于1928年1月14日上海《语丝》第四卷第五期。收入《而已集》。1926年10月27日、28日《晨报副刊》发表的梁实秋的《文学批评辩》一文中认为：“物质的状态是变动的，人生的态度是歧异的；但人性的质素是普遍的，文学品味是固定的。所以伟大的文学作品能禁得起时代和地域的试验。《依里亚德》在今天尚有人读，莎士比亚的戏剧在今天尚有人演，因为普遍的人性是一切伟大的作品之基础。”鲁迅驳斥了这种论调，提出文艺是有阶级性的。

“醉眼”中的朦胧

旧历和新历的今年似乎于上海的文艺家们特别有着刺激力，接连的两个新正一过，期刊便纷纷而出了。他们大抵将全力用尽在伟大或尊严的名目上，不惜将内容压杀。连产生了不止一年的刊物，也显出拚命的挣扎和突变来。作者呢，有几个是初见的名字，有许多却还是看熟的，虽然有时觉得有些生疏，但那是因为停笔了一年半载的缘故。他们先前在做什么，为什么今年一齐动笔了？说起来怕话长。要而言之，就因为先前可以不动笔，现在却只好来动笔，仍如旧日的无聊的文人，文人的无聊一模一样。这是有意识或无意识地，大家都有些自觉的，所以总要向读者声明“将来”：不是“出国”,“进研究室”，便是“取得民众”。功业不在目前，一旦回国，出室，得民之后，那可是非同小可了。自然，倘有远识的人，小心的人，怕事的人，投机的人，最好是此刻预致“革命的敬礼”。一到将来，就要“悔之晚矣”了。

然而各种刊物，无论措辞怎样不同，都有一个共通之点，就是：有些朦胧。这朦胧的发祥地，由我看来，——虽然是冯乃超的所谓“醉眼陶然”——也还在那有人爱，也有人憎的官僚和军阀。和他们已有瓜葛，或想有瓜葛的，笔下便往往笑迷迷，向大家表示和气，然而有远见，梦中又害怕铁锤和镰刀，因此也不敢分明恭维现在的主子，于是在这里留着一点朦胧。和他们瓜葛已断，或并无瓜葛，走向大众去的，本可以毫无顾忌地说话了，但笔下即使雄纠纠，对大家显英雄，会忘却了他们的指挥刀的傻子是究竟不多的，这里也就留着一点朦胧。于是想要朦胧而终于透漏色彩的，想显色彩而终于不免朦胧的，便都在同地同时出现了。

其实朦胧也不关怎样紧要。便在最革命的国度里，文艺方面也何尝不带些朦胧。然而革命者决不怕批判自己，他知道得很清楚，他们敢于明言。惟有中国特别，知道跟着人称托尔斯泰为“卑汙的说教人”了，而对于中国“目前的情状”，却只觉得在“事实上，社会各方面亦正受着乌云密布的势力的支配”，连他的“剥去政府的暴力，裁判行政的喜剧的假面”的勇气的几分之一也没有；知道人道主义不彻底了，但当“杀人如草不闻声”的时候，连人道主义式的抗争也没有。剥去和抗争，也不过是“咬文嚼字”，并非“直接行动”。我并不希望做文章的人去直接行动，我知道做文章的人是大概只能做文章的。

可惜略迟了一点，创造社前年招股本，去年请律师，今年才揭起“革命文学”的旗子，复活的批评家成仿吾总算离开守护“艺术之宫”的职掌，要去“获得大众”，并且给革命文学家“保障最后的胜利”了。这飞跃也可以说是必然的。弄文艺的人们大抵敏感，时时也感到，而且防着自己的没落，如漂浮在大海里一般，拚命向各处抓攫。二十世纪以来的表现主义，踏踏主义，什么什么主义的此兴彼衰，便是这透露的消息。现在则已是大时代，动摇的时代，转换的时代，中国以外，阶级的对立大抵已经十分锐利化，农工大众日日显得着重，倘要将自己从没落救出，当然应该向他们去了。何况“呜呼！小资产阶级原有两个灵魂。……”虽然也可以向资产阶级去，但也能够向无产阶级去的呢。

这类事情，中国还在萌芽，所以见得新奇，须做《从文学革命到革命文学》那样的大题目，但在工业发达，贫富悬隔的国度里，却已是平常的事情。或者因为看准了将来的天下，是劳动者的天下，跑过去了；或者因为倘帮强者，宁帮弱者，跑过去了；或者两样都有，错综地作用着，跑过去了。也可以说，或者因为恐怖，或者因为良心。成仿吾教人克服小资产阶级根性，拉“大众”来作“给与”和“维持”的材料，文章完了，却正留下一个不小的问题：

倘若难于“保障最后的胜利”，你去不去呢？

这实在还不如在成仿吾的祝贺之下，也从今年产生的《文化批判》上的李初梨的文章，索性主张无产阶级文学，但无须无产者自己来写；无论出身是什么阶级，无论所处是什么环境，只要“以无产阶级的意识，产生出来的一种的斗争的文学”就是，直截爽快得多了。但他一看见“以趣味为中心”的可恶的“语丝派”的人名就不免曲折，仍旧“要问甘人君，鲁迅是第几阶级的人？”

我的阶级已由成仿吾判定：“他们所矜持的是‘闲暇，闲暇，第三个闲暇’；他们是代表着有闲的资产阶级，或者睡在鼓里的小资产阶级。……如果北京的乌烟瘴气不用十万两无烟火药炸开的时候，他们也许永远这样过活的罢。”

我们的批判者才将创造社的功业写出，加以“否定的否定”，要去“获得大众”的时候，便已梦想“十万两无烟火药”，并且似乎要将我挤进“资产阶级”去（因为“有闲就是有钱”云），我倒颇也觉得危险了。后来看见李初梨说：“我以为一个作家，不管他是第一第二……第百第千阶级的人，他都可以参加无产阶级文学运动；不过我们先要审察他们的动机。……”这才有些放心，但可虑的是对于我仍然要问阶级。“有闲便是有钱”；倘使无钱，该是第四阶级，可以“参加无产阶级文学运动”了罢，但我知道那时又要问“动机”。总之，最要紧是“获得无产阶级的阶级意识”，——这回可不能只是“获得大众”便算完事了。横竖缠不清，最好还是让李初梨去“由艺术的武器到武器的艺术”，让成仿吾去坐在半租界里积蓄“十万两无烟火药”，我自己是照旧讲“趣味”。

那成仿吾的“闲暇，闲暇，第三个闲暇”的切齿之声，在我是觉得有趣的。因为我记得曾有人批评我的小说，说是“第一个是冷静，第二个是冷静，第三个还是冷静”，“冷静”并不算好批判，但不知怎地竟像一板斧劈着了这位革命的批评家的记忆中枢似的，从此“闲暇”也有三个了。倘有四个，连《小说旧闻钞》也不写，或者只有两个，见得比较地忙，也许可以不至于被“奥伏赫变”(“除掉”的意思，Aufheben的创造派的译音，但我不解何以要译得这么难写，在第四阶级，一定比照描一个原文难）罢，所可惜的是偏偏是三个。但先前所定的不“努力表现自己”之罪，大约总该也和成仿吾的“否定的否定”，一同勾消了。

创造派“为革命而文学”，所以仍旧要文学，文学是现在最紧要的一点，因为将“由艺术的武器，到武器的艺术”，一到“武器的艺术”的时候，便正如“由批判的武器，到用武器的批判”的时候一般，世界上有先例，“徘徊者变成同意者，反对者变成徘徊者”了。

但即刻又有一点不小的问题：为什么不就到“武器的艺术”呢？

这也很像“有产者差来的苏秦的游说”。但当现在“无产者未曾从有产者意识解放以前”，这问题是总须起来的，不尽是资产阶级的退兵或反攻的毒计。因为这极彻底而勇猛的主张，同时即含有可疑的萌芽了。那解答只好是这样：

因为那边正有“武器的艺术”，所以这边只能“艺术的武器”。

这艺术的武器，实在不过是不得已，是从无抵抗的幻影脱出，坠入纸战斗的新梦里去了。但革命的艺术家，也只能以此维持自己的勇气，他只能这样。倘他牺牲了他的艺术，去使理论成为事实，就要怕不成其为革命的艺术家。因此必然的应该坐在无产阶级的阵营中，等待“武器的铁和火”出现。这出现之际，同时拿出“武器的艺术”来。倘那时铁和火的革命者已有一个“闲暇”，能静听他们自叙的功勋，那也就成为一样的战士了。最后的胜利。然而文艺是还是批判不清的，因为社会有许多层，有先进国的史实在；要取目前的例，则《文化批判》已经拖住Upton Sinclair,《创造月刊》也背了Vigny在“开步走”了。

倘使那时不说“不革命便是反革命”，革命的迟滞是“语丝派”之所为，给人家扫地也还可以得到半块面包吃，我便将于八时间工作之暇，坐在黑房里，续钞我的《小说旧闻钞》，有几国的文艺也还是要谈的，因为我喜欢。所怕的只是成仿吾们真像符拉特弥尔·伊力支一般，居然“获得大众”；那么，他们大约更要飞跃又飞跃，连我也会升到贵族或皇帝阶级里，至少也总得充军到北极圈内去了。译著的书都禁止，自然不待言。

不远总有一个大时代要到来。现在创造派的革命文学家和无产阶级作家虽然不得已而玩着“艺术的武器”，而有着“武器的艺术”的非革命武学家也玩起这玩意儿来了，有几种笑迷迷的期刊便是这。他们自己也不大相信手里的“武器的艺术”了罢。那么，这一种最高的艺术——“武器的艺术”现在究竟落在谁的手里了呢？只要寻得到，便知道中国的最近的将来。

二月二十三日，上海。

题注：

本篇最初发表于上海《语丝》第四卷第十一期（1928 年 3 月 12 日）。收入《三闲集》。1928 年初，“革命文学”的论争爆发。当时，创造社和太阳社的一些成员在中国革命的实际和文艺领域中试图运用马克思主义原理时，出现了严重的主观主义和宗派主义的倾向，对鲁迅作了错误的分析，采取了排斥以至无原则攻击的态度。冯乃超在《艺术与社会生活》一文中攻击鲁迅是“常从幽暗的酒家的楼头，醉眼陶然地眺望窗外的人生”，“追怀过去的昔日，追悼没落的封建情绪”的“落伍者”。成仿吾在《完成我们的文学革命》一文中指责鲁迅的作品是“以趣味为中心的生活基调”，“所矜持着的是闲暇，闲暇，第三个闲暇”，在《从文学革命到革命文学》中说鲁迅等“代表着有闲的资产阶级，或者睡在鼓里的小资产阶级”。鲁迅在本文中针对他们的观点进行了反驳。鲁迅在 1928 年的《文艺与革命》《我的态度气量和年纪》等文中，以或引用、或讽刺的方式多次提到成仿吾此事。

头

三月二十五日的《申报》上有一篇梁实秋教授的《关于卢骚》，以为引辛克来儿的话来攻击白璧德，是“借刀杀人”，“不一定是好方法”。至于他之攻击卢骚，理由之二，则在“卢骚个人不道德的行为，已然成为一般浪漫文人行为之标类的代表，对于卢骚的道德的攻击，可以说即是给一般浪漫的人的行为的攻击。……”

那么，这虽然并非“借刀杀人”，却成了“借头示众”了。假使他没有成为“一般浪漫文人行为之标类的代表”，就不至于路远迢迢，将他的头挂给中国人看。一般浪漫文人，总算害了遥拜的祖师，给了他一个死后也不安静。他现在所受的罚，是因为影响罪，不是本罪了，可叹也夫！

以上的话不大“谨饬”，因为梁教授不过要笔伐，并未说须挂卢骚的头，说到挂头，是我看了今天《申报》上载湖南共产党郭亮“伏诛”后，将他的头挂来挂去，“遍历长岳”，偶然拉扯上去的。可惜湖南当局，竟没有写了列宁（或者溯而上之，到马克斯；或者更溯而上之，到黑格尔等等）的道德上的罪状，一同张贴，以正其影响之罪也。湖南似乎太缺少批评家。

记得《三国志演义》记袁术（？）死后，后人有诗叹道：“长揖横刀出，将军盖代雄，头颅行万里，失计杀田丰。”当三个有闲之暇，也活剥一首来吊卢骚：

“脱帽怀铅出，先生盖代穷。头颅行万里，失计造儿童。”

四月十日。

题注：

本篇最初发表于上海《语丝》周刊第四卷第十七期（1928年4月23日）。收入《三闲集》。1928年3月27日，共产党人郭亮在湖南岳阳被捕，29日在长沙被害。反动当局把他“悬首示众”，以此来镇压革命。《申报》4月10日刊载的《郭亮在湘伏诛续闻》中说：“郭亮首级之转运、郭首用木笼装置、悬在司门口者数日矣。”新月派文人梁实秋，在3月25日上海《时事新报》（鲁迅误记为《申报》）发表《关于卢骚——答郁达夫先生》一文，“借头示众”，借攻击法国启蒙思想家卢梭来宣传自己的思想主张。为抨击国民党当局的暴行，并讽刺梁实秋的“借头示众”，鲁迅作本文，将这两种“挂头”并提，互相对照。郭亮的事迹，鲁迅在文章《铲共大观》中也有所提及。

我的态度气量和年纪

英勇的刊物是层出不穷，“文艺的分野”上的确热闹起来了。日报广告上的《战线》这名目就惹人注意，一看便知道其中都是战士。承蒙一个朋友寄给我三本，才得看见了一点枪烟，并且明白弱水做的《谈中国现在的文学界》里的有一粒弹子，是瞄准着我的。为什么呢？因为先是《“醉眼”中的朦胧》做错了。据说错处有三：一是态度，二是气量，三是年纪。复述易于失真，还是将这粒子弹移置在下面罢：

> “鲁迅那篇，不敬得很，态度太不兴了。我们从他先后的论战上看来，不能不说他的量气太窄了。最先（据所知）他和西滢战，继和长虹战，我们一方面觉得正直是在他这面，一方面又觉得辞锋太有点尖酸刻薄，现在又和创造社战，辞锋仍是尖酸，正直却不一定落在他这面。是的，仿吾和初梨两人对他的批评是可以有反驳的地方，但这应庄严出之，因为他们所走的方向不能算不对，冷嘲热刺，只有对于冥顽不灵者为必要，因为是不可理喻。对于热烈猛进的绝对不合用这种态度。他那种态度，虽然在

他自己亦许觉得骂得痛快，但那种口吻，适足表出‘老头子’的确不行吧了。好吧，这事本该是没有勉强的必要和可能，让各人走各人的路去好了。我们不禁想起了五四时的林琴南先生了！”

这一段虽然并不涉及是非，只在态度，量气，口吻上，断定这“老头子的确不行”，从此又自然而然地抹杀我那篇文字，但粗粗一看，却很像第三者从旁的批评。从我看来，“尖酸刻薄”之处也不少，作者大概是青年，不会有“老头子”气的，这恐怕因为我“冥顽不灵”，不得已而用之的罢，或者便是自己不觉得。不过我要指摘，这位隐姓埋名的弱水先生，其实是创造社那一面的。我并非说，这些战士，大概是创造社里常见他的脚踪，或在艺术大学里兼有一只饭碗，不过指明他们是相同的气类。因此，所谓《战线》，也仍不过是创造社的战线。所以我和西滢长虹战，他虽然看见正直，却一声不响，今和创造社战，便只看见尖酸，忽然显战士身而出现了。其实所断定的先两回的我的“正直”，也还是死了已经两千多年了的老头子老聃先师的“将欲取之必先与之”的战略，我并不感服这类的公评。陈西滢也知道这种战法的，他因为要打倒我的短评，便称赞我的小说，以见他之公正。

即使真以为先两回是正直在我这面的罢，也还是因为这位弱水先生是不和他们同系，同社，同派，同流……。从他们那一面看来，事情可就两样了。我“和西滢战”了以后，现代系的唐有壬曾说《语丝》的言论，是受了墨斯科的命令；“和长虹战”了以后，狂飙派的常燕生曾说《狂飙》的停版，也许因为我的阴谋。但除了我们两方以外，恐怕不大有人注意或记得了罢。事不干己，是很容易滑过去的。

这次对于创造社，是的，“不敬得很”，未免有些不“庄严”；即使在我以为是直道而行，他们也仍可认为“尖酸刻薄”。于是“论战”便变成“态度战”,“量气战”,“年龄战”了。但成仿吾辈的对我的“态度”，战士们虽然不屑留心到，在我本身是明白的。我有兄弟，自以为算不得就是我“不可理喻”，而这位批评家于《呐喊》出版时，即加以讥刺道：“这回由令弟编了出来，真是好看得多了”。这传统直到五年之后，再见于冯乃超的论文，说是“无聊赖地跟他弟弟说几句人道主义的美丽的说话”。我的主张如何且不论，即使相同，何以说话相同便是“无聊赖地”？莫非一有“弟弟”，就必须反对，一个讲革命，一个即该讲保皇，一个学地理，一个就得学天文么？还有，我合印一年的杂感为《华盖集》，另印先前所钞的小说史料为《小说旧闻钞》，是并不相干的。这位成仿吾先生却加以编排道：“我们的鲁迅先生坐在华盖之下正在抄他的‘小说旧闻’。”这使李初梨很高兴，今年又抄在《文化批判》里，还乐得不可开交道，“他（成仿吾）这段文章，比‘趣味文学’还更有趣些。”但是还不够，他们因为我生在绍兴，绍兴出酒，便说“醉眼陶然”；因为我年纪比他们大了，便说“老生”，还要加注道：“若许我用文学的表现。”而这一个“老”的错处，还给《战线》上的弱水先生作为“的确不行”的根源。我自信对于创造社，还不至于用了他们的籍贯，家族，年纪，来作奚落的资料，不过今年偶然做了一篇文章，其中第一次指摘了他们文字里的矛盾和笑话而已。但是“态度”问题来了，“量气”问题也来了，连战士也以为尖酸刻薄。莫非必须我学革命文学家所指为“卑污”的托尔斯泰，毫无抵抗，或者上一呈文：“小资产阶级或有产阶级臣鲁迅诚惶诚恐谨呈革命的‘印贴利更追亚’老爷麾下”，这才不至于“的确不行”么？

至于我是“老头子”，却的确是我的不行。“和长虹战”的时候，他也曾指出我这一条大错处，此外还嘲笑我的生病。而且也是真的，我的确生过病，这回弱水这一位“小头子”对于这一节没有话说，可见有些青年究竟还怀着纯朴的心，很是厚道的。所以他将“冷嘲热刺”的用途，也瓜分开来，给“热烈猛进的”制定了优待条件。可惜我生得太早，已经不属于那一类，不能享受同等待遇了。但幸而我年青时没有真上战线去，受过创伤，倘使身上有了残疾，那就又添一件话柄，现在真不知道要受多少奚落哩。这是“不革命”的好处，应该感谢自己的。

其实这回的不行，还只是我不行，无关年纪的。托尔斯泰，克罗颇特庚，马克斯，虽然言行有“卑污”与否之分，但毕竟都苦斗了一生，我看看他们的照相，全有大胡子。因为我一个而抹杀一切“老头子”，大约是不算公允的。然而中国呢，自然不免又有些特别，不行的多。少年尚且老成，老年当然成老。林琴南先生是确乎应该想起来的，他后来真是暮年景象，因为反对白话，不能论战，便从横道儿来做一篇影射小说，使一个武人痛打改革者，——说得“美丽”一点，就是神往于“武器的文艺”了。旧的和新的，往往有极其相同之点——如：个人主义者和社会主义者往往都反对资产阶级，保守者和改革者往往都主张为人生的艺术，都讳言黑暗，棒喝主义者和共产主义者都厌恶人道主义等——林琴南先生的事也正是一个证明。至于所以不行之故，其关键就全在他生得更早，不知道这一阶级将被“奥服赫变”，及早变计，于是归根结蒂，分明现出 Fascist 本相了。但我以为“老头子”如此，是不足虑的，他总比青年先死。林琴南先生就早已死去了。可怕的是将为将来柱石的青年，还象他的东拉西扯。

又来说话，量气又太小了，再说下去，就要更小，“正直”岂但“不一定”在这一面呢，还要一定不在这一面。而且所说的又都是自己的事，并非“大贫”的民众……。但是，即使所讲的只是个人的事，有些人固然只看见个人，有些人却也看见背景或环境。例如《鲁迅在广东》这一本书，今年战士们忽以为编者和被编者希图不朽，于是看得“烦躁”，也给了一点对于“冥顽不灵”的冷嘲。我却以为这太偏于唯心论了，无所谓不朽，不朽又干吗，这是现代人大抵知道的。所以会有这一本书，其实不过是要黑字印在白纸上，订成一本，作商品出售罢了。无论是怎样泡制法，所谓“鲁迅”也者，往往不过是充当了一种的材料。这种方法，便是“所走的方向不能算不对”的创造社也在所不免的。托罗兹基虽然已经“没落”，但他曾说，不含利害关系的文章，当在将来另一制度的社会里。我以为他这话却还是对的。

四月二十日。

题注：

本篇最初发表于上海《语丝》周刊第四卷第十九期（1928 年 5 月 17 日）。收入《三闲集》。1928 年，鲁迅与创造社、太阳社进行“革命文学”论争，在此期间，鲁迅撰写了《“醉眼”中的朦胧》。为此，潘梓年以笔名弱水发表《谈中国现在的文学界》指责鲁迅“量气太窄”“尖酸刻薄”，把论战变成了“态度战”“量气战”“年龄战”，以人身攻击代替思想论争。鲁迅对这种论战方式进行了批评。

革命咖啡店

革命咖啡店的革命底广告式文字，昨天在报章上看到了，仗着第四个“有闲”，先抄一段在下面：

> “……但是读者们，我却发现了这样一家我们所理想的乐园，我一共去了两次，我在那里遇见了我们今日文艺界上的名人，龚冰庐，鲁迅，郁达夫等。并且认识了孟超，潘汉年，叶灵凤等，他们有的在那里高谈着他们的主张，有的在那里默默沉思，我在那里领会到不少教益呢。……”

遥想洋楼高耸，前临阔街，门口是晶光闪灼的玻璃招牌，楼上是“我们今日文艺界上的名人”，或则高谈，或则沉思，面前是一大杯热气蒸腾的无产阶级咖啡，远处是许许多多“龌龊的农工大众”，他们喝着，想着，谈着，指导着，获得着，那是，倒也实在是“理想的乐园”。

何况既喝咖啡，又领“教益”呢？上海滩上，一举两得的买卖本来多。大如弄几本杂志，便算革命；小如买多少钱书籍，即赠送真丝光袜或请吃冰淇淋——虽然我至今还猜不透那些惠顾的人们，究竟是意在看书呢，还是要穿丝光袜。至于咖啡店，先前只听说不过可以兼看舞女，使女，“以饱眼福”罢了。谁料这回竟是“名人”，给人“教益”，还演“高谈”“沉思”种种好玩的把戏，那简直是现实的乐园了。

但我又有几句声明——

就是：这样的咖啡店里，我没有上去过，那一位作者所“遇见”的，又是别一人。因为：一，我是不喝咖啡的，我总觉得这是洋大人所喝的东西（但这也许是我的“时代错误”），不喜欢，还是绿茶好。二，我要抄“小说旧闻”之类，无暇享受这样乐园的清福。三，这样的乐园，我是不敢上去的，革命文学家，要年青貌美，齿白唇红，如潘汉年叶灵凤辈，这才是天生的文豪，乐园的材料；如我者，在《战线》上就宣布过一条“满口黄牙”的罪状，到那里去高谈，岂不亵渎了“无产阶级文学”么？还有四，则即使我要上去，也怕走不到，至多，只能在店后门远处彷徨彷徨，嗅嗅咖啡渣的气息罢了。你看这里面不很有些在前线的文豪么，我却是“落伍者”，决不会坐在一屋子里的。

以上都是真话。叶灵凤革命艺术家曾经画过我的像，说是躲在酒坛的后面。这事的然否我不谈。现在所要声明的，只是这乐园中我没有去，也不想去，并非躲在咖啡杯后面在骗人。

杭州另外有一个鲁迅时，我登了一篇启事，“革命文学家”就挖苦了。但现在仍要自己出手来做一回，一者因为我不是咖啡，不愿意在革命店里做装点；二是我没有创造社那么阔，有一点事就一个律师，两个律师。

八月十日。

题注：

本篇最初发表于上海《语丝》周刊第四卷第三十三期（1928 年 8 月 31 日），刊于郁达夫所作《革命广告》一文之后，题为《鲁迅附记》，收入《三闲集》时改为现题。1928 年 8 月 8 日《申报》刊登一则广告式的文章说，在一家“革命咖啡店”里有人“遇见”过“文艺界上的名人……鲁迅、郁达夫等”，还有潘汉年、叶灵凤等。1928 年 8 月 15 日鲁迅致章廷谦的信中说：“创造社开了咖啡店，宣传‘在那里面，可以遇见鲁迅郁达夫’，不远在《语丝》上，我们就要订正。田汉也开咖啡店，广告云，有‘了解文学趣味之女侍’，一伙女侍，在店里和饮客大谈文学，思想起来，好不肉麻煞人也。”这订正之文，即指本篇，鲁迅批评那些脱离现实的“无产阶级革命家”，在咖啡店里高谈阔论，脱离大众。鲁迅此后在文章《〈《雄鸡和杂馔》抄〉译者附记》中也用讽刺的口吻提到了“无产”咖啡。

现今的新文学的概观

——五月二十二日在燕京大学国文学会讲

这一年多，我不很向青年诸君说什么话了，因为革命以来，言论的路很窄小，不是过激，便是反动，于大家都无益处。这一次回到北平，几位旧识的人要我到这里来讲几句，情不可却，只好来讲几句。但因为种种琐事，终于没有想定究竟来讲什么——连题目都没有。

那题目，原是想在车上拟定的，但因为道路坏，汽车颠起来有尺多高，无从想起。我于是偶然感到，外来的东西，单取一件，是不行的，有汽车也须有好道路，一切事总免不掉环境的影响。文学——在中国的所谓新文学，所谓革命文学，也是如此。

中国的文化，便是怎样的爱国者，恐怕也大概不能不承认是有些落后。新的事物，都是从外面侵入的。新的势力来到了，大多数的人们还是莫名其妙。北平还不到这样，譬如上海租界，那情形，外国人是处在中央，那外面，围着一群翻译，包探，巡捕，西崽……之类，是懂得外国话，熟悉租界章程的。这一圈之外，才是许多老百姓。

老百姓一到洋场，永远不会明白真实情形，外国人说“Yes”，翻译道，“他在说打一个耳光”，外国人说“No”，翻出来却是他说“去枪毙”。倘想要免去这一类无谓的冤苦，首先是在知道得多一点，冲破了这一个圈子。

在文学界也一样，我们知道得太不多，而帮助我们知识的材料也太少。梁实秋有一个白璧德，徐志摩有一个泰戈尔胡适之有一个杜威，——是的，徐志摩还有一个曼殊斐儿，他到她坟上去哭过，——创造社有革命文学，时行的文学。不过附和的，创作的很有，研究的却不多，直到现在，还是给几个出题目的人们圈了起来。

各种文学，都是应环境而产生的，推崇文艺的人，虽喜欢说文艺足以煽起风波来，但在事实上，却是政治先行，文艺后变。倘以为文艺可以改变环境，那是“唯心”之谈，事实的出现，并不如文学家所预想。所以巨大的革命，以前的所谓革命文学者还须灭亡，待到革命略有结果，略有喘息的余裕，这才产生新的革命文学者。为什么呢，因为旧社会将近崩坏之际，是常常会有近似带革命性的文学作品出现的，然而其实并非真的革命文学。例如：或者憎恶旧社会，而只是憎恶，更没有对于将来的理想；或者也大呼改造社会，而问他要怎样的社会，却是不能实现的乌托邦；或者自己活得无聊了，便空泛地希望一大转变，来作刺戟，正如饱于饮食的人，想吃些辣椒爽口；更下的是原是旧式人物，但在社会里失败了，却想另挂新招牌，靠新兴势力获得更好的地位。

希望革命的文人，革命一到，反而沉默下去的例子，在中国便曾有过的。即如清末的南社，便是鼓吹革命的文学团体，他们叹汉族的被压制，愤满人的凶横，渴望着“光复旧物”。但民国成立以后，倒寂然无声了。我想，这是因为他们的理想，是在革命以后，“重见汉官威仪”，峨冠博带。而事实并不这样，所以反而索然无味，不想执笔了。俄国的例子尤为明显，十月革命开初，也曾有许多革命文学家非常惊喜，欢迎这暴风雨的袭来，愿受风雷的试炼。但后来，诗人叶遂宁，小说家索波里自杀了，近来还听说有名的小说家爱伦堡有些反动。这是什么缘故呢？就因为四面袭来的并不是暴风雨，来试炼的也并非风雷，却是老老实实的“革命”。空想被击碎了，人也就活不下去，这倒不如古时候相信死后灵魂上天，坐在上帝旁边吃点心的诗人们福气。因为他们在达到目的之前，已经死掉了。

中国，据说，自然是已经革了命，——政治上也许如此罢，但在文艺上，却并没有改变。有人说，“小资产阶级文学之抬头”了，其实是，小资产阶级文学在那里呢，连“头”也没有，那里说得到“抬”。这照我上面所讲的推论起来，就是文学并不变化和兴旺，所反映的便是并无革命和进步，——虽然革命家听了也许不大喜欢。

至于创造社所提倡的，更彻底的革命文学——无产阶级文学，自然更不过是一个题目。这边也禁，那边也禁的王独清的从上海租界里遥望广州暴动的诗，“Pong Pong Pong”，铅字逐渐大了起来，只在说明他曾为电影的字幕和上海的酱园招牌所感动，有模仿勃洛克的《十二个》之志而无其力和才。郭沫若的《一只手》是很有人推为佳作的，但内容说一个革命者革命之后失了一只手，所余的一只还能和爱人握手的事，却未免“失”得太巧。五体，四肢之中，倘要失去其一，实在还不如一只手；一条腿就不便，头自然更不行了。只准备失去一只手，是能减少战斗的勇往之气的；我想，革命者所不惜牺牲的，一定不只这一点。《一只手》也还是穷秀才落难，后来终于中状元，谐花烛的老调。

但这些却也正是中国现状的一种反映。新近上海出版的革命文学的一本书的封面上，画着一把钢叉，这是从《苦闷的象征》的书面上取来的，叉的中间的一条尖刺上，又安一个铁锤，这是从苏联的旗子上取来的。然而这样地合了起来，却弄得既不能刺，又不能敲，只能在表明这位作者的庸陋，——也正可以做那些文艺家的徽章。

从这一阶级走到那一阶级去，自然是能有的事，但最好是意识如何，便一一直说，使大众看去，为仇为友，了了分明。不要脑子里存着许多旧的残滓，却故意瞒了起来，演戏似的指着自己的鼻子道，“惟我是无产阶级！”现在的人们既然神经过敏，听到“俄”字便要气绝，连嘴唇也快要不准红了，对于出版物，这也怕，那也怕；而革命文学家又不肯多绍介别国的理论和作品，单是这样的指着自己的鼻子，临了便会像前清的“奉旨申斥”一样，令人莫名其妙的。

对于诸君，“奉旨申斥”大概还须解释几句才会明白罢。这是帝制时代的事。一个官员犯了过失了，便叫他跪在一个什么门外面，皇帝差一个太监来斥骂。这时须得用一点化费，那么，骂几句就完；倘若不用，他便从祖宗一直骂到子孙。这算是皇帝在骂，然而谁能去问皇帝，问他究竟可是要这样地骂呢？去年，据日本的杂志上说，成仿吾是由中国的农工大众选他往德国研究戏曲去了，我们也无从打听，究竟真是这样地选了没有。

所以我想，倘要比较地明白，还只好用我的老话，“多看外国书”，来打破这包围的圈子。这事，于诸君是不甚费力的。关于新兴文学的英文书或英译书，即使不多，然而所有的几本，一定较为切实可靠。多看些别国的理论和作品之后，再来估量中国的新文艺，便可以清楚得多了。更好是绍介到中国来；翻译并不比随便的创作容易，然而于新文学的发展却更有功，于大家更有益。

题注：

本篇最初发表于北京《未名》半月刊第二卷第八期（1929 年 5 月

25 日)。收入《三闲集》。1929 年 5 月，鲁迅到北平省亲，应燕京大学国文学会的邀请，于 5 月 22 日在燕京大学作题为《现今的新文学的概观》的演讲，本文即由演讲记录稿校正而成。在这次演讲中，鲁迅谈论了当时文学界的现状，鼓励青年们多看外国的理论和作品，以便扩大视野，增加辨析文学的能力。

新月社批评家的任务

新月社中的批评家，是很憎恶嘲骂的，但只嘲骂一种人，是做嘲骂文章者。新月社中的批评家，是很不以不满于现状的人为然的，但只不满于一种现状，是现在竟有不满于现状者。

这大约就是“即以其人之道，还治其人之身”，挥泪以维持治安的意思。

譬如，杀人，是不行的。但杀掉“杀人犯”的人，虽然同是杀人，又谁能说他错？打人，也不行的。但大老爷要打斗殴犯人的屁股时，皂隶来一五一十的打，难道也算犯罪么？新月社批评家虽然也有嘲骂，也有不满，而独能超然于嘲骂和不满的罪恶之外者，我以为就是这一个道理。

但老例，刽子手和皂隶既然做了这样维持治安的任务，在社会上自然要得到几分的敬畏，甚至于还不妨随意说几句话，在小百姓面前显显威风，只要不大妨害治安，长官向来也就装作不知道了。

现在新月社的批评家这样尽力地维持了治安，所要的却不过是“思想自由”，想想而已，决不实现的思想。而不料遇到了别一种维持治安法，竟连想也不准想了。从此以后，恐怕要不满于两种现状了罢。

题注：

本篇最初发表于《萌芽月刊》第一卷第一期（1930年1月1日）。收入《三闲集》。本文因新月社文人的议论而写。梁实秋在《新月》月刊第二卷第五号（1929年7月）发表《论批评的态度》，提倡"'严正'的批评"，指责对于现状不满的人。又在1929年10月《新月》月刊第二卷第八期发表《"不满于现状"，便怎样呢？》，讽刺鲁迅："有一种人，只是一味的'不满于现状'，今天说这里有毛病，明天说那里有毛病，有数不清的毛病……好像唯恐一旦现状令他满意起来，他就没有杂感可作的样子。"即便如此，新月派微弱的"思想自由"呼声还是被当局镇压，国民党中央执行委员会决议由教育部对胡适加以警诫，批评他作的《知难，行亦不易》《人权与约法》等文章触犯了党讳。鲁迅此文讽刺新月派甘当政府的"刽子手和皂隶"而仍被嫌弃的现实。在《七论"文人相轻"——两伤》中，鲁迅也隐晦地提到并讽刺了新月派。在《做"杂文"也不易》中，鲁迅又引用了本文中对新月社宣言的批评。

“硬译”与“文学的阶级性”

一

听说《新月》月刊团体里的人们在说，现在销路好起来了。这大概是真的，以我似的交际极少的人，也在两个年青朋友的手里见过第二卷第六七号的合本。顺便一翻，是争“言论自由”的文字和小说居多。近尾巴处，则有梁实秋先生的一篇《论鲁迅先生的“硬译”》，以为“近于死译”。而“死译之风也断不可长”，就引了我的三段译文，以及在《文艺与批评》的后记里所说：“但因为译者的能力不够，和中国文本来的缺点，译完一看，晦涩，甚而至于难解之处也真多；倘将仂句拆下来呢，又失了原来的语气。在我，是除了还是这样的硬译之外，只有束手这一条路了，所余的惟一的希望，只在读者还肯硬着头皮看下去而已”这些话，细心地在字旁加上圆圈，还在“硬译”两字旁边加上套圈，于是“严正”地下了“批评”道：“我们‘硬着头皮看下去’了，但是无所得。‘硬译’和‘死译’有什么分别呢？”

新月社的声明中，虽说并无什么组织，在论文里，也似乎痛恶无产阶级式的“组织”，“集团”这些话，但其实是有组织的，至少，关于政治的论文，这一本里都互相“照应”；关于文艺，则这一篇是登在上面的同一批评家所作的《文学是有阶级性的吗？》的余波。在那一篇里有一段说：“……但是不幸得很，没有一本这类的书能被我看懂。……最使我感得困难的是文字，……简直读起来比天书还难。……现在还没有一个中国人，用中国人所能看得懂的文字，写一篇文章告诉我们无产文学的理论究竟是怎么一回事。”字旁也有圈圈，怕排印麻烦，恕不照画了。总之，梁先生自认是一切中国人的代表，这些书既为自己所不懂，也就是为一切中国人所不懂，应该在中国断绝其生命，于是出示曰“此风断不可长”云。

别的“天书”译著者的意见我不能代表，从我个人来看，则事情是不会这样简单的。第一，梁先生自以为“硬着头皮看下去”了，但究竟硬了没有，是否能够，还是一个问题。以硬自居了，而实则其软如棉，正是新月社的一种特色。第二，梁先生虽自来代表一切中国人了，但究竟是否全国中的最优秀者，也是一个问题。这问题从《文学是有阶级性的吗？》这篇文章里，便可以解释。Proletary 这字不必译音，大可译义，是有理可说的。但这位批评家却道：“其实翻翻字典，这个字的涵义并不见得体面，据《韦白斯特大字典》，Proletary 的意思就是：A citizen of the lowest class who served the state not with property，but only by having children。……普罗列塔利亚是国家里只会生孩子的阶级！（至少在罗马时代是如此）”其实正无须来争这“体面”，大约略有常识者，总不至于以现在为罗马时代，将现在的无产者都看作罗马人的。这正如将 Chemie 译作“舍密学”，读者必不和埃及的“炼金术”混同，对于“梁”先生所作的文章，也决不会去考查语源，误解为“独木小桥”竟会动笔一样。连“翻翻字典”（《韦白斯特大字典》！）也还是“无所得”，一切中国人未必全是如此的罢。

二

但于我最觉得有兴味的，是上节所引的梁先生的文字里，有两处都用着一个“我们”，颇有些“多数”和“集团”气味了。自然，作者虽然单独执笔，气类则决不只一人，用“我们”来说话，是不错的，也令人看起来较有力量，又不至于一人双肩负责。然而，当“思想不能统一”时，“言论应该自由”时，正如梁先生的批评资本制度一般，也有一种“弊病”。就是，既有“我们”便有我们以外的“他们”，于是新月社的“我们”虽以为我的“死译之风断不可长”了，却另有读了并不“无所得”的读者存在，而我的“硬译”，就还在“他们”之间生存，和“死译”还有一些区别。

我也就是新月社的“他们”之一，因为我的译作和梁先生所需的条件，是全都不一样的。

那一篇《论硬译》的开头论误译胜于死译说：“一部书断断不会完全曲译……部分的曲译即使是错误，究竟也还给你一个错误，这个错误也许真是害人无穷的，而你读的时候究竟还落个爽快。”末两句大可以加上夹圈，但我却从来不干这样的勾当。我的译作，本不在博读者的“爽快”，却往往给以不舒服，甚而至于使人气闷，憎恶，愤恨。读了会“落个爽快”的东西，自有新月社的人们的译著在：徐志摩先生的诗，沈从文凌叔华先生的小说，陈西滢（即陈源）先生的闲话，梁实秋先生的批评，潘光旦先生的优生学，还有白璧德先生的人文主义。

所以，梁先生后文说：“这样的书，就如同看地图一般，要伸着手指来寻找句法的线索位置”这些话，在我也就觉得是废话，虽说犹如不说了。是的，由我说来，要看“这样的书”就如同看地图一样，要伸着手指来找寻“句法的线索位置”的。看地图虽然没有看《杨妃出浴图》或《岁寒三友图》那么“爽快”，甚而至于还须伸着手指（其实这恐怕梁先生自己如此罢了，看惯地图的人，是只用眼睛就可以的），但地图并不是死图；所以“硬译”即使有同一之劳，照例子也就和“死译”有了些“什么区别”。识得ABCD者自以为新学家，仍旧和化学方程式无关，会打算盘的自以为数学家，看起笔算的演草来还是无所得。现在的世间，原不是一为学者，便和一切事都会有缘的。

然而梁先生有实例在，举了我三段的译文，虽然明知道“也许因为没有上下文的缘故，意思不能十分明了”。在《文学是有阶级性的吗？》这篇文章中，也用了类似手段，举出两首译诗来，总评道：“也许伟大的无产文学还没有出现，那么我愿意等着，等着，等着。”这些方法，诚然是很“爽快”的，但我可以就在这一本《新月》月刊里的创作——是创作呀！——《搬家》第八页上，举出一段文字来——

> “小鸡有耳朵没有？”
>
> “我没看见过小鸡长耳朵的。”
>
> “它怎样听见我叫它呢？”她想到前天四婆告诉她的耳朵是管听东西，眼是管看东西的。
>
> “这个蛋是白鸡黑鸡？”枝儿见四婆没答她，站起来摸着蛋子又问。
>
> “现在看不出来，等孵出小鸡才知道。”
>
> “婉儿姊说小鸡会变大鸡，这些小鸡也会变大鸡么？”
>
> “好好的喂它就会长大了，像这个鸡买来时还没有这样大吧？”

也够了，“文字”是懂得的，也无须伸出手指来寻线索，但我不“等着”了，以为就这一段看，是既不“爽快”，而且和不创作是很少区别的。

临末，梁先生还有一个诘问：“中国文和外国文是不同的，……翻译之难即在这个地方。假如两种文中的文法句法词法完全一样，那么翻译还成为一件工作吗？……我们不妨把句法变换一下，以使读者能懂为第一要义，因为‘硬着头皮’不是一件愉快的事，并且‘硬译’也不见得能保存‘原来的精悍的语气’。假如‘硬译’而还能保存‘原来的精悍的语气’，那真是一件奇迹，还能说中国文是有‘缺点’吗？”我倒不见得如此之愚，要寻求和中国文相同的外国文，或者希望“两种文中的文法句法词法完全一样”。我但以为文法繁复的国语，较易于翻译外国文，语系相近的，也较易于翻译，而且也是一种工作。荷兰翻德国，俄国翻波兰，能说这和并不工作没有什么区别么？日本语和欧美很“不同”，但他们逐渐添加了新句法，比起古文来，更宜于翻译而不失原来的精悍的语气，开初自然是须“找寻句法的线索位置”，很给了一些人不“愉快”的，但经找寻和习惯，现在已经同化，成为己有了。中国的文法，比日本的古文还要不完备，然而也曾有些变迁，例如《史》《汉》不同于《书经》，现在的白话文又不同于《史》《汉》；有添造，例如唐译佛经，元译上谕，当时很有些“文法句法词法”是生造的，一经习用，便不必伸出手指，就懂得了。现在又来了“外国文”，许多句子，即也须新造，——说得坏点，就是硬造。据我的经验，这样译来，较之化为几句，更能保存原来的精悍的语气，但因为有待于新造，所以原先的中国文是有缺点的。有什么“奇迹”，干什么“吗”呢？但有待于“伸出手指”，“硬着头皮”，于有些人自然“不是一件愉快的事”。不过我是本不想将“爽快”或

"愉快"来献给那些诸公的，只要还有若干的读者能够有所得，梁实秋先生"们"的苦乐以及无所得，实在"于我如浮云"。

但梁先生又有本不必求助于无产文学理论，而仍然很不了了的地方，例如他说，"鲁迅先生前些年翻译的文学，例如厨川白村的《苦闷的象征》，还不是令人看不懂的东西，但是最近翻译的书似乎改变风格了。"只要有些常识的人就知道："中国文和外国文是不同的"，但同是一种外国文，因为作者各人的做法，而"风格"和"句法的线索位置"也可以很不同。句子可繁可简，名词可常可专，决不会一种外国文，易解的程度就都一式。我的译《苦闷的象征》，也和现在一样，是按板规逐句，甚而至于逐字译的，然而梁实秋先生居然以为还能看懂者，乃是原文原是易解的缘故，也因为梁实秋先生是中国的新批评家了的缘故，也因为其中硬造的句法，是比较地看惯了的缘故。若在三家村里，专读《古文观止》的学者们，看起来又何尝不比"天书"还难呢。

三

但是，这回的"比天书还难"的无产文学理论的译本们，却给了梁先生不小的影响。看不懂了，会有影响，虽然好像滑稽，然而是真的，这位批评家在《文学是有阶级性的吗？》里说："我现在批评所谓无产文学理论，也只能根据我所能了解的一点材料而已。"这就是说：因此而对于这理论的知识，极不完全了。

但对于这罪过，我们（含一切"天书"译者在内，故曰"们"）也只能负一部分的责任，一部分是要作者自己的胡涂或懒惰来负的。

“什么卢那卡尔斯基，蒲力汗诺夫”的书我不知道，若夫“婆格达诺夫之类”的三篇论文和托罗兹基的半部《文学与革命》，则确有英文译本的了。英国没有“鲁迅先生”，译文定该非常易解。梁先生对于伟大的无产文学的产生，曾经显示其“等着，等着，等着”的耐心和勇气，这回对于理论，何不也等一下子，寻来看了再说呢。不知其有而不求曰胡涂，知其有而不求曰懒惰，如果单是默坐，这样也许是“爽快”的，然而开起口来，却很容易咽进冷气去了。

例如就是那篇《文学是有阶级性的吗？》的高文，结论是并无阶级性。要抹杀阶级性，我以为最干净的是吴稚晖先生的“什么马克斯牛克斯”以及什么先生的“世界上并没有阶级这东西”的学说。那么，就万喙息响，天下太平。但梁先生却中了一些“什么马克斯”毒了，先承认了现在许多地方是资产制度，在这制度之下则有无产者。不过这“无产者本来并没有阶级的自觉。是几个过于富同情心而又态度褊激的领袖把这个阶级观念传授了给他们”，要促起他们的联合，激发他们争斗的欲念。不错，但我以为传授者应该并非由于同情，却因了改造世界的思想。况且“本无其物”的东西，是无从自觉，无从激发的，会自觉，能激发，足见那是原有的东西。原有的东西，就遮掩不久，即如格里莱阿说地体运动，达尔文说生物进化，当初何尝不或者几被宗教家烧死，或者大受保守者攻击呢，然而现在人们对于两说，并不为奇者，就因为地体终于在运动，生物确也在进化的缘故。承认其有而要掩饰为无，非有绝技是不行的。

但梁先生自有消除斗争的办法，以为如卢梭所说：“资产是文明的基础”，“所以攻击资产制度，即是反抗文明”，“一个无产者假如他是有出息的，只消辛辛苦苦诚诚实实的工作一生，多少必定可以得到相当的资产。这才是正当的生活斗争的手段。”我想，卢梭去今虽已百五十年，但当不至于以为过去未来的文明，都以资产为基础。(但倘说以经济关系为基础，那自然是对的。）希腊印度，都有文明，而繁盛时俱非在资产社会，他大概是知道的；倘不知道，那也是他的错误。至于无产者应该“辛辛苦苦”爬上有产阶级去的“正当”的方法，则是中国有钱的老太爷高兴时候，教导穷工人的古训，在实际上，现今正在“辛辛苦苦诚诚实实”想爬上一级去的“无产者”也还多。然而这是还没有人“把这个阶级观念传授了给他们”的时候。一经传授，他们可就不肯一个一个的来爬了，诚如梁先生所说，“他们是一个阶级了，他们要有组织了，他们是一个集团了，于是他们便不循常轨的一跃而夺取政权财权，一跃而为统治阶级。”但可还有想“辛辛苦苦诚诚实实工作一生，多少必定可以得到相当的资产”的“无产者”呢？自然还有的。然而他要算是“尚未发财的有产者”了。梁先生的忠告，将为无产者所呕吐了，将只好和老太爷去互相赞赏而已了。

那么，此后如何呢？梁先生以为是不足虑的。因为“这种革命的现象不能是永久的，经过自然进化之后，优胜劣败的定律又要证明了，还是聪明才力过人的人占优越的地位，无产者仍是无产者”。但无产阶级大概也知道“反文明的势力早晚要被文明的势力所征服”，所以“要建立所谓‘无产阶级文化’，……这里面包括文艺学术”。

自此以后，这才入了文艺批评的本题。

四

梁先生首先以为无产者文学理论的错误，是“在把阶级的束缚加在文学上面”，因为一个资本家和一个劳动者，有不同的地方，但还有相同的地方，“他们的人性（这两字原本有套圈）并没有两样”，例如都有喜怒哀乐，都有恋爱（但所“说的是恋爱的本身，不是恋爱的方式”），“文学就是表现这最基本的人性的艺术”。这些话是矛盾而空虚的。既然文明以资产为基础，穷人以竭力爬上去为“有出息”，那么，爬上是人生的要谛，富翁乃人类的至尊，文学也只要表现资产阶级就够了，又何必如此“过于富同情心”，一并包括“劣败”的无产者？况且“人性”的“本身”，又怎样表现的呢？譬如原质或杂质的化学底性质，有化合力，物理学底性质有硬度，要显示这力和度数，是须用两种物质来表现的，倘说要不用物质而显示化合力和硬度的单单“本身”，无此妙法；但一用物质，这现象即又因物质而不同。文学不借人，也无以表示“性”，一用人，而且还在阶级社会里，即断不能免掉所属的阶级性，无需加以“束缚”，实乃出于必然。自然，“喜怒哀乐，人之情也”，然而穷人决无开交易所折本的懊恼，煤油大王那会知道北京检煤渣老婆子身受的酸辛，饥区的灾民，大约总不去种兰花，像阔人的老太爷一样，贾府上的焦大，也不爱林妹妹的。“汽笛呀！”“列宁呀！”固然并不就是无产文学，然而“一切东西呀！”“一切人呀！”“可喜的事来了，人喜了呀！”也不是表现“人性”的“本身”的文学。倘以表现最普通的人性的文学为至高，则表现最普遍的动物性——营养，呼吸，运动，生殖——的文学，或者除去“运动”，表现生物性的文学，必当更在其上。倘说，因为我们是人，所以以表现人性为限，那么，无产者就因为是无产阶级，所以要做无产文学。

其次，梁先生说作者的阶级，和作品无关。托尔斯泰出身贵族，而同情于贫民，然而并不主张阶级斗争；马克斯并非无产阶级中的人物；终身穷苦的约翰孙博士，志行吐属，过于贵族。所以估量文学，当看作品本身，不能连累到作者的阶级和身分。这些例子，也全不足以证明文学的无阶级性的。托尔斯泰正因为出身贵族，旧性荡涤不尽，所以只同情于贫民而不主张阶级斗争。马克斯原先诚非无产阶级中的人物，但也并无文学作品，我们不能悬拟他如果动笔，所表现的一定是不用方式的恋爱本身。至于约翰孙博士终身穷苦，而志行吐属，过于王侯者，我却实在不明白那缘故，因为我不知道英国文学和他的传记。也许，他原想“辛辛苦苦诚诚实实的工作一生，多少必定可以得到相当的资产”，然后再爬上贵族阶级去，不料终于“劣败”，连相当的资产也积不起来，所以只落得摆空架子，“爽快”了罢。

其次，梁先生说，“好的作品永远是少数人的专利品，大多数永远是蠢的，永远是和文学无缘”，但鉴赏力之有无却和阶级无干，因为“鉴赏文学也是天生的一种福气”，就是，虽在无产阶级里，也会有这“天生的一种福气”的人。由我推论起来，则只要有这一种“福气”的人，虽穷得不能受教育，至于一字不识，也可以赏鉴《新月》月刊，来作“人性”和文艺“本身”原无阶级性的证据。但梁先生也知道天生这一种福气的无产者一定不多，所以另定一种东西（文艺？）来给他们看，“例如什么通俗的戏剧，电影，侦探小说之类”，因为“一般劳工劳农需要娱乐，也许需要少量的艺术的娱乐”的缘故。这样看来，好像文学确因阶级而不同了，但这是因鉴赏力之高低而定的，这种力量的修养和经济无关，乃是上帝之所赐——“福气”。所以文学家要自由创造，既不该为皇室贵族所雇用，也不该受无产阶级所威胁，去做讴功颂德的文章。这是不错的，但在我们所见的无产文学理论中，也并未见过有谁说或一阶级的文学家，不该受皇室贵族的雇用，却该受无产阶级的威胁，去做讴功颂德的文章，不过说，文学有阶级性，在阶级社会中，文学家虽自以为“自由”，自以为超了阶级，而无意识底地，也终受本阶级的阶级意识所支配，那些创作，并非别阶级的文化罢了。例如梁先生的这篇文章，原意是在取消文学上的阶级性，张扬真理的。但以资产为文明的祖宗，指穷人为劣败的渣滓，只要一瞥，就知道是资产家的斗争的“武器”，——不，“文章”了。无产文学理论家以主张“全人类”“超阶级”的文学理论为帮助有产阶级的东西，这里就给了一个极分明的例证。至于成仿吾先生似的“他们一定胜利的，所以我们去指导安慰他们去”，说出“去了”之后，便来“打发”自己们以外的“他们”那样的无产文学家，那不消说，是也和梁先生一样地对于无产文学的理论，未免有“以意为之”的错误的。

又其次，梁先生最痛恨的是无产文学理论家以文艺为斗争的武器，就是当作宣传品。他“不反对任何人利用文学来达到另外的目的”，但“不能承认宣传式的文字便是文学”。我以为这是自扰之谈。据我所看过的那些理论，都不过说凡文艺必有所宣传，并没有谁主张只要宣传式的文字便是文学。诚然，前年以来，中国确曾有许多诗歌小说，填进口号和标语去，自以为就是无产文学。但那是因为内容和形式，都没有无产气，不用口号和标语，便无从表示其“新兴”的缘故，实际上并非无产文学。今年，有名的“无产文学底批评家”钱杏邨先生在《拓荒者》上还在引卢那卡尔斯基的话，以为他推重大众能解的文学，足见用口号标语之未可厚非，来给那些“革命文学”辩护。但我觉得那也和梁实秋先生一样，是有意的或无意的曲解。卢那卡尔斯基所谓大众能解的东西，当是指托尔斯泰做了分给农民的小本子那样的文体，工农一看便会了然的语法，歌调，诙谐。只要看台明·培特尼（Demian Bednii）曾因诗歌得到赤旗章，而他的诗中并不用标语和口号，便可明白了。

最后，梁先生要看货色。这不错的，是最切实的办法；但抄两首译诗算是在示众，是不对的。《新月》上就曾有《论翻译之难》，何况所译的文是诗。就我所见的而论，卢那卡尔斯基的《被解放的堂·吉诃德》，法兑耶夫的《溃灭》，格拉特珂夫的《水门汀》，在中国这十一年中，就并无可以和这些相比的作品。这是指"新月社"一流的蒙资产文明的余荫，而且衷心在拥护它的作家而言。于号称无产作家的作品中，我也举不出相当的成绩。但钱杏邨先生也曾辩护，说新兴阶级，于文学的本领当然幼稚而单纯，向他们立刻要求好作品，是"布尔乔亚"的恶意。这话为农工而说，是极不错的。这样的无理要求，恰如使他们冻饿了好久，倒怪他们为什么没有富翁那么肥胖一样。但中国的作者，现在却实在并无刚刚放下锄斧柄子的人，大多数都是进过学校的智识者，有些还是早已有名的文人，莫非克服了自己的小资产阶级意识之后，就连先前的文学本领也随着消失了么？不会的。俄国的老作家亚历舍·托尔斯泰和威垒赛耶夫，普理希文，至今都还有好作品。中国的有口号而无随同的实证者，我想，那病根并不在"以文艺为阶级斗争的武器"，而在"借阶级斗争为文艺的武器"，在"无产者文学"这旗帜之下，聚集了不少的忽翻筋斗的人，试看去年的新书广告，几乎没有一本不是革命文学，批评家又但将辩护当作"清算"，就是，请文学坐在"阶级斗争"的掩护之下，于是文学自己倒不必着力，因而于文学和斗争两方面都少关系了。

但中国目前的一时现象，当然毫不足作无产文学之新兴的反证的。梁先生也知道，所以他临末让步说，"假如无产阶级革命家一定要把他的宣传文学唤做无产文学，那总算是一种新兴文学，总算是文学国土里的新收获，用不着高呼打倒资产的文学来争夺文学的领域，因为文学的领域太大了，新的东西总有它的位置的。”但这好像“中日亲善，同存共荣”之说，从羽毛未丰的无产者看来，是一种欺骗。愿意这样的“无产文学者”，现在恐怕实在也有的罢，不过这是梁先生所谓“有出息”的要爬上资产阶级去的“无产者”一流，他的作品是穷秀才未中状元时候的牢骚，从开手到爬上以及以后，都决不是无产文学。无产者文学是为了以自己们之力，来解放本阶级并及一切阶级而斗争的一翼，所要的是全般，不是一角的地位。就拿文艺批评界来比方罢，假如在“人性”的“艺术之宫”（这须从成仿吾先生处租来暂用）里，向南面摆两把虎皮交椅，请梁实秋钱杏邨两位先生并排坐下，一个右执“新月”，一个左执“太阳”，那情形可真是“劳资”媲美了。

五

到这里，又可以谈到我的“硬译”去了。

推想起来，这是很应该跟着发生的问题：无产文学既然重在宣传，宣传必须多数能懂，那么，你这些“硬译”而难懂的理论“天书”，究竟为什么而译的呢？不是等于不译么？

我的回答，是：为了我自己，和几个以无产文学批评家自居的人，和一部分不图“爽快”，不怕艰难，多少要明白一些这理论的读者。

从前年以来，对于我个人的攻击是多极了，每一种刊物上，大抵总要看见“鲁迅”的名字，而作者的口吻，则粗粗一看，大抵好像革命文学家。但我看了几篇，竟逐渐觉得废话太多了。解剖刀既不中腠理，子弹所击之处，也不是致命伤。例如我所属的阶级罢，就至今还未判定，忽说小资产阶级，忽说“布尔乔亚”，有时还升为“封建余孽”，而且又等于猩猩（见《创造月刊》上的“东京通信”）；有一回则骂到牙齿的颜色。在这样的社会里，有封建余孽出风头，是十分可能的，但封建余孽就是猩猩，却在任何“唯物史观”上都没有说明，也找不出牙齿色黄，即有害于无产阶级革命的论据。我于是想，可供参考的这样的理论，是太少了，所以大家有些胡涂。对于敌人，解剖，咬嚼，现在是在所不免的，不过有一本解剖学，有一本烹饪法，依法办理，则构造味道，总还可以较为清楚，有味。人往往以神话中的 Prometheus 比革命者，以为窃火给人，虽遭天帝之虐待不悔，其博大坚忍正相同。但我从别国里窃得火来，本意却在煮自己的肉，以为倘能味道较好，庶几在咬嚼者那一面也得到较多的好处，我也不枉费了身躯：出发点全是个人主义，并且还夹杂着小市民性的奢华，以及慢慢地摸出解剖刀来，反而刺进解剖者的心脏里去的“报复”。梁先生说“他们要报复！”其实岂只“他们”，这样的人在“封建余孽”中也很有的。然而，我也愿意于社会上有些用处，看客所见的结果仍是火和光。这样，首先开手的就是《文艺政策》，因为其中含有各派的议论。

郑伯奇先生现在是开书铺，印 Hauptmann 和 Gregory 夫人的剧本了，那时他还是革命文学家，便在所编的《文艺生活》上，笑我的翻译这书，是不甘没落，而可惜被别人着了先鞭。翻一本书便会浮起，做革命文学家真太容易了，我并不这样想。有一种小报，则说我的译《艺术论》是“投降”。是的，投降的事，为世上所常有。但其时成仿吾元帅早已爬出日本的温泉，住进巴黎的旅馆了，在这里又向谁去输诚呢。今年，说法又两样了，在《拓荒者》和《现代小说》上，都说是“方向转换”。我看见日本的有些杂志中，曾将这四字加在先前的新感觉派片冈铁兵上，算是一个好名词。其实，这些纷纭之谈，也还是只看名目，连想也不肯想的老病。译一本关于无产文学的书，是不足以证明方向的，倘有曲译，倒反足以为害。我的译书，就也要献给这些速断的无产文学批评家，因为他们是有不贪“爽快”，耐苦来研究这些理论的义务的。

但我自信并无故意的曲译，打着我所不佩服的批评家的伤处了的时候我就一笑，打着我的伤处了的时候我就忍疼，却决不肯有所增减，这也是始终“硬译”的一个原因。自然，世间总会有较好的翻译者，能够译成既不曲，也不“硬”或“死”的文章的，那时我的译本当然就被淘汰，我就只要来填这从“无有”到“较好”的空间罢了。

然而世间纸张还多，每一文社的人数却少，志大力薄，写不完所有的纸张，于是一社中的职司克敌助友，扫荡异类的批评家，看见别人来涂写纸张了，便喟然兴叹，不胜其摇头顿足之苦。上海的《申报》上，至于称社会科学的翻译者为“阿狗阿猫”，其愤愤有如此。在“中国新兴文学的地位，早为读者所共知”的蒋光Z先生，曾往日本东京养病，看见藏原惟人，谈到日本有许多翻译太坏，简直比原文还难读……他就笑了起来，说：“……那中国的翻译界更要莫名其妙了，近来中国有许多书籍都是译自日文的，如果日本人将欧洲人那一国的作品带点错误和删改，从日文译到中国去，试问这作品岂不是要变了一半相貌么？……”（见《拓荒者》）也就是深不满于翻译，尤其是重译的表示。不过梁先生还举出书名和坏处，蒋先生却只嫣然一笑，扫荡无余，真是普遍得远了。藏原惟人是从俄文直接译过许多文艺理论和小说的，于我个人就极有裨益。我希望中国也有一两个这样的诚实的俄文翻译者，陆续译出好书来，不仅自骂一声“混蛋”就算尽了革命文学家的责任。

然而现在呢，这些东西，梁实秋先生是不译的，称人为“阿狗阿猫”的伟人也不译，学过俄文的蒋先生原是最为适宜的了，可惜养病之后，只出了一本《一周间》，而日本则早已有了两种的译本。中国曾经大谈达尔文，大谈尼采，到欧战时候，则大骂了他们一通，但达尔文的著作的译本，至今只有一种，尼采的则只有半部，学英德文的学者及文豪都不暇顾及，或不屑顾及，拉倒了。所以暂时之间，恐怕还只好任人笑骂，仍从日文来重译，或者取一本原文，比照了日译本来直译罢。我还想这样做，并且希望更多有这样做的人，来填一填彻底的高谈中的空虚，因为我们不能像蒋先生那样的“好笑起来”，也不该如梁先生的“等着，等着，等着”了。

六

我在开头曾有“以硬自居了，而实则其软如棉，正是新月社的一种特色”这些话，到这里还应该简短地补充几句，就作为本篇的收场。

《新月》一出世，就主张“严正态度”，但于骂人者则骂之，讥人者则讥之。这并不错，正是“即以其人之道，还治其人之身”，虽然也是一种“报复”，而非为了自己。到二卷六七号合本的广告上，还说“我们都保持‘容忍’的态度（除了‘不容忍’的态度是我们所不能容忍以外），我们都喜欢稳健的合乎理性的学说”。上两句也不错，“以眼还眼，以牙还牙”，和开初仍然一贯。然而从这条大路走下去，一定要遇到“以暴力抗暴力”，这和新月社诸君所喜欢的“稳健”也不能相容了。

这一回，新月社的“自由言论”遭了压迫，照老办法，是必须对于压迫者，也加以压迫的，但《新月》上所显现的反应，却是一篇《告压迫言论自由者》，先引对方的党义，次引外国的法律，终引东西史例，以见凡压迫自由者，往往臻于灭亡：是一番替对方设想的警告。

所以，新月社的“严正态度”，“以眼还眼”法，归根结蒂，是专施之力量相类，或力量较小的人的，倘给有力者打肿了眼，就要破例，只举手掩住自己的脸，叫一声“小心你自己的眼睛！”

题注：

本篇最初发表于《萌芽月刊》第一卷第三期（1930 年 3 月 1 日）。收入《二心集》。在鲁迅的文学活动中，翻译介绍外国文学占了重要的位置。鲁迅主张“直译”，以信为主，以顺为辅。《新月》月刊第二卷第六、七期合刊发表梁实秋的文章《文学是有阶级性的吗？》和《论鲁迅先生的“硬译”》，讽刺鲁迅的翻译为“硬译”“死译”，因此鲁迅撰此文予以回击。

张资平氏的“小说学”

张资平氏据说是“最进步”的“无产阶级作家”，你们还在“萌芽”，还在“拓荒”，他却已在收获了。这就是进步，拔步飞跑，望尘莫及。然而你如果追踪而往呢，就看见他跑进“乐群书店”中。

张资平氏先前是三角恋爱小说作家，并且看见女的性欲，比男人还要熬不住，她来找男人，贱人呀贱人，该吃苦。这自然不是无产阶级小说。但作者一转方向，则一人得道，鸡犬飞升，何况神仙的遗蜕呢，《张资平全集》还应该看的。这是收获呀，你明白了没有？

还有收获哩。《申报》报告，今年的大夏学生，敬请“为青年所崇拜的张资平先生”去教“小说学”了。中国老例，英文先生是一定会教外国史的，国文先生是一定会教伦理学的，何况小说先生，当然满肚子小说学。要不然，他做得出来吗？我们能保得定荷马没有“史诗作法”，沙士比亚没有“戏剧学概论”吗？

呜呼，听讲的门徒是有福了，从此会知道如何三角，如何恋爱，你想女人吗，不料女人的性欲冲动比你还要强，自己跑来了。朋友，等着罢。但最可怜的是不在上海，只好遥遥“崇拜”，难以身列门墙的青年，竟不能恭听这伟大的“小说学”。现在我将《张资平全集》

和“小说学”的精华，提炼在下面，遥献这些崇拜家，算是“望梅止渴”云。

那就是——△

二月二十二日。

题注：

本文最初发表于《萌芽月刊》第一卷第四期（1930 年 4 月 1 日），署名黄棘。收入《二心集》。张资平，作家，广东梅县人，前期创造社成员。“乐群书店”系张资平 1928 年在上海开办的书店。张资平的作品以描写男女性爱为主题，从三角恋爱到多角恋爱，被称为“三角恋爱小说作家”。在“革命文学”论争中，自称“转换方向”，在自己主编的《乐群》月刊第二卷第十二期（1929 年 12 月）的《编后》中，攻击《拓荒者》《萌芽月刊》等刊物，说：“有人还自谦‘拓荒’‘萌芽’，或许觉得那样的探求嫌过早，但你们不要因为自己脚小便叫别人在路上停下来等你，我们要勉力跑快一点了，不要‘收获’回到‘拓荒’，回到‘萌芽’……”鲁迅本文即针对该文。

“好政府主义”

梁实秋先生这回在《新月》的“零星”上，也赞成“不满于现状”了，但他以为“现在有智识的人（尤其是夙来有‘前驱者’‘权威’‘先进’的徽号的人），他们的责任不仅仅是冷讥热嘲地发表一点‘不满于现状’的杂感而已，他们应该更进一步的诚诚恳恳地去求一个积极医治‘现状’的药方”。

为什么呢？因为有病就须下药，“三民主义是一副药，——梁先生说，——共产主义也是一副药，国家主义也是一副药，无政府主义也是一副药，好政府主义也是一副药”，现在你“把所有的药方都褒贬得一文不值，都挖苦得不留余地，……这可是什么心理呢？”

这种心理，实在是应该责难的。但在实际上，我却还未曾见过这样的杂感，譬如说，同一作者，而以为三民主义者是违背了英美的自由，共产主义者又收受了俄国的卢布，国家主义太狭，无政府主义又太空……。所以梁先生的“零星”，是将他所见的杂感的罪状夸大了。

其实是，指摘一种主义的理由的缺点，或因此而生的弊病，虽是并非某一主义者，原也无所不可的。有如被压榨得痛了，就要叫喊，原不必在想出更好的主义之前，就定要咬住牙关。但自然，能有更好的主张，便更成一个样子。

不过我以为梁先生所谦逊地放在末尾的“好政府主义”，却还得更谦逊地放在例外的，因为自三民主义以至无政府主义，无论它性质的寒温如何，所开的究竟还是药名，如石膏，肉桂之类，——至于服后的利弊，那是另一个问题。独有“好政府主义”这“一副药”，他在药方上所开的却不是药名，而是“好药料”三个大字，以及一些唠唠叨叨的名医架子的“主张”。不错，谁也不能说医病应该用坏药料，但这张药方，是不必医生才配摇头，谁也会将他“褒贬得一文不值”（“褒”是“称赞”之意，用在这里，不但“不通”，也证明了不识“褒”字，但这是梁先生的原文，所以姑仍其旧）的。

倘这医生羞恼成怒，喝道“你嘲笑我的好药料主义，就开出你的药方来！”那就更是大可笑的“现状”之一，即使并不根据什么主义，也会生出杂感来的。杂感之无穷无尽，正因为这样的“现状”太多的缘故。

一九三〇，四，十七。

题注：

本篇最初发表于《萌芽月刊》第一卷第五期（1930年5月1日）。收入《二心集》。梁实秋在《新月》第二卷第八期（1929年10月）上发表《“不满于现状”，便怎样呢？》的文章，说鲁迅等人的杂文只是一味地不满足于现实，不求医治现状的药方。鲁迅因而作本文。

“丧家的”“资本家的乏走狗”

梁实秋先生为了《拓荒者》上称他为“资本家的走狗”，就做了一篇自云“我不生气”的文章。先据《拓荒者》第二期第六七二页上的定义，“觉得我自己便有点像是无产阶级里的一个”之后，再下“走狗”的定义，为“大凡做走狗的都是想讨主子的欢心因而得到一点恩惠”，于是又因而发生疑问道——

> “《拓荒者》说我是资本家的走狗，是那一个资本家，还是所有的资本家？我还不知道我的主子是谁，我若知道，我一定要带着几分杂志去到主子面前表功，或者还许得到几个金镑或卢布的赏赉呢。……我只知道不断的劳动下去，便可以赚到钱来维持生计，至于如何可以做走狗，如何可以到资本家的帐房去领金镑，如何可以到 ×× 党去领卢布，这一套本领，我可怎么能知道呢？……”

这正是“资本家的走狗”的活写真。凡走狗，虽或为一个资本家所豢养，其实是属于所有的资本家的，所以它遇见所有的阔人都驯良，遇见所有的穷人都狂吠。不知道谁是它的主子，正是它遇见所有阔人都驯良的原因，也就是属于所有的资本家的证据。即使无人豢养，饿的精瘦，变成野狗了，但还是遇见所有的阔人都驯良，遇见所有的穷人都狂吠的，不过这时它就愈不明白谁是主子了。

梁先生既然自叙他怎样辛苦，好像“无产阶级”（即梁先生先前之所谓“劣败者”），又不知道“主子是谁”，那是属于后一类的了，为确当计，还得添几个字，称为“丧家的”“资本家的走狗”。

然而这名目还有些缺点。梁先生究竟是有智识的教授，所以和平常的不同。他终于不讲“文学是有阶级性的吗？”了，在《答鲁迅先生》那一篇里，很巧妙地插进电杆上写“武装保护苏联”，敲碎报馆玻璃那些句子去，在上文所引的一段里又写出“到 ×× 党去领卢布”字样来，那故意暗藏的两个 ×，是令人立刻可以悟出的“共产”这两字，指示着凡主张“文学有阶级性”，得罪了梁先生的人，都是在做“拥护苏联”，或“去领卢布”的勾当，和段祺瑞的卫兵枪杀学生，《晨报》却道学生为了几个卢布送命，自由大同盟上有我的名字，《革命日报》的通信上便说为“金光灿烂的卢布所买收”，都是同一手段。在梁先生，也许以为给主子嗅出匪类（“学匪”），也就是一种“批评”，然而这职业，比起“刽子手”来，也就更加下贱了。

我还记得，“国共合作”时代，通信和演说，称赞苏联，是极时髦的，现在可不同了，报章所载，则电杆上写字和“×× 党”，捕房正在捉得非常起劲，那么，为将自己的论敌指为“拥护苏联”或“×× 党”，自然也就髦得合时，或者还许会得到主子的“一点恩惠”了。但倘说梁先生意在要得“恩惠”或“金镑”，是冤枉的，决没有这回事，不过想借此助一臂之力，以济其“文艺批评”之穷罢了。所以从“文艺批评”方面看来，就还得在“走狗”之上，加上一个形容字：“乏”。

一九三〇，四，一九。

题注：

本篇最初载于《萌芽月刊》第一卷第五期（1930年5月1日）。收入《二心集》。本年2月10日《拓荒者》第一卷第二期“文艺理论讲座”栏发表冯乃超的论文《阶级社会的艺术》，批驳梁实秋《文学是有阶级性的吗？》一文，斥责他为“资本家的走狗”。梁实秋遂在《新月》第二卷第九期发表《“资本家的走狗”》一文，争辩说“我不生气”，并称：“我还不知道我的主子是谁，我若知道，我一定要带着几分杂志去到主子面前表功，或者还许得到几个金镑或卢布的赏赉呢。”鲁迅看了梁实秋的这篇文章，认为冯乃超文章尚未打中梁实秋的要害，梁就这样反弹，因此决定自己“来写它一点”，遂成本文。

上海文艺之一瞥

——八月十二日在社会科学研究会讲

上海过去的文艺，开始的是《申报》。要讲《申报》，是必须追溯到六十年以前的，但这些事我不知道。我所能记得的，是三十年以前，那时的《申报》，还是用中国竹纸的，单面印，而在那里做文章的，则多是从别处跑来的“才子”。

那时的读书人，大概可以分他为两种，就是君子和才子。君子是只读四书五经，做八股，非常规矩的。而才子却此外还要看小说，例如《红楼梦》，还要做考试上用不着的古今体诗之类。这是说，才子是公开的看《红楼梦》的，但君子是否在背地里也看《红楼梦》，则我无从知道。有了上海的租界，——那时叫作“洋场”，也叫“夷场”，后来有怕犯讳的，便往往写作“彝场”——有些才子们便跑到上海来，因为才子是旷达的，那里都去；君子则对于外国人的东西总有点厌恶，而且正在想求正路的功名，所以决不轻易的乱跑。孔子曰，“道不行，乘桴浮于海”，从才子们看来，就是有点才子气的，所以君子们的行径，在才子就谓之“迂”。

才子原是多愁多病，要闻鸡生气，见月伤心的。一到上海，又遇见了婊子。去嫖的时候，可以叫十个二十个的年青姑娘聚集在一处，样子很有些像《红楼梦》，于是他就觉得自己好像贾宝玉；自己是才子，那么婊子当然是佳人，于是才子佳人的书就产生了。内容多半是，惟才子能怜这些风尘沦落的佳人，惟佳人能识坎轲不遇的才子，受尽千辛万苦之后，终于成了佳偶，或者是都成了神仙。

他们又帮申报馆印行些明清的小品书出售，自己也立文社，出灯谜，有入选的，就用这些书做赠品，所以那流通很广远。也有大部书，如《儒林外史》，《三宝太监西洋记》，《快心编》等。现在我们在旧书摊上，有时还看见第一页印有“上海申报馆仿聚珍板印”字样的小本子，那就都是的。

佳人才子的书盛行的好几年，后一辈的才子的心思就渐渐改变了。他们发见了佳人并非因为“爱才若渴”而做婊子的，佳人只为的是钱。然而佳人要才子的钱，是不应该的，才子于是想了种种制伏婊子的妙法，不但不上当，还占了她们的便宜。叙述这各种手段的小说就出现了，社会上也很风行，因为可以做嫖学教科书去读。这些书里面的主人公，不再是才子+（加）呆子，而是在婊子那里得了胜利的英雄豪杰，是才子+流氓。

在这之前，早已出现了一种画报，名目就叫《点石斋画报》，是吴友如主笔的，神仙人物，内外新闻，无所不画，但对于外国事情，他很不明白，例如画战舰罢，是一只商船，而舱面上摆着野战炮；画决斗则两个穿礼服的军人在客厅里拔长刀相击，至于将花瓶也打落跌碎。然而他画“老鸨虐妓”，“流氓拆梢”之类，却实在画得很好的，我想，这是因为他看得太多了的缘故；就是在现在，我们在上海也常常看到和他所画一般的脸孔。这画报的势力，当时是很大的，流行各省，算是要知道“时务”——这名称在那时就如现在之所谓“新学”——的人们的耳目。前几年又翻印了，叫作《吴友如墨宝》，而影响到后来也实在利害，小说上的绣像不必说了，就是在教科书的插画上，也常常看见所画的孩子大抵是歪戴帽，斜视眼，满脸横肉，一副流氓气。在现在，新的流氓画家又出了叶灵凤先生，叶先生的画是从英国的毕亚兹莱（Aubrey Beardsley）剥来的，毕亚兹莱是“为艺术的艺术”派，他的画极受日本的“浮世绘”（Ukiyoe）的影响。浮世绘虽是民间艺术，但所画的多是妓女和戏子，胖胖的身体，斜视的眼睛——Erotic（色情的）眼睛。不过毕亚兹莱画的人物却瘦瘦的，那是因为他是颓废派（Decadence）的缘故。颓废派的人们多是瘦削的，颓丧的，对于壮健的女人他有点惭愧，所以不喜欢。我们的叶先生的新斜眼画，正和吴友如的老斜眼画合流，那自然应该流行好几年。但他也并不只画流氓的，有一个时期也画过普罗列塔利亚，不过所画的工人也还是斜视眼，伸着特别大的拳头。但我以为画普罗列塔利亚应该是写实的，照工人原来的面貌，并不须画得拳头比脑袋还要大。

现在的中国电影，还在很受着这“才子+流氓”式的影响，里面的英雄，作为“好人”的英雄，也都是油头滑脑的，和一些住惯了上海，晓得怎样“拆梢”，“揩油”，“吊膀子”的滑头少年一样。看了之后，令人觉得现在倘要做英雄，做好人，也必须是流氓。

才子+流氓的小说，但也渐渐的衰退了。那原因，我想，一则因为总是这一套老调子——妓女要钱，嫖客用手段，原不会写不完的；二则因为所用的是苏白，如什么倪＝我，耐＝你，阿是＝是否之类，除了老上海和江浙的人们之外，谁也看不懂。

然而才子+佳人的书，却又出了一本当时震动一时的小说，那就是从英文翻译过来的《迦茵小传》（H.R.Haggard：Joan Haste）。但只有上半本，据译者说，原本从旧书摊上得来，非常之好，可惜觅不到下册，无可奈何了。果然，这很打动了才子佳人们的芳心，流行得很广很广。后来还至于打动了林琴南先生，将全部译出，仍旧名为《迦茵小传》。而同时受了先译者的大骂，说他不该全译，使迦茵的价值降低，给读者以不快的。于是才知道先前之所以只有半部，实非原本残缺，乃是因为记着迦茵生了一个私生子，译者故意不译的。其实这样的一部并不很长的书，外国也不至于分印成两本。但是，即此一端，也很可以看出当时中国对于婚姻的见解了。

这时新的才子＋佳人小说便又流行起来，但佳人已是良家女子了，和才子相悦相恋，分拆不开，柳阴花下，像一对胡蝶，一双鸳鸯一样，但有时因为严亲，或者因为薄命，也竟至于偶见悲剧的结局，不再都成神仙了，——这实在不能不说是一个大进步。到了近来是在制造兼可擦脸的牙粉了的天虚我生先生所编的月刊杂志《眉语》出现的时候，是这鸳鸯胡蝶式文学的极盛时期。后来《眉语》虽遭禁止，势力却并不消退，直待《新青年》盛行起来，这才受了打击。这时有伊孛生的剧本的绍介和胡适之先生的《终身大事》的别一形式的出现，虽然并不是故意的，然而鸳鸯胡蝶派作为命根的那婚姻问题，却也因此而诺拉（Nora）似的跑掉了。

这后来，就有新才子派的创造社的出现。创造社是尊贵天才的，为艺术而艺术的，专重自我的，崇创作，恶翻译，尤其憎恶重译的，与同时上海的文学研究会相对立。那出马的第一个广告上，说有人“垄断”着文坛，就是指着文学研究会。文学研究会却也正相反，是主张为人生的艺术的，是一面创作，一面也看重翻译的，是注意于绍介被压迫民族文学的，这些都是小国度，没有人懂得他们的文字，因此也几乎全都是重译的。并且因为曾经声援过《新青年》，新仇夹旧仇，所以文学研究会这时就受了三方面的攻击。一方面就是创造社，既然是天才的艺术，那么看那为人生的艺术的文学研究会自然就是多管闲事，不免有些“俗”气，而且还以为无能，所以倘被发见一处误译，有时竟至于特做一篇长长的专论。一方面是留学过美国的绅士派，他们以为文艺是专给老爷太太们看的，所以主角除老爷太太之外，只配有文人，学士，艺术家，教授，小姐等等，要会说 Yes，No，这才是绅士的庄严，那时吴宓先生就曾经发表过文章，说是真不懂为什么有些人竟喜欢描写下流社会。第三方面，则就是以前说过的鸳鸯胡蝶派，我不知道他们用的是什么方法，到底使书店老板将编辑《小说月报》的一个文学研究会会员撤换，还出了《小说世界》，来流布他们的文章。这一种刊物，是到了去年才停刊的。

创造社的这一战，从表面看来，是胜利的。许多作品，既和当时的自命才子们的心情相合，加以出版者的帮助，势力雄厚起来了。势力一雄厚，就看见大商店如商务印书馆，也有创造社员的译著的出版，——这是说，郭沫若和张资平两位先生的稿件。这以来，据我所记得，是创造社也不再审查商务印书馆出版物的误译之处，来作专论了。这些地方，我想，是也有些才子＋流氓式的。然而，“新上海”是究竟敌不过“老上海”的，创造社员在凯歌声中，终于觉到了自己就在做自己们的出版者的商品，种种努力，在老板看来，就等于眼镜铺大玻璃窗里纸人的睐眼，不过是“以广招徕”。待到希图独立出版的时候，老板就给吃了一场官司，虽然也终于独立，说是一切书籍，大加改订，另行印刷，从新开张了，然而旧老板却还是永远用了旧版子，只是印，卖，而且年年是什么纪念的大廉价。

商品固然是做不下去的，独立也活不下去。创造社的人们的去路，自然是在较有希望的“革命策源地”的广东。在广东，于是也有“革命文学”这名词的出现，然而并无什么作品，在上海，则并且还没有这名词。

到了前年,“革命文学”这名目这才旺盛起来了，主张的是从“革命策源地”回来的几个创造社元老和若干新份子。革命文学之所以旺盛起来，自然是因为由于社会的背景，一般群众，青年有了这样的要求。当从广东开始北伐的时候，一般积极的青年都跑到实际工作去了，那时还没有什么显著的革命文学运动，到了政治环境突然改变，革命遭了挫折，阶级的分化非常显明，国民党以“清党”之名，大戮共产党及革命群众，而死剩的青年们再入于被迫压的境遇，于是革命文学在上海这才有了强烈的活动。所以这革命文学的旺盛起来，在表面上和别国不同，并非由于革命的高扬，而是因为革命的挫折；虽然其中也有些是旧文人解下指挥刀来重理笔墨的旧业，有些是几个青年被从实际工作排出，只好借此谋生，但因为实在具有社会的基础，所以在新份子里，是很有极坚实正确的人存在的。但那时的革命文学运动，据我的意见，是未经好好的计划，很有些错误之处的。例如，第一，他们对于中国社会，未曾加以细密的分析，便将在苏维埃政权之下才能运用的方法，来机械的地运用了。再则他们，尤其是成仿吾先生，将革命使一般人理解为非常可怕的事，摆着一种极左倾的凶恶的面貌，好似革命一到，一切非革命者就都得死，令人对革命只抱着恐怖。其实革命是并非教人死而是教人活的。这种令人“知道点革命的厉害”，只图自己说得畅快的态度，也还是中了才子＋流氓的毒。

激烈得快的，也平和得快，甚至于也颓废得快。倘在文人，他总有一番辩护自己的变化的理由，引经据典。譬如说，要人帮忙时候用克鲁巴金的互助论，要和人争闹的时候就用达尔文的生存竞争说。无论古今，凡是没有一定的理论，或主张的变化并无线索可寻，而随时拿了各种各派的理论来作武器的人，都可以称之为流氓。例如上海的流氓，看见一男一女的乡下人在走路，他就说，“喂，你们这样子，有伤风化，你们犯了法了！”他用的是中国法。倘看见一个乡下人在路旁小便呢，他就说，“喂，这是不准的，你犯了法，该捉到捕房去！”这时所用的又是外国法。但结果是无所谓法不法，只要被他敲去了几个钱就都完事。

在中国，去年的革命文学者和前年很有点不同了。这固然由于境遇的改变，但有些“革命文学者”的本身里，还藏着容易犯到的病根。“革命”和“文学”，若断若续，好像两只靠近的船，一只是“革命”，一只是“文学”，而作者的每一只脚就站在每一只船上面。当环境较好的时候，作者就在革命这一只船上踏得重一点，分明是革命者，待到革命一被压迫，则在文学的船上踏得重一点，他变了不过是文学家了。所以前年的主张十分激烈，以为凡非革命文学，统得扫荡的人，去年却记得了列宁爱看冈却罗夫（I.A.Gontcharov）的作品的故事，觉得非革命文学，意义倒也十分深长；还有最彻底的革命文学家叶灵凤先生，他描写革命家，彻底到每次上茅厕时候都用我的《呐喊》去揩屁股，现在却竟会莫名其妙的跟在所谓民族主义文学家屁股后面了。

类似的例，还可以举出向培良先生来。在革命渐渐高扬的时候，他是很革命的；他在先前，还曾经说，青年人不但嗥叫，还要露出狼牙来。这自然也不坏，但也应该小心，因为狼是狗的祖宗，一到被人驯服的时候，是就要变而为狗的。向培良先生现在在提倡人类的艺术了，他反对有阶级的艺术的存在，而在人类中分出好人和坏人来，这艺术是“好坏斗争”的武器。狗也是将人分为两种的，豢养它的主人之类是好人，别的穷人和乞丐在它的眼里就是坏人，不是叫，便是咬。然而这也还不算坏，因为究竟还有一点野性，如果再一变而为吧儿狗，好像不管闲事，而其实在给主子尽职，那就正如现在的自称不问俗事的为艺术而艺术的名人们一样，只好去点缀大学教室了。

这样的翻着筋斗的小资产阶级，即使是在做革命文学家，写着革命文学的时候，也最容易将革命写歪；写歪了，反于革命有害，所以他们的转变，是毫不足惜的。当革命文学的运动勃兴时，许多小资产阶级的文学家忽然变过来了，那时用来解释这现象的，是突变之说。但我们知道，所谓突变者，是说A要变B，几个条件已经完备，而独缺其一的时候，这一个条件一出现，于是就变成了B。譬如水的结冰，温度须到零点，同时又须有空气的振动，倘没有这，则即便到了零点，也还是不结冰，这时空气一振动，这才突变而为冰了。所以外面虽然好像突变，其实是并非突然的事。倘没有应具的条件的，那就是即使自说已变，实际上却并没有变，所以有些忽然一天晚上自称突变过来的小资产阶级革命文学家，不久就又突变回去了。

去年左翼作家联盟在上海的成立，是一件重要的事实。因为这时已经输入了蒲力汗诺夫，卢那卡尔斯基等的理论，给大家能够互相切磋，更加坚实而有力，但也正因为更加坚实而有力了，就受到世界上古今所少有的压迫和摧残，因为有了这样的压迫和摧残，就使那时以为左翼文学将大出风头，作家就要吃劳动者供献上来的黄油面包了的所谓革命文学家立刻现出原形，有的写悔过书，有的是反转来攻击左联，以显出他今年的见识又进了一步。这虽然并非左联直接的自动，然而也是一种扫荡，这些作者，是无论变与不变，总写不出好的作品来的。

但现存的左翼作家，能写出好的无产阶级文学来么？我想，也很难。这是因为现在的左翼作家还都是读书人——智识阶级，他们要写出革命的实际来，是很不容易的缘故。日本的厨川白村（H.Kuriyagawa）曾经提出过一个问题，说：作家之所描写，必得是自己经验过的么？他自答道，不必，因为他能够体察。所以要写偷，他不必亲自去做贼，要写通奸，他不必亲自去私通。但我以为这是因为作家生长在旧社会里，熟悉了旧社会的情形，看惯了旧社会的人物的缘故，所以他能够体察；对于和他向来没有关系的无产阶级的情形和人物，他就会无能，或者弄成错误的描写了。所以革命文学家，至少是必须和革命共同着生命，或深切地感受着革命的脉搏的。（最近左联的提出了"作家的无产阶级化"的口号，就是对于这一点的很正确的理解。）

在现在中国这样的社会中，最容易希望出现的，是反叛的小资产阶级的反抗的，或暴露的作品。因为他生长在这正在灭亡着的阶级中，所以他有甚深的了解，甚大的憎恶，而向这刺下去的刀也最为致命与有力。固然，有些貌似革命的作品，也并非要将本阶级或资产阶级推翻，倒在憎恨或失望于他们的不能改良，不能较长久的保持地位，所以从无产阶级的见地看来，不过是"兄弟阋于墙"，两方一样是敌对。但是，那结果，却也能在革命的潮流中，成为一粒泡沫的。对于这些的作品，我以为实在无须称之为无产阶级文学，作者也无须为了将来的名誉起见，自称为无产阶级的作家的。

但是，虽是仅仅攻击旧社会的作品，倘若知不清缺点，看不透病根，也就于革命有害，但可惜的是现在的作家，连革命的作家和批评家，也往往不能，或不敢正视现社会，知道它的底细，尤其是认为敌人的底细。随手举一个例罢，先前的《列宁青年》上，有一篇评论中国文学界的文章，将这分为三派，首先是创造社，作为无产阶级文学派，讲得很长，其次是语丝社，作为小资产阶级文学派，可就说得短了，第三是新月社，作为资产阶级文学派，却说得更短，到不了一页。这就在表明：这位青年批评家对于愈认为敌人的，就愈是无话可说，也就是愈没有细看。自然，我们看书，倘看反对的东西，总不如看同派的东西的舒服，爽快，有益；但倘是一个战斗者，我以为，在了解革命和敌人上，倒是必须更多的去解剖当面的敌人的。要写文学作品也一样，不但应该知道革命的实际，也必须深知敌人的情形，现在的各方面的状况，再去断定革命的前途。惟有明白旧的，看到新的，了解过去，推断将来，我们的文学的发展才有希望。我想，这是在现在环境下的作家，只要努力，还可以做得到的。

在现在，如先前所说，文艺是在受着少有的压迫与摧残，广泛地现出了饥馑状态。文艺不但是革命的，连那略带些不平色彩的，不但是指摘现状的，连那些攻击旧来积弊的，也往往就受迫害。这情形，即在说明至今为止的统治阶级的革命，不过是争夺一把旧椅子。去推的时候，好像这椅子很可恨，一夺到手，就又觉得是宝贝了，而同时也自觉了自己正和这“旧的”一气。二十多年前，都说朱元璋（明太祖）是民族的革命者，其实是并不然的，他做了皇帝以后，称蒙古朝为“大元”，杀汉人比蒙古人还利害。奴才做了主人，是决不肯废去“老爷”的称呼的，他的摆架子，恐怕比他的主人还十足，还可笑。这正如上海的工人赚了几文钱，开起小小的工厂来，对付工人反而凶到绝顶一样。

在一部旧的笔记小说——我忘了它的书名了——上，曾经载有一个故事，说明朝有一个武官叫说书人讲故事，他便对他讲檀道济——晋朝的一个将军，讲完之后，那武官就吩咐打说书人一顿，人问他什么缘故，他说道：“他既然对我讲檀道济，那么，对檀道济是一定去讲我的了。”现在的统治者也神经衰弱到像这武官一样，什么他都怕，因而在出版界上也布置了比先前更进步的流氓，令人看不出流氓的形式而却用着更厉害的流氓手段：用广告，用诬陷，用恐吓；甚至于有几个文学者还拜了流氓做老子，以图得到安稳和利益。因此革命的文学者，就不但应该留心迎面的敌人，还必须防备自己一面的三翻四复的暗探了，较之简单地用着文艺的斗争，就非常费力，而因此也就影响到文艺上面来。

现在上海虽然还出版着一大堆的所谓文艺杂志，其实却等于空虚。以营业为目的的书店所出的东西，因为怕遭殃，就竭力选些不关痛痒的文章，如说“命固不可以不革，而亦不可以太革”之类，那特色是在令人从头看到末尾，终于等于不看。至于官办的，或对官场去凑趣的杂志呢，作者又都是乌合之众，共同的目的只在捞几文稿费，什么“英国维多利亚朝的文学”呀，“论刘易士得到诺贝尔奖金”呀，连自己也并不相信所发的议论，连自己也并不看重所做的文章。所以，我说，现在上海所出的文艺杂志都等于空虚，革命者的文艺固然被压迫了，而压迫者所办的文艺杂志上也没有什么文艺可见。然而，压迫者当真没有文艺么？有是有的，不过并非这些，而是通电，告示，新闻，民族主义的“文学”，法官的判词等。例如前几天，《申报》上就记着一个女人控诉她的丈夫强迫鸡奸并殴打得皮肤上成了青伤的事，而法官的判词却道，法律上并无禁止丈夫鸡奸妻子的明文，而皮肤打得发青，也并不算毁损了生理的机能，所以那控诉就不能成立。现在是那男人反在控诉他的女人的“诬告”了。法律我不知道，至于生理学，却学过一点，皮肤被打得发青，肺，肝，或肠胃的生理的机能固然不至于毁损，然而发青之处的皮肤的生理的机能却是毁损了的。这在中国的现在，虽然常常遇见，不算什么稀奇事，但我以为这就已经能够很明白的知道社会上的一部分现象，胜于一篇平凡的小说或长诗了。

除以上所说之外，那所谓民族主义文学，和闹得已经很久了的武侠小说之类，是也还应该详细解剖的。但现在时间已经不够，只得待将来有机会再讲了。今天就这样为止罢。

题注：

本篇最初发表于《文艺新闻》第二十、二十一期（1931 年 7 月 27 日、8 月 3 日）。原是 1931 年 7 月 20 日鲁迅在上海社会科学研究会演讲的记录稿，经作者整理修改后收入《二心集》。副题作“八月十二日”有误。演讲从清末到“左联”成立后 30 年来上海文艺的变迁的角度，总结革命文学的经验，指出左翼文艺队伍存在的问题，提出要能知己知彼，了解过去，推断将来。鲁迅在 1931 年 7 月 30 日给李小峰的信中也曾提到此次演讲，可参阅。

“民族主义文学”的任务和运命

一

殖民政策是一定保护，养育流氓的。从帝国主义的眼睛看来，惟有他们是最要紧的奴才，有用的鹰犬，能尽殖民地人民非尽不可的任务：一面靠着帝国主义的暴力，一面利用本国的传统之力，以除去“害群之马”，不安本分的“莠民”。所以，这流氓，是殖民地上的洋大人的宠儿，——不，宠犬，其地位虽在主人之下，但总在别的被统治者之上的。

上海当然也不会不在这例子里。巡警不进帮，小贩虽自有小资本，但倘不另寻一个流氓来做债主，付以重利，就很难立足。到去年，在文艺界上，竟也出现了“拜老头”的“文学家”。

但这不过是一个最露骨的事实。其实是，即使并非帮友，他们所谓“文艺家”的许多人，是一向在尽“宠犬”的职分的，虽然所标的口号，种种不同，艺术至上主义呀，国粹主义呀，民族主义呀，为人类的艺术呀，但这仅如巡警手里拿着前膛枪或后膛枪，来福枪，毛瑟枪的不同，那终极的目的却只一个：就是打死反帝国主义即反政府，亦即“反革命”，或仅有些不平的人民。

那些宠犬派文学之中，锣鼓敲得最起劲的，是所谓“民族主义文学”。但比起侦探，巡捕，刽子手们的显著的勋劳来，却还有很多的逊色。这缘故，就因为他们还只在叫，未行直接的咬，而且大抵没有流氓的剽悍，不过是飘飘荡荡的流尸。然而这又正是“民族主义文学”的特色，所以保持其“宠”的。

翻一本他们的刊物来看罢，先前标榜过各种主义的各种人，居然凑合在一起了。这是“民族主义”的巨人的手，将他们抓过来的么？并不，这些原是上海滩上久已沉沉浮浮的流尸，本来散见于各处的，但经风浪一吹，就漂集一处，形成一个堆积，又因为各个本身的腐烂，就发出较浓厚的恶臭来了。

这“叫”和“恶臭”有能够较为远闻的特色，于帝国主义是有益的，这叫做“为王前驱”，所以流尸文学仍将与流氓政治同在。

二

但上文所说的风浪是什么呢？这是因无产阶级的勃兴而卷起的小风浪。先前的有些所谓文艺家，本未尝没有半意识的或无意识的觉得自身的溃败，于是就自欺欺人的用种种美名来掩饰，曰高逸，曰放达（用新式话来说就是“颓废”），画的是裸女，静物，死，写的是花月，圣地，失眠，酒，女人。一到旧社会的崩溃愈加分明，阶级的斗争愈加锋利的时候，他们也就看见了自己的死敌，将创造新的文化，一扫旧来的污秽的无产阶级，并且觉到了自己就是这污秽，将与在上的统治者同其运命，于是就必然漂集于为帝国主义所宰制的民族中的顺民所竖起的“民族主义文学”的旗帜之下，来和主人一同做一回最后的挣扎了。

所以，虽然是杂碎的流尸，那目标却是同一的：和主人一样，用一切手段，来压迫无产阶级，以苟延残喘。不过究竟是杂碎，而且多带着先前剩下的皮毛，所以自从发出宣言以来，看不见一点鲜明的作品，宣言是一小群杂碎胡乱凑成的杂碎，不足为据的。

但在《前锋月刊》第五号上，却给了我们一篇明白的作品，据编辑者说，这是“参加讨伐阎冯军事的实际描写”。描写军事的小说并不足奇，奇特的是这位“青年军人”的作者所自述的在战场上的心绪，这是“民族主义文学家”的自画像，极有郑重引用的价值的——

> “每天晚上站在那闪烁的群星之下，手里执着马枪，耳中听着虫鸣，四周飞动着无数的蚊子，那样都使人想到法国‘客军’在菲洲沙漠里与阿剌伯人争斗流血的生活。”（黄震遐：《陇海线上》）

原来中国军阀的混战，从“青年军人”，从“民族主义文学者”看来，是并非驱同国人民互相残杀，却是外国人在打别一外国人，两个国度，两个民族，在战地上一到夜里，自己就飘飘然觉得皮色变白，鼻梁加高，成为腊丁民族的战士，站在野蛮的菲洲了。那就无怪乎看得周围的老百姓都是敌人，要一个一个的打死。法国人对于菲洲的阿剌伯人，就民族主义而论，原是不必爱惜的。仅仅这一节，大一点，则说明了中国军阀为什么做了帝国主义的爪牙，来毒害屠杀中国的人民，那是因为他们自己以为是“法国的客军”的缘故；小一点，就说明中国的“民族主义文学家”根本上只同外国主子休戚相关，为什么倒称“民族主义”，来朦混读者，那是因为他们自己觉得有时好像腊丁民族，条顿民族了的缘故。

三

黄震遐先生写得如此坦白，所说的心境当然是真实的，不过据他小说中所显示的智识推测起来，却还有并非不知而故意不说的一点讳饰。这，是他将“法国的安南兵”含糊的改作“法国的客军”了，因此就较远于“实际描写”，而且也招来了上节所说的是非。

但作者是聪明的，他听过“友人傅彦长君平时许多谈论……许多地方不可讳地是受了他的熏陶”，并且考据中外史传之后，接着又写了一篇较切“民族主义”这个题目的剧诗，这回不用法兰西人了，是《黄人之血》(《前锋月刊》七号)。

这剧诗的事迹，是黄色人种的西征，主将是成吉思汗的孙子拔都元帅，真正的黄色种。所征的是欧洲，其实专在斡罗斯（俄罗斯）——这是作者的目标；联军的构成是汉，鞑靼，女真，契丹人——这是作者的计划；一路胜下去，可惜后来四种人不知“友谊”的要紧和“团结的力量”，自相残杀，竟为白种武士所乘了——这是作者的讽喻，也是作者的悲哀。

但我们且看这黄色军的威猛和恶辣罢——

> …………
>
> 恐怖呀，煎着尸体的沸油；
> 可怕呀，遍地的腐骸如何凶丑；

死神捉着白姑娘拚命地搂；
美人螓首变成狞猛的髑髅；
野兽般的生番在故宫里蛮争恶斗；
十字军战士的脸上充满了哀愁；
千年的棺材泄出它凶秽的恶臭；
铁蹄践着断骨，骆驼的鸣声变成怪吼；
上帝已逃，魔鬼扬起了火鞭复仇；
黄祸来了！黄祸来了！
亚细亚勇士们张大吃人的血口。

这德皇威廉因为要鼓吹“德国德国，高于一切”而大叫的“黄祸”，这一张“亚细亚勇士们张大”的“吃人的血口”，我们的诗人却是对着“斡罗斯”，就是现在无产者专政的第一个国度，以消灭无产阶级的模范——这是“民族主义文学”的目标；但究竟因为是殖民地顺民的“民族主义文学”，所以我们的诗人所奉为首领的，是蒙古人拔都，不是中华人赵构，张开“吃人的血口”的是“亚细亚勇士们”，不是中国勇士们，所希望的是拔都的统驭之下的“友谊”，不是各民族间的平等的友爱——这就是露骨的所谓“民族主义文学”的特色，但也是青年军人作者的悲哀。

四

拔都死了；在亚细亚的黄人中，现在可以拟为那时的蒙古的只有一个日本。日本的勇士们虽然也痛恨苏俄，但也不爱抚中华的勇士，大唱“日支亲善”虽然也和主张“友谊”一致，但事实又和口头不符，从中国“民族主义文学者”的立场上，在已觉得悲哀，对他加以讽喻，原是势所必至，不足诧异的。

果然，诗人的悲哀的预感好像证实了，而且还坏得远。当“扬起火鞭”焚烧“斡罗斯”将要开头的时候，就像拔都那时的结局一样，朝鲜人乱杀中国人，日本人“张大吃人的血口”，吞了东三省了。莫非他们因为未受傅彦长先生的熏陶，不知“团结的力量”之重要，竟将中国的“勇士们”也看成非洲的阿刺伯人了吗？！

五

这实在是一个大打击。军人的作者还未喊出他勇壮的声音，我们现在所看见的是“民族主义”旗下的报章上所载的小勇士们的愤激和绝望。这也是势所必至，无足诧异的。理想和现实本来易于冲突，理想时已经含了悲哀，现实起来当然就会绝望。于是小勇士们要打仗了——

战啊，下个最后的决心，
杀尽我们的敌人，
你看敌人的枪炮都响了，
快上前，把我们的肉体筑一座长城。
雷电在头上咆哮，
浪涛在脚下吼叫，
热血在心头燃烧，

我们向前线奔跑。

（苏凤：《战歌》。《民国日报》载。）

去，战场上去，
我们的热血在沸腾，
我们的肉身好像疯人，
我们去把热血锈住贼子的枪头，
我们去把肉身塞住仇人的炮口。
去，战场上去，
凭着我们一股勇气，
凭着我们一点纯爱的精灵，
去把仇人驱逐，
不，去把仇人杀尽。

（甘豫庆：《去上战场去》。《申报》载。）

同胞，醒起来罢，
踢开了弱者的心，
踢开了弱者的脑。
看，看，看，
看同胞们的血喷出来了，
看同胞们的肉割开来了，
看同胞们的尸体挂起来了。

（邵冠华：《醒起来罢同胞》。同上。）

这些诗里很明显的是作者都知道没有武器，所以只好用"肉体"，用"纯爱的精灵"，用"尸体"。这正是《黄人之血》的作者的先前的悲哀，而所以要追随拔都元帅之后，主张"友谊"的缘故。武器是主子那里买来的，无产者已都是自己的敌人，倘主子又不谅其衷，要加以“惩膺”，那么，惟一的路也实在只有一个死了——

我们是初训练的一队，
有坚卓的志愿，
有沸腾的热血，
来扫除强暴的歹类。
同胞们，亲爱的同胞们，
快起来准备去战，
快起来奋斗，
战死是我们生路。

（沙珊：《学生军》。同上。）

天在啸，
地在震，
人在冲，兽在吼，
宇宙间的一切在咆哮，
朋友哟，
准备着我们的头颅去给敌人砍掉。

（徐之津：《伟大的死》。同上。）

一群是发扬踔厉，一群是慷慨悲歌，写写固然无妨，但倘若真要这样，却未免太不懂得“民族主义文学”的精义了，然而，却也尽了“民族主义文学”的任务。

六

《前锋月刊》上用大号字题目的《黄人之血》的作者黄震遐诗人，不是早已告诉我们过理想的元帅拔都了吗？这诗人受过傅彦长先生的熏陶，查过中外的史传，还知道“中世纪的东欧是三种思想的冲突点”，岂就会偏不知道赵家末叶的中国，是蒙古人的淫掠场？拔都元帅的祖父成吉思皇帝侵入中国时，所至淫掠妇女，焚烧庐舍，到山东曲阜看见孔老二先生像，元兵也要指着骂道：“说‘夷狄之有君，不如诸夏之无也’的，不就是你吗？”夹脸就给他一箭。这是宋人的笔记里垂涕而道的，正如现在常见于报章上的流泪文章一样。黄诗人所描写的“斡罗斯”那“死神捉着白姑娘拚命地搂……”那些妙文，其实就是那时出现于中国的情形。但一到他的孙子，他们不就携手“西征”了吗？现在日本兵“东征”了东三省，正是“民族主义文学家”理想中的“西征”的第一步，“亚细亚勇士们张大吃人的血口”的开场。不过先得在中国咬一口。因为那时成吉思皇帝也像对于“斡罗斯”一样，先使中国人变成奴才，然后赶他打仗，并非用了“友谊”，送柬帖来敦请的。所以，这沈阳事件，不但和“民族主义文学”毫无冲突，而且还实现了他们的理想境，倘若不明这精义，要去硬送头颅，使“亚细亚勇士”减少，那实在是很可惜的。

那么，“民族主义文学”无须有那些呜呼阿呀死死活活的调子吗？谨对曰：要有的，他们也一定有的。否则不抵抗主义，城下之盟，断送土地这些勾当，在沉静中就显得更加露骨。必须痛哭怒号，摩拳擦掌，令人被这扰攘嘈杂所惑乱，闻悲歌而泪垂，听壮歌而愤泄，于是那“东征”即“西征”的第一步，也就悄悄的隐隐的跨过去了。落葬的行列里有悲哀的哭声，有壮大的军乐，那任务是在送死人埋入土中，用热闹来掩过了这“死”，给大家接着就得到“忘却”。现在“民族主义文学”的发扬踔厉，或慷慨悲歌的文章，便是正在尽着同一的任务的。

但这之后，“民族主义文学者”也就更加接近了他的哀愁。因为有一个问题，更加临近，就是将来主子是否不至于再蹈拔都元帅的覆辙，肯信用而且优待忠勇的奴才，不，勇士们呢？这实在是一个很要紧，很可怕的问题，是主子和奴才能否“同存共荣”的大关键。

历史告诉我们：不能的。这，正如连“民族主义文学者”也已经知道一样，不会有这一回事。他们将只尽些送丧的任务，永含着恋主的哀愁，须到无产阶级革命的风涛怒吼起来，刷洗山河的时候，这才能脱出这沉滞猥劣和腐烂的运命。

题注：

本篇最初发表于《文学导报》第一卷第六、七期合刊（1931 年 10 月 23 日），署名晏敖。收入《二心集》。“民族主义文学”是由国民党当局策划的文学运动，主要人物有潘公展、范争波、朱应鹏、傅彦长、王平陵、黄震遐、邵洵美、叶秋原、李赞华、汪倜然、朱大心、襄华等。1930 年 6 月，他们发表了《民族主义文艺运动宣言》，鼓吹“文艺的中心意识”，即法西斯主义的“民族意识”，攻击无产阶级的文艺运动是“中国文艺的危机”。他们出版、发行的刊物有朱应鹏、傅彦长等主编的《前锋月刊》，张季平、范争波等主编的《前锋周报》，另外还有《文艺月报》《现代文学评论》《黄钟》等。“民族主义文学”的作品有黄震遐发表在《前锋月刊》上的的小说《黄人之血》《陇海线上》等。左翼作家对“民族主义文学”的实质进行了揭露和批判，瞿秋白发表了《学阀万岁》《狗样的英雄》《民族的灵魂》，茅盾发表了《“民族主义文艺”的现形》等文章，鲁迅发表的文章，除了本文外，还有《沉滓的泛起》《不通两种》《中国文坛上的鬼魅》《今春的两种感想》《止哭文学》等。

论“第三种人”

这三年来，关于文艺上的论争是沉寂的，除了在指挥刀的保护之下，挂着“左翼”的招牌，在马克斯主义里发见了文艺自由论，列宁主义里找到了杀尽共匪说的论客的“理论”之外，几乎没有人能够开口，然而，倘是“为文艺而文艺”的文艺，却还是“自由”的，因为他决没有收了卢布的嫌疑。但在“第三种人”，就是“死抱住文学不放的人”，又不免有一种苦痛的预感：左翼文坛要说他是“资产阶级的走狗”。

代表了这一种“第三种人”来鸣不平的，是《现代》杂志第三和第六期上的苏汶先生的文章（我在这里先应该声明：我为便利起见，暂且用了“代表”，“第三种人”这些字眼，虽然明知道苏汶先生的“作家之群”，是也如拒绝“或者”，“多少”，“影响”这一类不十分决定的字眼一样，不要固定的名称的，因为名称一固定，也就不自由了）。他以为左翼的批评家，动不动就说作家是“资产阶级的走狗”，甚至于将中立者认为非中立，而一非中立，便有认为“资产阶级的走狗”的可能，号称“左翼作家”者既然“左而不作”，“第三种人”又要作而不敢，于是文坛上便没有东西了。然而文艺据说至少有一部分是超出于阶级斗争之外的，为将来的，就是“第三种人”所抱住的真的，永久的文艺。——但可惜，被左翼理论家弄得不敢作了，因为作家在未作之前，就有了被骂的预感。

我相信这种预感是会有的，而以“第三种人”自命的作家，也愈加容易有。我也相信作者所说，现在很有懂得理论，而感情难变的作家。然而感情不变，则懂得理论的度数，就不免和感情已变或略变者有些不同，而看法也就因此两样。苏汶先生的看法，由我看来，是并不正确的。

自然，自从有了左翼文坛以来，理论家曾经犯过错误，作家之中，也不但如苏汶先生所说，有“左而不作”的，并且还有由左而右，甚至于化为民族主义文学的小卒，书坊的老板，敌党的探子的，然而这些讨厌左翼文坛了的文学家所遗下的左翼文坛，却依然存在，不但存在，还在发展，克服自己的坏处，向文艺这神圣之地进军。苏汶先生问过：克服了三年，还没有克服好么？回答是：是的，还要克服下去，三十年也说不定。然而一面克服着，一面进军着，不会做待到克服完成，然后行进那样的傻事的。但是，苏汶先生说过“笑话”：左翼作家在从资本家取得稿费；现在我来说一句真话，是左翼作家还在受封建的资本主义的社会的法律的压迫，禁锢，杀戮。所以左翼刊物，全被摧残，现在非常寥寥，即偶有发表，批评作品的也绝少，而偶有批评作品的，也并未动不动便指作家为“资产阶级的走狗”，而且不要“同路人”。左翼作家并不是从天上掉下来的神兵，或国外杀进来的仇敌，他不但要那同走几步的“同路人”，还要招致那些站在路旁看看的看客也一同前进。

但现在要问：左翼文坛现在因为受着压迫，不能发表很多的批评，倘一旦有了发表的可能，不至于动不动就指“第三种人”为“资产阶级的走狗”么？我想，倘若左翼批评家没有宣誓不说，又只从坏处着想，那是有这可能的，也可以想得比这还要坏。不过我以为这种预测，实在和想到地球也许有破裂之一日，而先行自杀一样，大可以不必的。

然而苏汶先生的“第三种人”，却据说是为了未来的恐怖而“搁笔”了。未曾身历，仅仅因为心造的幻影而搁笔，“死抱住文学不放”的作家的拥抱力，又何其弱呢？两个爱人，有因为预防将来的社会上的斥责而不敢拥抱的么？

其实，这“第三种人”的“搁笔”，原因并不在左翼批评的严酷。真实原因的所在，是在做不成这样的“第三种人”，做不成这样的人，也就没有了第三种笔，搁与不搁，还谈不到。

生在有阶级的社会里而要做超阶级的作家，生在战斗的时代而要离开战斗而独立，生在现在而要做给与将来的作品，这样的人，实在也是一个心造的幻影，在现实世界上是没有的。要做这样的人，恰如用自己的手拔着头发，要离开地球一样，他离不开，焦躁着，然而并非因为有人摇了摇头，使他不敢拔了的缘故。

所以虽是“第三种人”，却还是一定超不出阶级的，苏汶先生就先在预料阶级的批评了，作品里又岂能摆脱阶级的利害；也一定离不开战斗的，苏汶先生就先以“第三种人”之名提出抗争了，虽然“抗争”之名又为作者所不愿受；而且也跳不过现在的，他在创作超阶级的，为将来的作品之前，先就留心于左翼的批评了。

这确是一种苦境。但这苦境，是因为幻影不能成为实有而来的。即使没有左翼文坛作梗，也不会有这“第三种人”，何况作品。但苏汶先生却又心造了一个横暴的左翼文坛的幻影，将“第三种人”的幻影不能出现，以至将来的文艺不能发生的罪孽，都推给它了。

左翼作家诚然是不高超的，连环图画，唱本，然而也不到苏汶先生所断定那样的没出息。左翼也要托尔斯泰，弗罗培尔。但不要“努力去创造一些属于将来（因为他们现在是不要的）的东西”的托尔斯泰和弗罗培尔。他们两个，都是为现在而写的，将来是现在的将来，于现在有意义，才于将来会有意义。尤其是托尔斯泰，他写些小故事给农民看，也不自命为“第三种人”，当时资产阶级的多少攻击，终于不能使他“搁笔”。左翼虽然诚如苏汶先生所说，不至于蠢到不知道“连环图画是产生不出托尔斯泰，产生不出弗罗培尔来”，但却以为可以产出密开朗该罗，达文希那样伟大的画手。而且我相信，从唱本和说书里是可以产生托尔斯泰，弗罗培尔的。现在提起密开朗该罗们的画来，谁也没有非议了，但实际上，那不是宗教的宣传画，《旧约》的连环图画么？而且是为了那时的“现在”的。

总括起来说，苏汶先生是主张“第三种人”与其欺骗，与其做冒牌货，倒还不如努力去创作，这是极不错的。

“定要有自信的勇气，才会有工作的勇气！”这尤其是对的。

然而苏汶先生又说，许多大大小小的“第三种人”们，却又因为预感了不祥之兆——左翼理论家的批评而“搁笔”了！

“怎么办呢”？

十月十日。

题注：

本文最初发表于上海《现代》月刊第二卷第一期（1932 年 11 月 1 日）。收入《南腔北调集》。1931 年 12 月，胡秋原在《文化评论》上发表《阿狗文艺论》一文，以“自由人”自居，一方面批评“民族主义文学”，另一方面说左翼文艺“将艺术堕落到一种政治的留声机，那是艺术的叛徒”。后又发表《勿侵略文艺》《钱杏邨理论之清算与民族文学理论之批评》等文，攻讦“左联”。冯雪峰（洛扬）即在《文艺新闻》第五十八期（1932年6月6日）发表《致文艺新闻的信》予以反击。随后，苏汶（杜衡）在《现代》第一卷第三期（1932年7月）发表《关于“文新”与胡秋原的文艺论辩》，自称“第三种人”，说当下的“作家之群”之所以“搁笔”，缘于“左联”批评家的“凶暴”，以及文坛被“左联”“霸占”。又说：“在‘智识阶级的自由人’和‘不自由的，有党派的’阶级争着文坛的霸权的时候，最吃苦的，却是这两种人之外的第三种人。这第三种人便是所谓作者之群。作者，老实说，是多少带点我在前面所说起的死抱住文学不肯放手的气味的。”同年10月又在《现代》第一卷第六期发表《“第三种人”的出路》一文，由此引起“左联”方面反击。瞿秋白写了《文艺的自由和文学家的不自由》(《现代》第一卷第六期，1932年10月)。本文即在此情况下发表。文中所引的“在马克斯主义里发见了文艺自由论，列宁主义里找到了杀尽共匪说的论客”，是指胡秋原，他曾自称研究过马克思主义和列宁学说。文中所引苏汶的话，均出自上述两文。

辱骂和恐吓决不是战斗

——致《文学月报》编辑的一封信

起应兄：

前天收到《文学月报》第四期，看了一下。我所觉得不足的，并非因为它不及别种杂志的五花八门，乃是总还不能比先前充实。但这回提出了几位新的作家来，是极好的，作品的好坏我且不论，最近几年的刊物上，倘不是姓名曾经排印过了的作家，就很有不能登载的趋势，这么下去，新的作者要没有发表作品的机会了。现在打破了这局面，虽然不过是一种月刊的一期，但究竟也扫去一些沉闷，所以我以为是一种好事情。但是，我对于芸生先生的一篇诗，却非常失望。

这诗，一目了然，是看了前一期的别德纳衣的讽刺诗而作的。然而我们来比一比罢，别德纳衣的诗虽然自认为“恶毒”，但其中最甚的也不过是笑骂。这诗怎么样？有辱骂，有恐吓，还有无聊的攻击：其实是大可以不必作的。

例如罢，开首就是对于姓的开玩笑。一个作者自取的别名，自然可以窥见他的思想，譬如“铁血”，“病鹃”之类，固不妨由此开一点小玩笑。但姓氏籍贯，却不能决定本人的功罪，因为这是从上代传下来的，不能由他自主。我说这话还在四年之前，当时曾有人评我为

"封建余孽"，其实是捧住了这样的题材，欣欣然自以为得计者，倒是十分"封建的"的。不过这种风气，近几年颇少见了，不料现在竟又复活起来，这确不能不说是一个退步。

尤其不堪的是结末的辱骂。现在有些作品，往往并非必要而偏在对话里写上许多骂语去，好像以为非此便不是无产者作品，骂詈愈多，就愈是无产者作品似的。其实好的工农之中，并不随口骂人的多得很，作者不应该将上海流氓的行为，涂在他们身上的。即使有喜欢骂人的无产者，也只是一种坏脾气，作者应该由文艺加以纠正，万不可再来展开，使将来的无阶级社会中，一言不合，便祖宗三代的闹得不可开交。况且即是笔战，就也如别的兵战或拳斗一样，不妨伺隙乘虚，以一击制敌人的死命，如果一味鼓噪，已是《三国志演义》式战法，至于骂一句爹娘，扬长而去，还自以为胜利，那简直是"阿Q"式的战法了。

接着又是什么"剖西瓜"之类的恐吓，这也是极不对的，我想。无产者的革命，乃是为了自己的解放和消灭阶级，并非因为要杀人，即使是正面的敌人，倘不死于战场，就有大众的裁判，决不是一个诗人所能提笔判定生死的。现在虽然很有什么"杀人放火"的传闻，但这只是一种诬陷。中国的报纸上看不出实话，然而只要一看别国的例子也就可以恍然：德国的无产阶级革命（虽然没有成功），并没有乱杀人；俄国不是连皇帝的宫殿都没有烧掉吗？而我们的作者，却将革命的工农用笔涂成一个吓人的鬼脸，由我看来，真是卤莽之极了。

自然，中国历来的文坛上，常见的是诬陷，造谣，恐吓，辱骂，翻一翻大部的历史，就往往可以遇见这样的文章，直到现在，还在应用，而且更加厉害。但我想，这一份遗产，还是都让给叭儿狗文艺家去承受罢，我们的作者倘不竭力的抛弃了它，是会和他们成为"一丘之貉”的。

不过我并非主张要对敌人陪笑脸，三鞠躬。我只是说，战斗的作者应该注重于“论争”；倘在诗人，则因为情不可遏而愤怒，而笑骂，自然也无不可。但必须止于嘲笑，止于热骂，而且要“喜笑怒骂，皆成文章”，使敌人因此受伤或致死，而自己并无卑劣的行为，观者也不以为污秽，这才是战斗的作者的本领。

刚才想到了以上的一些，便写出寄上，也许于编辑上可供参考。总之，我是极希望此后的《文学月报》上不再有那样的作品的。

专此布达，并问

好。

鲁迅。十二月十日。

题注：

本文最初发表于上海《文学月报》第一卷第五、六号合刊（1932年12月15日）。收入《南腔北调集》。周扬（起应）主编的《文学月报》第一卷第三期（1932年10月15日）上有瞿秋白所译苏联别德内依讽刺托洛茨基的诗《没工夫唾骂》。第四期（11月15日）发表邱九如（化名“芸生”）的诗《汉奸的供状》，模仿别德内依的风格，讽刺、讥骂胡秋原。开头就是“现在我来写汉奸的供状。据说他也姓胡，可不叫立夫”(胡立夫是“一·二八”事变中臭名昭著的汉奸），又有“当心，你的脑袋一下就要变做剖开的西瓜”等语。因该期《文学月报》刊有鲁迅的《“连环图画”辩护》一文，鲁迅收到编者周扬寄赠的样刊，阅后有感而写本文。

止哭文学

前三年，“民族主义文学”家敲着大锣大鼓的时候，曾经有一篇《黄人之血》说明了最高的愿望是在追随成吉思皇帝的孙子拔都元帅之后，去剿灭“斡罗斯”。斡罗斯者，今之苏俄也。那时就有人指出，说是现在的拔都的大军，就是日本的军马，而在“西征”之前，尚须先将中国征服，给变成从军的奴才。

当自己们被征服时，除了极少数人以外，是很苦痛的。这实例，就如东三省的沦亡，上海的爆击，凡是活着的人们，毫无悲愤的怕是很少很少罢。但这悲愤，于将来的“西征”是大有妨碍的。于是来了一部《大上海的毁灭》，用数目字告诉读者以中国的武力，决定不如日本，给大家平平心；而且以为活着不如死亡（“十九路军死，是警告我们活得可怜，无趣！”），但胜利又不如败退（“十九路军胜利，只能增加我们苟且，偷安与骄傲的迷梦！”）。总之，战死是好的，但战败尤其好，上海之役，正是中国的完全的成功。

现在第二步开始了。据中央社消息，则日本已有与满洲国签订一种“中华联邦帝国密约”之阴谋。那方案的第一条是：“现在世界只有两种国家，一种系资本主义，英，美，日，意，法，一种系共产主义，苏俄。现在要抵制苏俄，非中日联合起来……不能成功”云（详见三月十九日《申报》）。

要“联合起来”了。这回是中日两国的完全的成功，是从“大上海的毁灭”走到“黄人之血”路上去的第二步。

固然，有些地方正在爆击，上海却自从遭到爆击之后，已经有了一年多，但有些人民不悟“西征”的必然的步法，竟似乎还没有完全忘掉前年的悲愤。这悲愤，和目前的“联合”就大有妨碍的。在这景况中，应运而生的是给人们一点爽利和慰安，好像“辣椒和橄榄”的文学。这也许正是一服苦闷的对症药罢。为什么呢？就因为是“辣椒虽辣，辣不死人，橄榄虽苦，苦中有味”的。明乎此，也就知道苦力为什么吸鸦片。

而且不独无声的苦闷而已，还据说辣椒是连“讨厌的哭声”也可以停止的。王慈先生在《提倡辣椒救国》这一篇名文里告诉我们说：

> “……还有北方人自小在母亲怀里，大哭的时候，倘使母亲拿一只辣茄子给小儿咬，很灵验的可以立止大哭……
>
> “现在的中国，仿佛是一个在大哭时的北方婴孩，倘使要制止他讨厌的哭声，只要多多的给辣茄子他咬。”（《大晚报》副刊第十二号）

辣椒可以止小儿的大哭，真是空前绝后的奇闻，倘是真的，中国人可实在是一种与众不同的特别“民族”了。然而也很分明的看见了这种“文学”的企图，是在给人一辣而不死，“制止他讨厌的哭声”，静候着拔都元帅。

不过，这是无效的，远不如哭则“格杀勿论”的灵验。此后要防的是“道路以目”了，我们等待着遮眼文学罢。

三月二十日。

【备考】：

提倡辣椒救国

王慈

记得有一次跟着一位北方朋友上天津点心馆子里去，坐定了以后，堂倌跑过来问道：

“老乡！吃些什么东西？”

“两盘锅贴儿！”那位北方朋友用纯粹的北方口音说。

随着锅贴儿端来的，是一盆辣椒。

我看见那位北方朋友把锅贴和着多量的辣椒津津有味的送进嘴里去，触起了我的好奇心，探险般的把一个锅贴悄悄的蘸上一点儿辣椒，送下肚去，只觉得舌尖顿时麻木得失了知觉，喉间痒辣得怪难受，眼眶里不自主涌着泪水，这时，我大大的感觉到痛苦。

那位北方朋友看见了我这个样子，大笑了起来，接着他告诉我，北方人的善吃辣椒是出于天性，他们是抱着“饭菜可以不要，辣椒不能不吃”的主义的；他们对于辣椒已经是仿佛吸鸦片似的上了瘾！还有北方人自小在母亲怀里，大哭的时候，倘使母亲拿一只辣茄子给小儿咬，很灵验的可以立止大哭……

* * *

现在的中国，仿佛是一个大哭时的北方婴孩，倘使要制止他讨厌的哭声，只要多多的给辣茄子他咬。

中国的人们，等于我的那位北方朋友，不吃辣椒是不会兴奋的！

三月十二日，《大晚报》副刊《辣椒与橄榄》。

【硬要用辣椒止哭】：

不要乱咬人

王慈

当心咬着辣椒

上海近来多了赵大爷赵秀才一批的人，握了尺棒，拚命想找到“阿Q相”的人来出气。还好，这一批文人从有色的近视眼镜里望出来认为“阿Q相”的，偏偏不是真正的阿Q。

不知道是什么来历的何家干，看了我的《提倡辣椒救国》（见本刊十二号），认北方小孩的爱嗜辣椒，为“空前绝后”的“奇闻”。倘使我那位北方朋友告诉我，是吹的牛皮，那末，的确可以说空前。而何家干既不是数千年前的刘伯温，在某报上做文章，却是像在造《推背图》。北方小孩子爱嗜辣椒，若使可以算是“奇闻”，那么吸鸦片的父母，生育出来的婴孩，为什么也有烟瘾呢？

何家干既抓不到可以出气的对象，他在扑了一个空之后，却还要振振有词，说什么：“倘使是真的，中国人可实在是一种与众不同的特别民族了。”

敢问何家干，戴了有色近视眼镜捧读《提倡辣椒救国》的时候，有没有看见“北方”两个字？（何家干既把有这两个字的句子，录在他的谈话里，显然的是看到了。）既已看到了，那末，请问斯德丁是不是可以代表整个的日耳曼？亚伯丁是不是可以代表整个的不列颠群岛？

在这里我真怀疑，何家干的脑筋，怎的是这么简单？会前后矛盾到这个地步！

赵大爷和赵秀才一类的人，想结党来乱咬人。我可以先告诉他们：我和《辣椒与橄榄》的编者是素不相识的，我也从没有写过《黄人之血》，请何家干若使一定要咬我一口，我劝他再架一副可以透视的眼镜，认清了目标再咬。否则咬着了辣椒，哭笑不得的时候，我不能负责。

三月二十八日，《大晚报》副刊《辣椒与橄榄》。

【但到底是不行的】：

这叫作愈出愈奇

家干

斯德丁实在不可以代表整个的日耳曼的，北方也实在不可以代表全中国。然而北方的孩子不能用辣椒止哭，却是事实，也实在没有法子想。

吸鸦片的父母生育出来的婴孩，也有烟瘾，是的确的。然而嗜辣椒的父母生育出来的婴孩，却没有辣椒瘾，和嗜醋者的孩子，没有醋瘾相同。这也是事实，无论谁都没有法子想。

凡事实，靠发少爷脾气是还是改不过来的。格里莱阿说地球在回旋，教徒要烧死他，他怕死，将主张取消了。但地球仍然在回旋。为什么呢？就因为地球是实在在回旋的缘故。

所以，即使我不反对，倘将辣椒塞在哭着的北方（！）孩子的嘴里，他不但不止，还要哭得更加厉害的。

七月十九日。

题注：

本篇最初发表于1933年3月24日《申报·自由谈》，署名何家干。收入《伪自由书》。“九一八”事变后不久，日军又在上海发动“一·二八”事变，后又用武力占领热河省。日军的疯狂侵略和国民政府的“不抵抗”政策，激起了中国人民强烈的愤慨和反抗。而“民族主义文学”家黄震遐发表了《大上海的毁灭》《黄人之血》等有明显媚日倾向的作品。1933年，“民族主义文学”者在《大晚报》上提倡“辣椒与橄榄”文学，如刊登《提倡辣椒救国》之类的文章。他们认为“辣椒与橄榄”文学能激发中国人民对侵略者的“悲愤”。鲁迅因而作本文。

出卖灵魂的秘诀

几年前，胡适博士曾经玩过一套“五鬼闹中华”的把戏，那是说：这世界上并无所谓帝国主义之类在侵略中国，倒是中国自己该着“贫穷”，“愚昧”……等五个鬼，闹得大家不安宁。现在，胡适博士又发见了第六个鬼，叫做仇恨。这个鬼不但闹中华，而且祸延友邦，闹到东京去了。因此，胡适博士对症发药，预备向“日本朋友”上条陈。

据博士说：“日本军阀在中国暴行所造成之仇恨，到今日已颇难消除”，“而日本决不能用暴力征服中国”（见报载胡适之的最近谈话，下同）。这是值得忧虑的：难道真的没有方法征服中国吗？不，法子是有的。“九世之仇，百年之友，均在觉悟不觉悟之关头上，”——“日本只有一个方法可以征服中国，即悬崖勒马，彻底停止侵略中国，反过来征服中国民族的心。”

这据说是“征服中国的唯一方法”。不错，古代的儒教军师，总说“以德服人者王，其心诚服也”。胡适博士不愧为日本帝国主义的军师。但是，从中国小百姓方面说来，这却是出卖灵魂的唯一秘诀。中国小百姓实在“愚昧”，原不懂得自己的“民族性”，所以他们一向会仇恨，如果日本陛下大发慈悲，居然采用胡博士的条陈，那么，所谓“忠孝仁爱信义和平”的中国固有文化，就可以恢复：——因为日本不用暴力而用软功的王道，中国民族就不至于再生仇恨，因为没有仇恨，自然更不抵抗，因为更不抵抗，自然就更和平，更忠孝……中国的肉体固然买到了，中国的灵魂也被征服了。

可惜的是这“唯一方法”的实行，完全要靠日本陛下的觉悟。如果不觉悟，那又怎么办？胡博士回答道：“到无可奈何之时，真的接受一种耻辱的城下之盟”好了。那真是无可奈何的呵——因为那时候“仇恨鬼”是不肯走的，这始终是中国民族性的污点，即为日本计，也非万全之道。

因此，胡博士准备出席太平洋会议，再去“忠告”一次他的日本朋友：征服中国并不是没有法子的，请接受我们出卖的灵魂罢，何况这并不难，所谓“彻底停止侵略”，原只要执行“公平的”李顿报告——仇恨自然就消除了！

三月二十二日。

题注：

本篇最初发表于1933年3月26日《申报·自由谈》，署名何家干。收入《伪自由书》。本文由瞿秋白执笔，经鲁迅修改，请人抄写后，以鲁迅的笔名发表。1930年4月胡适在《新月》杂志第二卷第十期发表文章《我们走那条路》，认为贫穷、疾病 、愚昧、贪污、扰乱是危害中国的“五个大仇敌”，而“资本主义不在内，……封建势力也不在内，因为封建制度早已在二千年前崩坏了。帝国主义也不在内，因为帝国主义不能侵害那五鬼不入之国”。1933年3月，国民政府决定派胡适等人出席8月在加拿大温哥华举行的泛太平洋学术会议（简称“太平洋会议”）第五次会议。胡适于3月18日就此次会议的任务和自己的态度，在北平向新闻界发表了谈话，1933年3月22日《申报》予以登载。本文所引胡适的话均见这次谈话。

言论自由的界限

看《红楼梦》，觉得贾府上是言论颇不自由的地方。焦大以奴才的身分，仗着酒醉，从主子骂起，直到别的一切奴才，说只有两个石狮子干净。结果怎样呢？结果是主子深恶，奴才痛嫉，给他塞了一嘴马粪。

其实是，焦大的骂，并非要打倒贾府，倒是要贾府好，不过说主奴如此，贾府就要弄不下去罢了。然而得到的报酬是马粪。所以这焦大，实在是贾府的屈原，假使他能做文章，我想，恐怕也会有一篇《离骚》之类。

三年前的新月社诸君子，不幸和焦大有了相类的境遇。他们引经据典，对于党国有了一点微词，虽然引的大抵是英国经典，但何尝有丝毫不利于党国的恶意，不过说："老爷，人家的衣服多么干净，您老人家的可有些儿脏，应该洗它一洗"罢了。不料"荃不察余之中情兮"，来了一嘴的马粪：国报同声致讨，连《新月》杂志也遭殃。但新月社究竟是文人学士的团体，这时就也来了一大堆引据三民主义，辨明心迹的"离骚经"。现在好了，吐出马粪，换塞甜头，有的顾问，有的教授，有的秘书，有的大学院长，言论自由，《新月》也满是所谓“为文艺的文艺”了。

这就是文人学士究竟比不识字的奴才聪明，党国究竟比贾府高明，现在究竟比乾隆时候光明：三明主义。

然而竟还有人在嚷着要求言论自由。世界上没有这许多甜头，我想，该是明白的罢，这误解，大约是在没有悟到现在的言论自由，只以能够表示主人的宽宏大度的说些“老爷，你的衣服……”为限，而还想说开去。

这是断乎不行的。前一种，是和《新月》受难时代不同，现在好像已有的了，这《自由谈》也就是一个证据，虽然有时还有几位拿着马粪，前来探头探脑的英雄。至于想说开去，那就足以破坏言论自由的保障。要知道现在虽比先前光明，但也比先前利害，一说开去，是连性命都要送掉的。即使有了言论自由的明令，也千万大意不得。这我是亲眼见过好几回的，非“卖老”也，不自觉其做奴才之君子，幸想一想而垂鉴焉。

四月十七日。

题注：

本篇最初发表于1933年4月22日《申报·自由谈》，署名何家干。收入《伪自由书》。20世纪30年代初，国民党政府为标榜“民主政治”，公布所谓“训政时期约法”等，提出“保障人民集会、结社、言论、出版、居住、信仰各种自由”。但又先后颁布了“出版法”“宣传品审查标准”“危害民国紧急治罪法”等法规，扼制言论、出版自由。新月社约于1923年在北京成立，主要成员有胡适、徐志摩、陈源、梁实秋、罗隆基等。该社1927年在上海开办新月书店，1928年3月出版《新月》月刊。1929年胡适等以英国宪法等为依据，在《新月》月刊上连续发表《人权与约法》等文章。对此，国民党报刊纷纷发表文章，指责他们“言论实属反动”，国民党中央决议教育部对胡适加以“警诫”。1931年7月，北平新月书店一度被查抄，《新月》月刊被扣留。

又论“第三种人”

戴望舒先生远远的从法国给我们一封通信，叙述着法国A.E.A.R.（革命文艺家协会）得了纪德的参加，在三月二十一日召集大会，猛烈的反抗德国法西斯谛的情形，并且绍介了纪德的演说，发表在六月号的《现代》上。法国的文艺家，这样的仗义执言的举动是常有的：较远，则如左拉为德来孚斯打不平，法朗士当左拉改葬时候的讲演；较近，则有罗曼罗兰的反对战争。但这回更使我感到真切的欢欣，因为问题是当前的问题，而我也正是憎恶法西斯谛的一个。不过戴先生在报告这事实的同时，一并指明了中国左翼作家的“愚蒙”和像军阀一般的横暴，我却还想来说几句话。但希望不要误会，以为意在辩解，希图中国也从所谓“第三种人”得到对于德国的被压迫者一般的声援，——并不是的。中国的焚禁书报，封闭书店，囚杀作者，实在还远在德国的白色恐怖以前，而且也得到过世界革命的文艺家的抗议了。我现在要说的，不过那通信里的必须指出的几点。

那通信叙述过纪德的加入反抗运动之后，说道——

“在法国文坛中，我们可以说纪德是‘第三种人’，……自从他在一八九一年……起，一直到现在为止，他始终是一个忠实于他的艺术的人。然而，忠实于自己的艺术的作者，不一定就是资产阶级的‘帮闲者’，法国的革命作家没有这种愚蒙的见解（或者不如说是精明的策略），因此，在热烈的欢迎之中，纪德便在群众之间发言了。”

这就是说：“忠实于自己的艺术的作者”，就是“第三种人”，而中国的革命作家，却“愚蒙”到指这种人为全是“资产阶级的帮闲者”，现在已经由纪德证实，是“不一定”的了。

这里有两个问题应该解答。

第一，是中国的左翼理论家是否真指“忠实于自己的艺术的作者”为全是“资产阶级的帮闲者”？据我所知道，却并不然。左翼理论家无论如何“愚蒙”，还不至于不明白“为艺术的艺术”在发生时，是对于一种社会的成规的革命，但待到新兴的战斗的艺术出现之际，还拿着这老招牌来明明暗暗阻碍他的发展，那就成为反动，且不只是“资产阶级的帮闲者”了。至于“忠实于自己的艺术的作者”，却并未视同一律。因为不问那一阶级的作家，都有一个“自己”，这“自己”，就都是他本阶级的一分子，忠实于他自己的艺术的人，也就是忠实于他本阶级的作者，在资产阶级如此，在无产阶级也如此。这是极显明粗浅的事实，左翼理论家也不会不明白的。但这位——戴先生用“忠实于自己的艺术”来和“为艺术的艺术”掉了一个包，可真显得左翼理论家的“愚蒙”透顶了。

第二，是纪德是否真是中国所谓的“第三种人”？我没有读过纪德的书，对于作品，没有加以批评的资格。但我相信：创作和演说，形式虽然不同，所含的思想是决不会两样的。我可以引出戴先生所绍介的演说里的两段来——

> “有人会对我说：‘在苏联也是这样的。’那是可能的事；但是目的却是完全两样的，而且，为了要建设一个新社会起见，为了把发言权给与那些一向做着受压迫者，一向没有发言权的人们起见，不得已的矫枉过正也是免不掉的事。
>
> “我为什么并怎样会在这里赞同我在那边所反对的事呢？那就是因为我在德国的恐怖政策中，见到了最可叹最可憎的过去底再演，在苏联的社会创设中，我却见到一个未来的无限的允约。”

这说得清清楚楚，虽是同一手段，而他却因目的之不同而分为赞成或反抗。苏联十月革命后，侧重艺术的“绥拉比翁的兄弟们”这团体，也被称为“同路人”，但他们却并没有这么积极。中国关于“第三种人”的文字，今年已经汇印了一本专书，我们可以查一查，凡自称为“第三种人”的言论，可有丝毫近似这样的意见的么？倘其没有，则我敢决定地说，“不可以说纪德是‘第三种人’”。

然而正如我说纪德不像中国的“第三种人”一样，戴望舒先生也觉得中国的左翼作家和法国的大有贤愚之别了。他在参加大会，为德国的左翼艺术家同伸义愤之后，就又想起了中国左翼作家的愚蠢横暴的行为。于是他临末禁不住感慨——

> “我不知道我国对于德国法西斯谛的暴行有没有什么表示。正如我们的军阀一样，我们的文艺者也是勇于内战的。在法国的革命作家们和纪德携手的时候，我们的左翼作家想必还在把所谓‘第三种人’当作唯一的敌手吧！”

这里无须解答，因为事实具在：我们这里也曾经有一点表示，但因为和在法国两样，所以情形也不同；刊物上也久不见什么“把所谓‘第三种人’当作唯一的敌手”的文章，不再内战，没有军阀气味了。戴先生的预料，是落了空的。

然而中国的左翼作家，这就和戴先生意中的法国左翼作家一样贤明了么？我以为并不这样，而且也不应该这样的。如果声音还没有全被削除的时候，对于“第三种人”的讨论，还极有从新提起和展开的必要。戴先生看出了法国革命作家们的隐衷，觉得在这危急时，和“第三种人”携手，也许是“精明的策略”。但我以为单靠“策略”，是没有用的，有真切的见解，才有精明的行为，只要看纪德的讲演，就知道他并不超然于政治之外，决不能贸贸然称之为“第三种人”，加以欢迎，是不必别具隐衷的。不过在中国的所谓“第三种人”，却还复杂得很。

所谓“第三种人”，原意只是说：站在甲乙对立或相斗之外的人。但在实际上，是不能有的。人体有胖和瘦，在理论上，是该能有不胖不瘦的第三种人的，然而事实上却并没有，一加比较，非近于胖，就近于瘦。文艺上的“第三种人”也一样，即使好像不偏不倚罢，其实是总有些偏向的，平时有意的或无意的遮掩起来，而一遇切要的事故，它便会分明的显现。如纪德，他就显出左向来了；别的人，也能从几句话里，分明的显出。所以在这混杂的一群中，有的能和革命前进，共鸣；有的也能乘机将革命中伤，软化，曲解。左翼理论家是有着加以分析的任务的。

如果这就等于“军阀”的内战，那么，左翼理论家就必须更加继续这内战，而将营垒分清，拔去了从背后射来的毒箭！

六月四日。

题注：

本文最初发表于上海《文学》月刊第一卷第一号（1933 年 7 月 1 日）。收入《南腔北调集》。1933 年 6 月 1 日，《现代》月刊第三卷第二期发表诗人戴望舒的《法国通讯——关于文艺界的反法西斯蒂运动》。因戴自己是“第三种人”阵营中人，所以把纪德也说成是“第三种人”，以证明“第三种人”存在的可能性和价值。1932 年纪德在《日记抄》中表示对于“苏联的状态，抱着太深切的关心”，表示对马克思主义的“兴趣”，1936 年访问苏联后又发表《从苏联归来》一书，对苏联表示反感。鲁迅说自己没有读过纪德的书，但他收藏了日文版《纪德全集》以及别人研究纪德的几种著作，说明他实际是读过的。

序的解放

桃椎

一个人做了一部书，“藏之名山，传之其人”，那是封建时代的事，早已过去了。现在是二十世纪过了三十三年，地方是上海的租界上，做买办立刻享荣华，当文学家怎不马上要名利，于是乎有术存焉。

那术，是自己先决定自己是文学家，并且有点遗产或津贴。接着就自开书店，自办杂志，自登文章，自做广告，自报消息，自想花样……然而不成，诗的解放，先已有人，词的解放，只好骗鸟，于是乎“序的解放”起矣。

夫序，原是古已有之，有别人做的，也有自己做的。但这未免太迂，不合于“新时代”的“文学家”的胃口。因为自序难于吹牛，而别人来做，也不见得定规拍马，那自然只好解放解放，即自己替别人来给自己的东西作序，术语曰“摘录来信”，真说得好像锦上添花。“好评一束”还须附在后头，代序却一开卷就看见一大番颂扬，仿佛名角一登场，满场就大喝一声采，何等有趣。倘是戏子，就得先买许多留声机，自己将“好”叫进去，待到上台的时候，一面一齐开起来。

可是这样的玩意儿给人戳穿了又怎么办呢？也有术的。立刻装出

“可怜”相，说自己既无党派，也不借主义，又没有帮口，“向来不敢狂妄”，毫没有“座谈”时候的摇头摆尾的得意忘形的气味儿了，倒好像别人乃是反动派，杀人放火主义，青帮红帮，来欺侮了这位文弱而有天才的公子哥儿似的。

更有效的是说，他的被攻击，实乃因为“能力薄弱，无法满足朋友们之要求”。我们倘不知道这位“文学家”的性别，就会疑心到有许多有党派或帮口的人们，向他屡次的借钱，或向她使劲的求婚或什么，“无法满足”，遂受了冤枉的报复的。

但我希望我的话仍然无损于“新时代”的“文学家”，也“摘”出一条“好评”来，作为“代跋”罢：

“‘藏之名山，传之其人’，早已过去了。二十世纪，有术存焉，词的解放，解放解放，锦上添花，何等有趣？可是别人乃是反动派，来欺侮这位文弱而有天才的公子，实乃因为‘能力薄弱，无法满足朋友们的要求’，遂受了冤枉的报复的，无损于‘新时代’的‘文学家’也。”

七月五日。

题注：

本篇最初发表于1933年7月7日《申报·自由谈》。收入《准风月谈》。曾今可曾组织“文艺漫谈会”，并出版刊物《文艺座谈》，与左翼文学界对立。曾今可还在他主办的《新时代》月刊上提倡“解放词”。曾今可用崔万秋信作“代序”事，可参阅鲁迅《伪自由书·后记》，本篇“序的解放”即指此事。

给文学社信

编辑先生：

《文学》第二号，伍实先生写的《休士在中国》中，开首有这样的一段——

> “……萧翁是名流，自配我们的名流招待，且唯其是名流招待名流，这才使鲁迅先生和梅兰芳博士有千载一时的机会得聚首于一堂。休士呢，不但不是我们的名流心目中的那种名流，且还加上一层肤色上的顾忌！”

是的，见萧的不只我一个，但我见了一回萧，就被大小文豪一直笑骂到现在，最近的就是这回因此就并我和梅兰芳为一谈的名文。然而那时是招待者邀我去的。这回的招待休士，我并未接到通知，时间地址，全不知道，怎么能到？即使邀而不到，也许有别种的原因，当口诛笔伐之前，似乎也须略加考察。现在并未相告，就责我不到，因这不到，就断定我看不起黑种。作者是相信的罢，读者不明事实，大概也可以相信的，但我自己还不相信我竟是这样一个势利卑劣的人！

给我以诬蔑和侮辱，是平常的事；我也并不为奇：惯了。但那是小报，是敌人。略具识见的，一看就明白。而《文学》是挂着冠冕堂皇的招牌的，我又是同人之一，为什么无端虚构劣迹，大加奚落，至于到这地步呢？莫非缺一个势利卑劣的老人，也在文学戏台上跳舞一下，以给观众开心，且催呕吐么？我自信还不至于是这样的脚色，我还能够从此跳下这可怕的戏台。那时就无论怎样诬辱嘲骂，彼此都没有矛盾了。

我看伍实先生其实是化名，他一定也是名流，就是招待休士，非名流也未必能够入座。不过他如果和上海的所谓文坛上的那些狐鼠有别，则当施行人身攻击之际，似乎应该略负一点责任，宣布出和他的本身相关联的姓名，给我看看真实的嘴脸。这无关政局，决无危险，况且我们原曾相识，见面时倒是装作十分客气的也说不定的。

临末，我要求这封信就在《文学》三号上发表。

鲁迅。七月二十九日。

题注：

本文最初发表于上海《文学》月刊第一卷第三号（1933 年 9 月 1 日）。收入《南腔北调集》。《文学》是 1933 年国内最有影响的刊物之一，而鲁迅作为该社主要撰稿人之一，在该刊创刊第二期就受到同人的无端指摘，这是鲁迅撰写本文的最主要原因。休士（L.Hughes），美国黑人作家。1933 年 7 月访问苏联后途经上海，上海的文学社、现代杂志社、中外新闻社曾联合为他举行欢迎招待会。“伍实”即《文学》编辑之一傅东华，而鲁迅实际上已经知道该文为其所作，故更加气愤。《文学》在发表鲁迅本文的同时，还发表了“伍实”和《文学》编辑委员会的两封信，说明了误解的原因，并向鲁迅表示歉意。

“论语一年”

——借此又谈萧伯纳

说是《论语》办到一年了，语堂先生命令我做文章。这实在好像出了“学而一章”的题目，叫我做一篇白话八股一样。没有法，我只好做开去。

老实说罢，他所提倡的东西，我是常常反对的。先前，是对于“费厄泼赖”，现在呢，就是“幽默”。我不爱“幽默”，并且以为这是只有爱开圆桌会议的国民才闹得出来的玩意儿，在中国，却连意译也办不到。我们有唐伯虎，有徐文长；还有最有名的金圣叹，“杀头，至痛也，而圣叹以无意得之，大奇！”虽然不知道这是真话，是笑话；是事实，还是谣言。但总之：一来，是声明了圣叹并非反抗的叛徒；二来，是将屠户的凶残，使大家化为一笑，收场大吉。我们只有这样的东西，和“幽默”是并无什么瓜葛的。

况且作者姓氏一大篇，动手者寥寥无几，乃是中国的古礼。在这种礼制之下，要每月说出两本“幽默”来，倒未免有些“幽默”的气息。这气息令人悲观，加以不爱，就使我不大热心于《论语》了。

然而，《萧的专号》是好的。

它发表了别处不肯发表的文章，揭穿了别处故意颠倒的谈话，至今还使名士不平，小官怀恨，连吃饭睡觉的时候都会记得起来。憎恶之久，憎恶者之多，就是效力之大的证据。

莎士比亚虽然是“剧圣”，我们不大有人提起他。五四时代绍介了一个易卜生，名声倒还好，今年绍介了一个萧，可就糟了，至今还有人肚子在发胀。

为了他笑嘻嘻，辨不出是冷笑，是恶笑，是嘻笑么？并不是的。为了他笑中有刺，刺着了别人的病痛么？也不全是的。列维它夫说得很分明：就因为易卜生是伟大的疑问号（？），而萧是伟大的感叹号（！）的缘故。

他们的看客，不消说，是绅士淑女们居多。绅士淑女们是顶爱面子的人种。易卜生虽然使他们登场，虽然也揭发一点隐蔽，但并不加上结论，却从容的说道“想一想罢，这到底是些什么呢？”绅士淑女们的尊严，确也有一些动摇了，但究竟还留着摇摇摆摆的退走，回家去想的余裕，也就保存了面子。至于回家之后，想了也未，想得怎样，那就不成什么问题，所以他被绍介进中国来，四平八稳，反对的比赞成的少。萧可不这样了，他使他们登场，撕掉了假面具，阔衣装，终于拉住耳朵，指给大家道，“看哪，这是蛆虫！”连磋商的工夫，掩饰的法子也不给人有一点。这时候，能笑的就只有并无他所指摘的病痛的下等人了。在这一点上，萧是和下等人相近的，而也就和上等人相远。

这怎么办呢？仍然有一定的古法在。就是：大家沸沸扬扬的嚷起来，说他有钱，说他装假，说他“名流”，说他“狡猾”，至少是和自己们差不多，或者还要坏。自己是生活在小茅厕里的，他却从大茅厕里爬出，也是一只蛆虫，绍介者胡涂，称赞的可恶。然而，我想，假使萧也是一只蛆虫，却还是一只伟大的蛆虫！正如可以同有许多感叹号，而惟独他是“伟大的感叹号”一样。譬如有一堆蛆虫在这里罢，一律即即足足，自以为是绅士淑女，文人学士，名宦高人，互相点头，雍容揖让，天下太平，那就是全体没有什么高下，都是平常的蛆虫。但是，如果有一只蓦地跳了出来，大喝一声道：“这些其实都是蛆虫！”那么，——自然，它也是从茅厕里爬出来的，然而我们非认它为特别的伟大的蛆虫则不可。

蛆虫也有大小，有好坏的。

生物在进化，被达尔文揭发了，使我们知道了我们的远祖和猴子是亲戚。然而那时的绅士们的方法，和现在是一模一样的：他们大家倒叫达尔文为猴子的子孙。罗广廷博士在广东中山大学的“生物自然发生”的实验尚未成功，我们姑且承认人类是猴子的亲戚罢，虽然并不十分体面。但这同是猴子的亲戚中，达尔文又不能不说是伟大的了。那理由很简单而且平常，就因为他以猴子亲戚的家世，却并不忌讳，指出了人们是猴子的亲戚来。

猴子的亲戚也有大小，有好坏的。

但达尔文善于研究，却不善于骂人，所以被绅士们嘲骂了小半世。给他来斗争的是自称为“达尔文的咬狗”的赫胥黎，他以渊博的学识，警辟的文章，东冲西突，攻陷了自以为亚当和夏娃的子孙们的最后的堡垒。现在是指人为狗，变成摩登了，也算是一句恶骂。但是，便是狗罢，也不能一例而论的，有的食肉，有的拉橇，有的为军队探敌，有的帮警署捉人，有的在张园赛跑，有的跟化子要饭。将给阔人开心的吧儿和在雪地里救人的猛犬一比较，何如？如赫胥黎，就是一匹有功人世的好狗。

狗也有大小，有好坏的。

但要明白，首先就要能辨别。“幽默处俏皮与正经之间”（语堂语）。

不知俏皮与正经之辨，怎么会知道这“之间”？我们虽挂孔子的门徒招牌，却是庄生的私淑弟子。“彼亦一是非，此亦一是非”，是与非不想辨；“不知周之梦为蝴蝶欤，蝴蝶之梦为周欤？”梦与觉也分不清。生活要混沌。如果凿起七窍来呢？庄子曰：“七日而混沌死。”

这如何容得感叹号？

而且也容不得笑。私塾的先生，一向就不许孩子愤怒，悲哀，也不许高兴。皇帝不肯笑，奴隶是不准笑的。他们会笑，就怕他们也会哭，会怒，会闹起来。更何况坐着有版税可抽，而一年之中，竟“只闻其骚音怨音以及刻薄刁毒之音”呢？

这可见“幽默”在中国是不会有的。

这也可见我对于《论语》的悲观，正非神经过敏。有版税的尚且如此，还能希望那些炸弹满空，河水漫野之处的人们来说“幽默”么？恐怕连“骚音怨音”也不会有，“盛世元音”自然更其谈不到。将来圆桌会议上也许有人列席，然而是客人，主宾之间，用不着“幽默”。甘地一回一回的不肯吃饭，而主人所办的报章上，已有说应该给他鞭子的了。

这可见在印度也没有“幽默”。

最猛烈的鞭挞了那主人们的是萧伯纳，而我们中国的有些绅士淑女们可又憎恶他了，这真是伯纳“以无意得之，大奇！”然而也正是办起《孝经》来的好文字：“此士大夫之孝也。”

《中庸》《大学》都已新出，《孝经》是一定就要出来的；不过另外还要有《左传》。在这样的年头，《论语》那里会办得好；二十五本，已经要算是“不亦乐乎”的了。

八月二十三日。

题注：

本文最初发表于上海《论语》第二十五期（1933年9月15日）。收入《南腔北调集》。《论语》，小品文半月刊，先后由林语堂、邵洵美主编。1932年9月16日创刊，1937年8月出至第一一七期停刊。中国美术社、时代书局出版发行。《论语》初期较多揭露社会黑暗，抨击时弊，不久渐趋消极，追求“为笑笑而笑笑”。鲁迅对主编林语堂的这种倾向是一向不赞成的。在北京时期（1925年），林语堂提倡“费厄泼赖”（即光明正大的比赛），鲁迅就写了《论“费厄泼赖”应该缓行》予以批评。林语堂创办《论语》时，鲁迅就不以为然。1933年2月萧伯纳访华后，《论语》于3月1日出版了《萧伯纳游华专号》（第十二期）。其中有苏联作家列维它夫的《伯纳·萧的戏剧》一文，说：“易卜生——是个天才的问号‘？’，没有答案的问题，没有解决的疑问”，“萧——却是一个伟大的惊叹号‘！’”

扑空

丰之余

自从《自由谈》上发表了我的《感旧》和施蛰存先生的《〈庄子〉与〈文选〉》以后，《大晚报》的《火炬》便在征求展开的讨论。首先征到的是施先生的一封信，题目曰《推荐者的立场》，注云"《庄子》与《文选》的论争"。

但施先生又并不愿意"论争"，他以为两个人作战，正如弧光灯下的拳击手，无非给看客好玩。这是很聪明的见解，我赞成这一肢一节。不过更聪明的是施先生其实并非真没有动手，他在未说退场白之前，早已挥了几拳了。挥了之后，飘然远引，倒是最超脱的拳法。现在只剩下一个我了，却还得回一手，但对面没人也不要紧，我算是在打"逍遥游"。

施先生一开首就说我加以"训诲"，而且派他为"遗少的一肢一节"。上一句是诬赖的，我的文章中，并未对于他个人有所劝告。至于指为"遗少的一肢一节"，却诚然有这意思，不过我的意思，是以为"遗少"也并非怎么很坏的人物。新文学和旧文学中间难有截然的分界，施先生是承认的，辛亥革命去今不过二十二年，则民国人中带些遗少气，遗老气，甚而至于封建气，也还不算甚么大怪事，更何况如施先生自己所说，“虽然不敢自认为遗少，但的确已消失了少年的活力”的呢，过去的余气当然要有的。但是，只要自己知道，别人也知道，能少传授一点，那就好了。

我早经声明，先前的文字是并非专为他个人而作的，而且自看了《〈庄子〉与〈文选〉》之后，则连这“一肢一节”也已经疏远。为什么呢，因为在推荐给青年的几部书目上，还题出着别一个极有意味的问题：其中有一种是《颜氏家训》。这《家训》的作者，生当乱世，由齐入隋，一直是胡势大张的时候，他在那书里，也谈古典，论文章，儒士似的，却又归心于佛，而对于子弟，则愿意他们学鲜卑语，弹琵琶，以服事贵人——胡人。这也是庚子义和拳败后的达官，富翁，巨商，士人的思想，自己念佛，子弟却学些“洋务”，使将来可以事人：便是现在，抱这样思想的人恐怕还不少。而这颜氏的渡世法，竟打动了施先生的心了，还推荐于青年，算是“道德修养”。他又举出自己在读的书籍，是一部英文书和一部佛经，正为“鲜卑语”和《归心篇》写照。只是现代变化急速，没有前人的悠闲，新旧之争，又正剧烈，一下子看不出什么头绪，他就也只好将先前两代的“道德”，并萃于一身了。假使青年，中年，老年，有着这颜氏式道德者多，则在中国社会上，实是一个严重的问题，有荡涤的必要。自然，这虽为书目所引起，问题是不专在个人的，这是时代思潮的一部。但因为连带提出，表面上似有太关涉了某一个人之观，我便不敢论及了，可以和他相关的只有“劝人看《庄子》《文选》了”八个字，对于个人，恐怕还不能算是不敬的。但待到看了《〈庄子〉与〈文选〉》，却实在生了一点不敬之心，因为他辩驳的话比我所预料的还空虚，但仍给以正经的答复，那便是《感旧以后》（上）。

然而施先生的写在看了《感旧以后》（上）之后的那封信，却更加证明了他和我所谓“遗少”的疏远。他虽然口说不来拳击，那第一段却全是对我个人而发的。现在介绍一点在这里，并且加以注解。

施先生说：“据我想起来，劝青年看新书自然比劝他们看旧书能够多获得一些群众。”这是说，劝青年看新书的，并非为了青年，倒是为自己要多获些群众。

施先生说：“我想借贵报的一角篇幅，将……书目改一下：我想把《庄子》与《文选》改为鲁迅先生的《华盖集》正续编及《伪自由书》。我想，鲁迅先生为当代‘文坛老将’，他的著作里是有着很广大的活字汇的，而且据丰之余先生告诉我，鲁迅先生文章里的确也有一些从《庄子》与《文选》里出来的字眼，譬如‘之乎者也’之类。这样，我想对于青年人的效果也是一样的。”这一大堆的话，是说，我之反对推荐《庄子》与《文选》，是因为恨他没有推荐《华盖集》正续编与《伪自由书》的缘故。

施先生说：“本来我还想推荐一二部丰之余先生的著作，可惜坊间只有丰子恺先生的书，而没有丰之余先生的书，说不定他是像鲁迅先生印珂罗版木刻图一样的是私人精印本，属于罕见书之列，我很惭愧我的孤陋寡闻，未能推荐矣。”这一段话，有些语无伦次了，好像是说：我之反对推荐《庄子》与《文选》，是因为恨他没有推荐我的书，然而我又并无书，然而恨他不推荐，可笑之至矣。

这是“从国文教师转到编杂志”，劝青年去看《庄子》与《文选》，《论语》，《孟子》，《颜氏家训》的施蛰存先生，看了我的《感旧以后》（上）一文后，“不想再写什么”而终于写出来了的文章，辞退做“拳击手”，而先行拳击别人的拳法。但他竟毫不提主张看《庄子》与《文选》的较坚实的理由，毫不指出我那《感旧》与《感旧以后》

（上）两篇中间的错误，他只有无端的诬赖，自己的猜测，撒娇，装傻。几部古书的名目一撕下，“遗少”的肢节也就跟着渺渺茫茫，到底是现出本相：明明白白的变了“洋场恶少”了。

十月二十日。

【备考】：

推荐者的立场

——《庄子》与《文选》之论争

施蛰存

万秋先生：

我在贵报向青年推荐了两部旧书，不幸引起了丰之余先生的训诲，把我派做“遗少中的一肢一节”。自从读了他老人家的《感旧以后》（上）一文后，我就不想再写什么，因为据我想起来，劝新青年看新书自然比劝他们看旧书能够多获得一些群众。丰之余先生毕竟是老当益壮，足为青年人的领导者。至于我呢，虽然不敢自认为遗少，但的确已消失了少年的活力，在这万象皆秋的环境中，即使丰之余先生那样的新精神，亦已不够振拔我的中年之感了。所以，我想借贵报一角篇幅，将我在九月二十九日贵报上发表的推荐给青年的书目改一下：我想把《庄子》与《文选》改为鲁迅先生的《华盖集》正续编及《伪自由书》。我想，鲁迅先生为当代“文坛老将”，他的著作里是有着很广大的活字汇的，而且据丰之余先生告诉我，鲁迅先生文章里的确也有一些从《庄子》与《文选》里出来的字眼，譬如

"之乎者也"之类。这样，我想对于青年人的效果也是一样的。本来我还想推荐一二部丰之余先生的著作，可惜坊间只有丰子恺先生的书，而没有丰之余先生的书，说不定他是像鲁迅先生印珂罗版木刻图一样的是私人精印本，属于罕见书之列，我很惭愧我的孤陋寡闻，未能推荐矣。

此外，我还想将丰之余先生介绍给贵报，以后贵报倘若有关于征求意见之类的计划，大可设法寄一份表格给丰之余先生，我想一定能够供给一点有价值的意见的。不过，如果那征求是与"遗少的一肢一节"有关系的话，那倒不妨寄给我。

看见昨天的贵报，知道你预备将这桩公案请贵报的读者来参加讨论。我不知能不能请求你取销这个计划。我常常想，两个人在报纸上作文字战，其情形正如弧光灯下的拳击手，而报纸编辑正如那赶来赶去的瘦裁判，读者呢，就是那些在黑暗里的无理智的看客。瘦裁判总希望拳击手一回合又一回合地打下去，直到其中的一个倒了下来，One, Two, Three……站不起来，于是跑到那喘着气的胜者身旁去，举起他的套大皮手套的膀子，高喊着"Mr.X Win the Champion."你试想想看，这岂不是太滑稽吗？现在呢，我不幸而自己做了这两个拳击手中间的一个，但是我不想为了瘦裁判和看客而继续扮演这滑稽戏了。并且也希望你不要做那瘦裁判。你不看见今天《自由谈》上止水先生的文章中引着那几句俗语吗？"舌头是扁的，说话是圆的"，难道你以为从读者的讨论中会得有真是非产生出来呢？

施蛰存。十月十八日。

十月十九日，《大晚报》《火炬》。

《扑空》正误

丰之余

前几天写《扑空》的时候，手头无书，涉及《颜氏家训》之处，仅凭记忆，后来怕有错误，设法觅得原书来查了一查，发见对于颜之推的记述，是我弄错了。其《教子篇》云："齐朝有一士大夫，尝谓吾曰：我有一儿，年已十七，颇晓书疏，教其鲜卑语，及弹琵琶，稍欲通解，以此伏事公卿，无不宠爱，亦要事也。吾时俛而不答。异哉此人之教子也。若由此业，自致卿相，亦不愿汝曹为之。"

然则齐士的办法，是庚子以后官商士绅的办法，施蛰存先生却是合齐士与颜氏的两种典型为一体的，也是现在一部分的人们的办法，可改称为"北朝式道德"，也还是社会上的严重的问题。

对于颜氏，本应该十分抱歉的，但他早经死去了，谢罪与否都不相干，现在只在这里对于施先生和读者订正我的错误。

十月二十五日。

突围

施蛰存

（八）对于丰之余先生，我的确曾经"打了几拳"，这也许会成为我毕生的遗憾。但是丰先生作《扑空》，其实并未"空"，还是扑的我，站在丰先生那一方面（或者说站在正邪说那方面）的文章却每天都在"剿"我，而我却真有"一个人的受难"之感了。

但是，从《扑空》一文中我发现了丰先生作文的逻辑，他说"我早经声明，先前的文字并非专为他个人而发的"。但下文却有

"因为他辩驳的话比我所预料的还空虚"。不专为我而发，但已经预料我会辩驳，这又该作何解？

因为被人"指摘"了，我也觉得《庄子》与《文选》这两本书诚有不妥处，于是在给《大晚报》编辑的信里，要求他许我改两部新文学书，事实确是如此的。我并不说丰先生是恨我没有推荐这两部新文学书而"反对《庄子》与《文选》"的，而丰先生却说我存着这样的心思，这又岂是"有伦次"的话呢？

丰先生又把话题搭到《颜氏家训》，又搭到我自己正在读的两本书，并为一谈，说推荐《颜氏家训》是在教青年学鲜卑语，弹琵琶，以服事贵人，而且我还以身作则，在读一本洋书；说颜之推是"儒士似的，却又归心于佛"，因而我也看一本佛书；从丰先生的解释看起来，竟连我自己也失笑了，天下事真会这样巧！

我明明记得，《颜氏家训》中的确有一个故事，说有人教子弟学鲜卑语，学琵琶，但我还记得底下有一句："亦不愿汝曹为之"，可见颜之推并不劝子弟读外国书。今天丰先生有"正误"了，他把这故事更正了之后，却说："施蛰存先生却是合齐士与颜氏的两种典型为一体的。"这个，我倒不懂了，难道我另外还介绍过一本该"齐士"的著作给青年人吗？如果丰先生这逻辑是根据于"自己读外国书即劝人学鲜卑语"，那我也没话可说了。

丰先生似乎是个想为儒家争正统的人物，不然何以对于颜之推受佛教影响如此之鄙薄呢？何以对于我自己看一本《释迦传》如此之不满呢？这里，有两点可以题出来：(一)《颜氏家训》一书之价值是否因《归心篇》而完全可以抹杀？况且颜氏虽然为佛教张目，但他倒并不鼓吹出世，逃避现实，他也不过列举佛家与儒家有可以并行不悖之点，而采佛家报应之说，以补儒家道德教训之不足，这也可以说等于现在人引《圣经》或《可兰经》中的话一样。（二）我看一本《佛本行经》，其意义也等于看一本《谟罕默德传》或《基督传》，既无皈佛之心，更无劝人学佛之行，而丰先生的文章却说是我的“渡世法”，妙哉言乎，我不免取案头的一本某先生舍金上梓的《百喻经》而引为同志矣。

我以前对于丰先生，虽然文字上有点太闹意气，但的确还是表示尊敬的，但看到《扑空》这一篇，他竟骂我为“洋场恶少”了，切齿之声俨若可闻，我虽“恶”，却也不敢再恶到以相当的恶声相报了。我呢，套一句现成诗：“十年一觉文坛梦，赢得洋场恶少名”，原是无足重轻，但对于丰先生，我想该是会得后悔的。今天读到《〈扑空〉正误》，则又觉得丰先生所谓“无端的诬赖，自己的猜测，撒娇，装傻”，又正好留着给自己“写照”了。

（附注）《大晚报》上那两个标题并不是我自己加的，我并无“立场”，也并不愿意因我之故而使《庄子》与《文选》这两部书争吵起来。

右答丰之余先生。（二十七日）。

十月三十一日，十一月一日，《自由谈》。

题注：

本篇最初发表于1933年10月23日、24日《申报·自由谈》。收入《准风月谈》。同月15日鲁迅《“感旧”以后（上）》发表以后，施蛰存在10月19日《大晚报》副刊《火炬》上发表《推荐者的立场》，反驳鲁迅的批评，鲁迅因而作本篇。本篇发表后，鲁迅又于27日《申报·自由谈》上发表《〈扑空〉正误》，对《扑空》所引的一条资料作了说明。随后，施蛰存又发表《突围》一文进行辩解。鲁迅在编《准风月谈》时，将自己的《〈扑空〉正误》和施蛰存的两篇文章一并收入，作为本篇附录。

答“兼示”

丰之余

前几天写了一篇《扑空》之后，对于什么“《庄子》与《文选》”之类，本也不想再说了。第二天看见了《自由谈》上的施蛰存先生《致黎烈文先生书》，也是“兼示”我的，就再来说几句。因为施先生驳复我的三项，我觉得都不中肯——

（一）施先生说，既然“有些新青年可以有旧思想，有些旧形式也可以藏新内容”，则像他似的“遗少之群中的一肢一节”的旧思想也可以存而不论，而且写《庄子》那样的古文也不妨了。自然，倘要这样写，也可以说“不妨”的，宇宙决不会因此破灭。但我总以为现在的青年，大可以不必舍白话不写，却另去熟读了《庄子》，学了它那样的文法来写文章。至于存而不论，那固然也可以，然而论及又有何妨呢？施先生对于青年之文法拙直，字汇少，和我的《感旧》，不是就不肯“存而不论”么？

（二）施先生以为“以词取士”，和劝青年看《庄子》与《文选》有“强迫”与“贡献”之分，我的比例并不对。但我不知道施先生做国文教员的时候，对于学生的作文，是否以富有《庄子》文法与《文选》字汇者为佳文，转为编辑之后，也以这样的作品为上选？假使如此，则倘作“考官”，我看是要以《庄子》与《文选》取士的。

（三）施先生又举鲁迅的话，说他曾经说过：一，“少看中国书，其结果不过不能作文而已。”可见是承认了要能作文，该多看中国书；二，“……我以为倘要弄旧的呢，倒不如姑且靠着张之洞的《书目答问》去摸门径去。”就知道没有反对青年读古书过。这是施先生忽略了时候和环境。他说一条的那几句的时候，正是许多人大叫要作白话文，也非读古书不可之际，所以那几句是针对他们而发的，犹言即使恰如他们所说，也不过不能作文，而去读古书，却比不能作文之害还大。至于二，则明明指定着研究旧文学的青年，和施先生的主张，涉及一般的大异。倘要弄中国上古文学史，我们不是还得看《易经》与《书经》么？

其实，施先生说当他填写那书目的时候，并不如我所推测那样的严肃，我看这话倒是真实的。我们试想一想，假如真有这样的一个青年后学，奉命惟谨，下过一番苦功之后，用了《庄子》的文法，《文选》的语汇，来写发挥《论语》《孟子》和《颜氏家训》的道德的文章，“这岂不是太滑稽吗”？

然而我的那篇《怀旧》是严肃的。我并非为要“多获群众”，也不是因为恨施先生没有推荐《华盖集》正续编及《伪自由书》；更不是别有“动机”，例如因为做学生时少得了分数，或投稿时被没收了稿子，现在就借此来报私怨。

十月二十一日。

【备考】:

致黎烈文先生书

——兼示丰之余先生

施蛰存

烈文兄:

那天电车上匆匆一晤，我因为要到民九社书铺去买一本看中意了的书，所以在王家沙下车了。但那本书终于因价钱不合，没有买到，徒然失去了一个与你多谈一刻的机会，甚怅怅。

关于“《庄子》与《文选》”问题，我决不再想说什么话。本来我当时填写《大晚报》编辑部寄来的那张表格的时候，并不含有如丰先生的意见所看出来的那样严肃。我并不说每一个青年必须看这两部书，也不是说每一个青年只要看这两部书，也并不是说我只有这两部书想推荐。大概报纸副刊的编辑，想借此添一点新花样，而填写者也大都是偶然觉得有什么书不妨看看，就随手写下了。早知这一写竟会闯出这样大的文字纠纷来，即使《大晚报》副刊编者崔万秋先生给我磕头我也不肯写的。今天看见《涛声》第四十期上有一封曹聚仁先生给我的信，最后一句是:“没有比这两部书更有利于青年了吗?敢问。”这一问真问得我啼笑皆非了。(曹聚仁先生的信态度很真挚，我将有一封复信给他，也许他会得刊在《涛声》上，我希望你看一看。)

对于丰之余先生我也不愿再冒犯他，不过对于他在《感旧》(上)那一篇文章里三点另外的话觉得还有一点意见——

(一)丰先生说:“有些新青年可以有旧思想，有些旧形式也可以藏新内容。”是的，新青年尚且可以有旧思想，那么像我这种“遗少之群中的一肢一节”之有旧思想似乎也可以存而不论的了。至于旧形式也可以藏新内容，则似乎写《庄子》那样的古文也不妨，只要看它的内容如何罢了。

（二）丰先生说不懂我劝青年看《庄子》与《文选》与做了考官以词取士有何分界，这其实是明明有着分界的。前者是以一己的意见供献给青年，接受不接受原在青年的自由；后者却是代表了整个阶级（注：做官的阶级也），几乎是强迫青年全体去填词了。（除非这青年不想做官。）

（三）说鲁迅先生的文章是从《庄子》与《文选》中来的，这确然是滑稽的，我记得我没有说过那样的话。我的文章里举出鲁迅先生来作例，其意只想请不反对青年从古书求得一点文学修养的鲁迅先生来帮帮忙。鲁迅先生虽然一向是劝青年多读外国书的，但这是他以为从外国书中可以训练出思想新锐的青年来；至于像我那样给青年从做文章（或说文学修养）上着想，则鲁迅先生就没有反对青年读古书过。举两个证据来罢：一，“少看中国书，其结果不过不能作文而已。”（见北新版《华盖集》第四页。）这可见鲁迅先生也承认要能作文，该多看中国书了。而这所谓中国书，从上文看来，似乎并不是指的白话文书。二，“我常被询问，要弄文学，应该看什么书？……我以为倘要弄旧的呢，倒不如姑且靠着张之洞的《书目答问》去摸门径去。”（见北新版《而已集》第四十五页。）

现在，我想我应该在这里“带住”了，我曾有一封信给《大晚报》副刊的编者，为了尊重丰之余先生的好意，我曾请求允许我换两部书介绍给青年。除了我还写一封信给曹聚仁先生之外，对于这“《庄子》与《文选》”的问题我没有要说的话了。我曾经在《自由谈》的壁上，看过几次的文字争，觉得每次总是愈争愈闹意气，而离本题愈远，甚至到后来有些参加者的动机都是可以怀疑的，我不想使自己不由自主地被卷入漩涡，所以我不再说什么话了。昨晚套了一个现成偈语：

此亦一是非　彼亦一是非

唯无是非观　庶几免是非

倘有人能写篆字者乎？颇想一求法挥，张之素壁。

施蛰存上（十九日）。

十月二十日，《申报》《自由谈》。

题注：

本篇最初发表于1933年10月26日《申报·自由谈》。收入《准风月谈》。1933年10月20日，施蛰存在《申报·自由谈》上发表《致黎烈文先生书——兼示丰之余先生》，就“《庄子》与《文选》”论争为自己辩解。鲁迅据此作本篇。鲁迅在编《准风月谈》时将施蛰存的这篇文章收入，作为本篇的附录。

反刍

元艮

关于“《庄子》与《文选》”的议论，有些刊物上早不直接提起应否大家研究这问题，却拉到别的事情上去了。他们是在嘲笑那些反对《文选》的人们自己却曾做古文，看古书。

这真利害。大约就是所谓“以子之矛，攻子之盾”罢——对不起，“古书”又来了！

不进过牢狱的那里知道牢狱的真相。跟着阔人，或者自己原是阔人，先打电话，然后再去参观的，他只看见狱卒非常和气，犯人还可以用英语自由的谈话。倘要知道得详细，那他一定是先前的狱卒，或者是释放的犯人。自然，他还有恶习，但他教人不要钻进牢狱去的忠告，却比什么名人说模范监狱的教育卫生，如何完备，比穷人的家里好得多等类的话，更其可信的。

然而自己沾了牢狱气，据说就不能说牢狱坏，狱卒或囚犯，都是坏人，坏人就不能有好话。只有好人说牢狱好，这才是好话。读过《文选》而说它无用，不如不读《文选》而说它有用的可听。反“反《文选》”的诸君子，自然多是读过的了，但未读的也有，举一个例在这里罢——“《庄子》我四年前虽曾读过，但那时还不能完全读懂……

《文选》则我完全没有见过。”然而他结末说，“为了浴盘的水糟了，就连小宝宝也要倒掉，这意思是我们不敢赞同的。”（见《火炬》）他要保护水中的“小宝宝”，可是没有见过“浴盘的水”。

五四运动的时候，保护文言者是说凡做白话文的都会做文言文，所以古文也得读。现在保护古书者是说反对古书的也在看古书，做文言，——可见主张的可笑。永远反刍，自己却不会呕吐，大约真是读透了《庄子》了。

十一月四日。

题注：

本篇最初发表于1933年11月7日《申报·自由谈》。收入《准风月谈》。1933年10月24日上海《大晚报》副刊《火炬》刊载署名“何人”的《我的意见》一文，参与“《庄子》与《文选》”论争。鲁迅在本篇中所引的“《庄子》我四年前虽曾读过”这句话就是出自何人的文章。鲁迅作本篇后的第二天写信给姚克说：“我和施蛰存的笔墨官司，真是无聊得很，这种辩论，五四运动时候早已闹过的了。”文中鲁迅顺便谈及胡适为当时监狱粉饰。2月15日上海《字林西报》载《北京通信》报道，胡适谈他参观北京监狱，很容易和犯人谈话，还能用英语和他们聊天，犯人是很自由的等等。实际上是胡适预先电话通知了监狱，后有囚犯投书揭露实为监狱作假。鲁迅曾作《“光明所到……”》予以讽刺。

答杨邨人先生公开信的公开信

《文化列车》破格的开到我的书桌上面，是十二月十日开车的第三期，托福使我知道了近来有这样一种杂志，并且使我看见了杨邨人先生给我的公开信，还要求着答复。对于这一种公开信，本没有一定给以答复的必要的，因为它既是公开，那目的其实是在给大家看，对我个人倒还在其次。但是，我如果要回答也可以，不过目的也还是在给大家看，要不然，不是只要直接寄给个人就完了么？因为这缘故，所以我在回答之前，应该先将原信重抄在下面——

鲁迅先生：

读了李儵先生（不知道是不是李又燃先生，抑或曹聚仁先生的笔名）的《读伪自由书》一文，近末一段说：

“读着鲁迅《伪自由书》，便想到鲁迅先生的人。那天，见鲁迅先生吃饭，咀嚼时牵动着筋肉，连胸肋骨也拉拉动的，鲁迅先生是老了！我当时不禁一股酸味上心头。记得从前看到父亲的老态时有过这样的情绪，现在看了鲁迅先生的老态又重温了一次。这都是使司马懿之流，快活的事，何况旁边早变心了魏延。”（这末一句照原文十个字抄，一字无错，确是妙文！）

不禁令人起了两个感想：一个是我们敬爱的鲁迅先生老了，一个是我们敬爱的鲁迅先生为什么是诸葛亮？先生的“旁边”那里来的“早变心了魏延”？无产阶级大众何时变成了阿斗？

第一个感想使我惶恐万分！我们敬爱的鲁迅先生老了，这是多么令人惊心动魄的事！记得《呐喊》在北京最初出版的时候（大概总在十年前），我拜读之后，景仰不置，曾为文介绍颂扬，揭登于张东荪先生编的《学灯》，在当时我的敬爱先生甚于敬爱创造社四君子。其后一九二八年《语丝》上先生为文讥诮我们，虽然两方论战绝无感情，可是论战是一回事，私心敬爱依然如昔。一九三〇年秋先生五十寿辰的庆祝会上，我是参加庆祝的一个，而且很亲切地和先生一起谈天，私心很觉荣幸。左联有一次大会在一个日本同志家里开着，我又和先生见面，十分快乐。可是今年我脱离共产党以后，在左右夹攻的当儿，《艺术新闻》与《出版消息》都登载着先生要“嘘”我的消息，说是书名定为：《北平五讲与上海三嘘》，将对我“用嘘的方式加以袭击”，而且将我与梁实秋张若谷同列，这自然是引起我的反感，所以才有《新儒林外史第一回》之作。但在《新儒林外史第一回》里头只说先生出阵交战用的是大刀一词加以反攻的讽刺而已。其中引文的情绪与态度都是敬爱先生的。文中的意义却是以为先生对我加以“嘘”的袭击未免看错了敌人吧了。到了拜读大著《两地书》以后为文介绍，笔下也十分恭敬并没半点谩骂的字句，可是先生于《我的种痘》一文里头却有所误会似地顺笔对我放了两三枝冷箭儿，特别地说是有人攻击先生的老，在我呢，并没有觉得先生老了，而且那篇文章也没有攻击先生的老，先生自己认为是老了吧了。伯纳萧的年纪比先生还大，伯纳萧的鬓毛比先生还白如丝吧，伯纳萧且不是老了，先生怎么这样就以为老了呢？我是从来没感觉到先生老了的，我只感觉到先生有如青年而且希望先生永久年青。然而，读了李儵先生的文章，我惶恐，我惊讶，原来先生真的老了。李儵先生因为看了先生老了而“不禁一股酸味上心头”有如看他的令尊的老态的时候有过的情绪，我虽然也时常想念着我那年老的父亲，但并没有如人家攻击我那样地想做一个“孝子”，不过是天性所在有时未免兴感而想念着吧了，所以我看了李儵先生的文章并没有联想到我的父亲上面去。然而先生老了，我是惶恐与惊讶。我惶恐与惊讶的是，我们敬爱的文坛前辈老了，他将因为生理上的缘故而要停止他的工作了！在这敬爱的心理与观念上，我将今年来对先生的反感打个粉碎，竭诚地请先生训诲。可是希望先生以严肃的态度出之，如“嘘”，如放冷箭儿等却请慎重，以令对方心服。

第二个感想使我……因为那是李儵先生的事，这里不愿有扰清听。

假如这信是先生觉得有答复的价值的话，就请寄到这里《文化列车》的编者将它发表，否则希望先生为文给我一个严正的批判也可以。发表的地方我想随处都欢迎的。

专此并竭诚地恭敬地问了一声安好并祝

康健。

杨邨人谨启。一九三三，一二，三。

末了附带声明一句，我作这信是出诸至诚，并非因为鬼儿子骂我和先生打笔墨官司变成小鬼以后向先生求和以……“大鬼”的意思。邨人又及。

以下算是我的回信。因为是信的形式，所以开头照例是——

邨人先生：

先生给我的信是没有答复的价值的。我并不希望先生“心服”，先生也无须我批判，因为近二年来的文字，已经将自己的形象画得十分分明了。自然，我决不会相信“鬼儿子”们的胡说，但我也不相信先生。

这并非说先生的话是一样的叭儿狗式的狺狺；恐怕先生是自以为永久诚实的罢，不过因为急促的变化，苦心的躲闪，弄得左支右绌，不能自圆其说，终于变成废话了，所以在听者的心中，也就失去了重量。例如先生的这封信，倘使略有自知之明，其实是不必写的。

先生首先问我“为什么是诸葛亮？”这就问得稀奇。李儵先生我曾经见过面，并非曹聚仁先生，至于是否李又燃先生，我无从确说，因为又燃先生我是没有预先见过的。我“为什么是诸葛亮”呢？别人的议论，我不能，也不必代为答复，要不然，我得整天的做答案了。也有人说我是“人群的蟊贼”的。“为什么？”——我都由它去。但据我所知道，魏延变心，是在诸葛亮死后，我还活着，诸葛亮的头衔是不能加到我这里来的，所以“无产阶级大众何时变成了阿斗？”的问题也就落了空。那些废话，如果还记得《三国志演义》或吴稚晖先生的话，是不至于说出来的，书本子上及别人，并未说过人民是阿斗。现在请放心罢。但先生站在“小资产阶级文学革命”的旗下，还是什么“无产阶级大众”，自己的眼睛看见了这些字，不觉得可羞或可笑么？不要再提这些字，怎么样呢？

其次是先生“惊心动魄”于我的老，可又“惊心动魄”得很稀奇。我没有修炼仙丹，自然的规则，一定要使我老下去，丝毫也不足为奇的，请先生还是镇静一点的好。而且我后来还要死呢，这也是自然的规则，预先声明，请千万不要“惊心动魄”，否则，逐渐就要神经衰弱，愈加满口废话了。我即使老，即使死，却决不会将地球带进棺材里去，它还年青，它还存在，希望正在将来，目前也还可以插先生的旗子。这一节我敢保证，也请放心工作罢。

于是就要说到“三嘘”问题了。这事情是有的，但和新闻上所载的有些两样。那时是在一个饭店里，大家闲谈，谈到有几个人的文章，我确曾说：这些都只要以一嘘了之，不值得反驳。这几个人们中，先生也在内。我的意思是，先生在那冠冕堂皇的“自白”里，明明的告白了农民的纯厚，小资产阶级的智识者的动摇和自私，却又要来竖起小资产阶级革命文学的旗，就自己打着自己的嘴。不过也并未说出，走散了就算完结了。但不知道是辗转传开去的呢，还是当时就有新闻记者在座，不久就张大其辞的在报上登了出来，并请读者猜测。近五六年来，关于我的记载多极了，无论为毁为誉，是假是真，我都置之不理，因为我没有聘定律师，常登广告的巨款，也没有遍看各种刊物的工夫。况且新闻记者为要哄动读者，会弄些夸张的手段，是大家知道的，甚至于还全盘捏造。例如先生还在做“革命文学家”的时候，用了“小记者”的笔名，在一种报上说我领到了南京中央党部的文学奖金，大开筵宴，祝孩子的周年，不料引起了郁达夫先生对于亡儿的记忆，悲哀了起来。这真说得栩栩如生，连出世不过一年的婴儿，也和我一同被喷满了血污。然而这事实的全出于创作，我知道，达夫先生知道，记者兼作者的您杨邨人先生当然也不会不知道的。

当时我一声不响。为什么呢？革命者为达目的，可用任何手段的话，我是以为不错的，所以即使因为我罪孽深重，革命文学的第一步，必须拿我来开刀，我也敢于咬着牙关忍受。杀不掉，我就退进野草里，自己舐尽了伤口的血痕，决不烦别人傅药。但是，人非圣人，为了麻烦而激动起来的时候也有的，我诚然讥诮过先生“们”，这些文章，后来都收在《三闲集》中，一点也不删去，然而和先生“们”的造谣言和攻击文字的数量来比一比罢，不是不到十分之一么？不但此也，在讲演里，我有时也曾嘲笑叶灵凤先生或先生，先生们以“前卫”之名，雄赳赳出阵的时候，我是祭旗的牺牲，则战不数合便从火线上爬了开去之际，我以为实在也难以禁绝我的一笑。无论在阶级的立场上，在个人的立场上，我都有一笑的权利的。然而我从未傲然的假借什么“良心”或“无产阶级大众”之名，来凌压敌手，我接着一定声明：这是因为我和他有些个人的私怨的。先生，这还不够退让么？

但为了不能使我负责的新闻记事，竟引起先生的“反感”来了，然而仍蒙破格的优待，在《新儒林外史》里，还赏我拿一柄大刀。在礼仪上，我是应该致谢的，但在实际上，却也如大张筵宴一样，我并无大刀，只有一枝笔，名曰“金不换”。这也并不是在广告不收卢布的意思，是我从小用惯，每枝五分的便宜笔。我确曾用这笔碰着了先生，不过也只如运用古典一样，信手拈来，涉笔成趣而已，并不特别含有报复的恶意。但先生却又给我挂上“三枝冷箭”了。这可不能怪先生的，因为这只是陈源教授的余唾。然而，即使算是我在报复罢，由上面所说的原因，我也还不至于走进“以怨报德”的队伍里面去。

至于所谓《北平五讲与上海三嘘》，其实是至今没有写，听说北平有一本《五讲》出版，那可并不是我做的，我也没有见过那一本书。不过既然闹了风潮，将来索性写一点也难说，如果写起来，我想名为《五讲三嘘集》，但后一半也未必正是报上所说的三位。先生似乎羞与梁实秋张若谷两位先生为伍，我看是排起来倒也并不怎样辱没了先生，只是张若谷先生比较的差一点，浅陋得很，连做一“嘘”的材料也不够，我大概要另换一位的。

对于先生，照我此刻的意见，写起来恐怕也不会怎么坏。我以为先生虽是革命场中的一位小贩，却并不是奸商。我所谓奸商者，一种是国共合作时代的阔人，那时颂苏联，赞共产，无所不至，一到清党时候，就用共产青年，共产嫌疑青年的血来洗自己的手，依然是阔人，时势变了，而不变其阔；一种是革命的骁将，杀土豪，倒劣绅，激烈得很，一有蹉跌，便称为“弃邪归正”，骂“土匪”，杀同人，也激烈得很，主义改了，而仍不失其骁。先生呢，据“自白”，革命与否以亲之苦乐为转移，有些投机气味是无疑的，但并没有反过来做大批的买卖，仅在竭力要化为“第三种人”，来过比革命党较好的生活。既从革命阵线上退回来，为辩护自己，做稳“第三种人”起见，总得有一点零星的忏悔，对于统治者，其实是颇有些益处的，但竟还至于遇到“左右夹攻的当儿”者，恐怕那一方面，还嫌先生门面太小的缘故罢，这和银行雇员的看不起小钱店伙计是一样的。先生虽然觉得抱屈，但不信“第三种人”的存在不独是左翼，却因先生的经验而证明了，这也是一种很大的功德。

平心而论，先生是不算失败的，虽然自己觉得被“夹攻”，但现在只要没有马上杀人之权的人，有谁不遭人攻击。生活当然是辛苦的罢，不过比起被杀戮，被囚禁的人们来，真有天渊之别；文章也随处能够发表，较之被封锁，压迫，禁止的作者，也自由自在得远了。和阔人骁将比，那当然还差得很远，这就因为先生并不是奸商的缘故。这是先生的苦处，也是先生的好处。

话已经说得太多了，就此完结。总之，我还是和先前一样，决不肯造谣说谎，特别攻击先生，但从此改变另一种态度，却也不见得，本人的“反感”或“恭敬”，我是毫不打算的。请先生也不要因为我的“将因为生理上的缘故而要停止工作”而原谅我，为幸。

专此奉答，并请

著安。

鲁迅。一九三三，一二，二八。

题注：

本文初未发表。收入《南腔北调集》。杨邨人（1901—1955），广东潮安人，1925年加入中国共产党，1928年参加太阳社，1932年叛变，1933年2月在上海《读书杂志》第三卷第一期上发表《离开政党生活的战壕》的声明，宣称正式脱离中国共产党。之后在《现代》月刊第二卷第四期（1933年2月）发表《揭起小资产阶级革命文学之旗》，说：“无产阶级已经树起无产阶级之旗，而且已经有了巩固的营垒，我们为了这广大的小市民和农民群众的启发工作，我们也揭起小资产阶级革命文学之旗，号召同志，整齐阵伍，也来扎住我们的阵营。”杨邨人1930年在自己办的《白话小报》上用“文坛小卒”笔名发表《鲁迅大开汤饼会》一文，造谣说鲁迅邀很多人为儿子海婴举行一周岁庆祝活动，情节全部为捏造。1933年6月17日，杨又化名“柳丝”，在《大晚报》副刊《火炬》发表《新儒林外史》第一回，把鲁迅写成妖魔模样。鲁迅在《伪自由书》中曾把该文全文录入，并予以反击。在写作本文后，鲁迅1935年12月又在《“题未定”草（八）》中说：“只要一想连杨邨人之流的东西也还在排印，那就无论什么都可以闭着眼睛发出去了。”称其为“揭起小无耻之旗”。

“京派”与“海派”

栾廷石

自从北平某先生在某报上有扬“京派”而抑“海派”之言，颇引起了一番议论。最先是上海某先生在某杂志上的不平，且引别一某先生的陈言，以为作者的籍贯，与作品并无关系，要给北平某先生一个打击。

其实，这是不足以服北平某先生之心的。所谓“京派”与“海派”，本不指作者的本籍而言，所指的乃是一群人所聚的地域，故“京派”非皆北平人，“海派”亦非皆上海人。梅兰芳博士，戏中之真正京派也，而其本贯，则为吴下。但是，籍贯之都鄙，固不能定本人之功罪，居处的文陋，却也影响于作家的神情，孟子曰：“居移气，养移体”，此之谓也。北京是明清的帝都，上海乃各国之租界，帝都多官，租界多商，所以文人之在京者近官，没海者近商，近官者在使官得名，近商者在使商获利，而自己也赖以糊口。要而言之，不过“京派”是官的帮闲，“海派”则是商的帮忙而已。但从官得食者其情状隐，对外尚能傲然，从商得食者其情状显，到处难于掩饰，于是忘其所以者，遂据以有清浊之分。而官之鄙商，固亦中国旧习，就更使“海派”在“京派”的眼中跌落了。

而北京学界，前此固亦有其光荣，这就是五四运动的策动。现在虽然还有历史上的光辉，但当时的战士，却“功成，名遂，身退”者有之，“身稳”者有之，“身升”者更有之，好好的一场恶斗，几乎令人有“若要官，杀人放火受招安”之感。“昔人已乘黄鹤去，此地空余黄鹤楼”，前年大难临头，北平的学者们所想援以掩护自己的是古文化，而惟一大事，则是古物的南迁，这不是自己彻底的说明了北平所有的是什么了吗？

但北平究竟还有古物，且有古书，且有古都的人民。在北平的学者文人们，又大抵有着讲师或教授的本业，论理，研究或创作的环境，实在是比“海派”来得优越的，我希望着能够看见学术上，或文艺上的大著作。

一月三十日。

题注：

本篇最初发表于1934年2月3日《申报·自由谈》。收入《花边文学》。旧京剧中将北京一带风格古典的流派称为“京派”，将上海为中心的风格浪漫的流派称为“海派”。1933年底1934年初，文坛上的一场争论借用了这名称。1933年10月18日，沈从文在天津《大公报·文艺副刊》第九期发表《文学者的态度》一文，批评有的创作缺乏“认真严肃”的创作作风，说上海作家“在上海赋闲”，“赋闲的则每礼拜必有三五次谈话会之类”。1933年12月《现代》第四卷第二期上发表了苏汶的《文人在上海》，为“海派”文人辩解。1934年1月10日，沈从文又在《大公报·文艺副刊》第三十二期发表《论“海派”》一文，说“京派”的态度较“诚朴”，“海派”则“投机取巧”，“见风使舵”。他们的文章引来了曹聚仁、徐懋庸、青农、毅君等人一起参加争论。争论的焦点首先在于两派的特征：沈从文认为“海派”是“名士才情”与“商业竞卖”相结合。徐懋庸认为“文坛上倘真有‘海派’与‘京派’之别，那么我以为商业竞卖是前者的特征，名士才情却是后者的特征”。曹聚仁则认为“京派如大家闺秀，海派则如摩登女郎”。对两派的评价，沈从文认为“海派”“妨害新文学健康和使文学本身软弱无力”，“使若干正拟从事于文学的青年不知务实努力”，“皆为这种‘海派’的风气作祟”，要“扫除”这种“恶风气”。而曹聚仁却认为“‘京派’不仅无异于‘海派’，而且还有不如‘海派’处”。面对这场争论，鲁迅写了本文。当天鲁迅还作了《北人与南人》，继续议论“京派”与“海派”。一年之后，1935 年 4 月 14 日，鲁迅又作《“京派”和“海派”》一文，可参阅。

化名新法

白道

杜衡和苏汶先生在今年揭破了文坛上的两种秘密，也是坏风气：一种是批评家的圈子，一种是文人的化名。

但他还保留着没有说出的秘密——

圈子中还有一种书店编辑用的橡皮圈子，能大能小，能方能圆，只要是这一家书店出版的书籍，这边一套，“行”，那边一套，也“行”。

化名则不但可以变成别一个人，还可以化为一个“社”。这个“社”还能够选文，作论，说道只有某人的作品，“行”，某人的创作，也“行”。

例如“中国文艺年鉴社”所编的《中国文艺年鉴》前面的“鸟瞰”。据它的“瞰”法，是：苏汶先生的议论，“行”，杜衡先生的创作，也“行”。

但我们在实际上再也寻不着这一个“社”。

查查这“年鉴”的总发行所：现代书局；看看《现代》杂志末一页上的编辑者：施蛰存，杜衡。

Oho！

孙行者神通广大，不单会变鸟兽虫鱼，也会变庙宇，眼睛变窗户，嘴巴变庙门，只有尾巴没处安放，就变了一枝旗竿，竖在庙后面。但那有只竖一枝旗竿的庙宇的呢？它的被二郎神看出来的破绽就在此。

“除了万不得已之外”，“我希望”一个文人也不要化为“社”，倘使只为了自吹自捧，那真是“就近又有点卑劣了”。

五月十日。

题注：

本篇最初发表于1934年5月13日《中华日报·动向》。收入《花边文学》。由于国民政府钳制言论，鲁迅发表杂文都用笔名，并且经常更换。这在文坛上也是普遍现象。而苏汶却在1934年5月《现代》第五卷第一期上发表《谈文人的假名》一文，说“用笔名无可反对，但我希望除了万不得已之外，每人是用着固定的笔名为妥”，又说“有一种是为的逃避文责，就近又有点卑劣了”。而他自己却在发表小说时用“杜衡”的名字，在发表评论时用“苏汶”。1932年现代书局出版的《中国文艺年鉴》由杜衡、施蛰存编辑，卷首登了《一九三二年中国文坛鸟瞰》一文，替苏汶的“文艺自由论”辩护，吹捧杜衡在创作方面对现实主义文学“给了最大的贡献”。鲁迅由此写本文揭露他的“化名新法”。1934年4月11日鲁迅致增田涉的信中谈道：“所谓‘文艺年鉴社’，实际并不存在，是现代书局的变名。写那篇《鸟瞰》的人是杜衡，一名苏汶……在那篇《鸟瞰》中，只要与现代书局刊物有关的人，都写得很好，其他的人则多被抹杀。而且还假冒别人文章来吹捧自己。”

玩笑只当它玩笑（上）

康伯度

不料刘半农先生竟忽然病故了，学术界上又短少了一个人。这是应该惋惜的。但我于音韵学一无所知，毁誉两面，都不配说一句话。我因此记起的是别一件事，是在现在的白话将被“扬弃”或“唾弃”之前，他早是一位对于那时的白话，尤其是欧化式的白话的伟大的“迎头痛击”者。

他曾经有过极不费力，但极有力的妙文：

“我现在只举一个简单的例：

子曰：‘学而时习之，不亦悦乎？’

这太老式了，不好！

‘学而时习之，’子曰，‘不亦悦乎？’

这好！

‘学而时习之，不亦悦乎？’子曰。

这更好！为什么好？欧化了。但‘子曰’终没有能欧化到‘曰子’！”

这段话见于《中国文法通论》中，那书是一本正经的书；作者又是《新青年》的同人，五四时代“文学革命”的战士，现在又成了古人了。中国老例，一死是常常能够增价的，所以我想从新提起，并且提出他终于也是《论语》社的同人，有时不免发些“幽默”；原先也有“幽默”，而这些“幽默”，又不免常常掉到“开玩笑”的阴沟里去的。

实例也就是上面所引的文章，其实是，那论法，和顽固先生，市井无赖，看见青年穿洋服，学外国话了，便冷笑道：“可惜鼻子还低，脸孔也不白”的那些话，并没有两样的。

自然，刘先生所反对的是“太欧化”。但“太”的范围是怎样的呢？他举出的前三法，古文上没有，谈话里却能有的，对人口谈，也都可以懂。只有将“子曰”改成“曰子”是决不能懂的了。然而他在他所反对的欧化文中也寻不出实例来，只好说是“‘子曰’终没有能欧化到‘曰子’！”那么，这不是“无的放矢”吗？

欧化文法的侵入中国白话中的大原因，并非因为好奇，乃是为了必要。国粹学家痛恨鬼子气，但他住在租界里，便会写些“霞飞路”，“麦特赫司脱路”那样的怪地名；评论者何尝要好奇，但他要说得精密，固有的白话不够用，便只得采些外国的句法。比较的难懂，不像茶淘饭似的可以一口吞下去是真的，但补这缺点的是精密。胡适先生登在《新青年》上的《易卜生主义》，比起近时的有些文艺论文来，的确容易懂，但我们不觉得它却又粗浅，笼统吗？

如果嘲笑欧化式白话的人，除嘲笑之外，再去试一试绍介外国的精密的论著，又不随意改变，删削，我想，他一定还能够给我们更好的箴规。

用玩笑来应付敌人，自然也是一种好战法，但触着之处，须是对手的致命伤，否则，玩笑终不过是一种单单的玩笑而已。

七月十八日。

【附录】：

文公直给康伯度的信

康伯度先生：今天读到先生在《自由谈》刊布的大作，知道为西人侵略张目的急先锋（汉奸）仍多，先生以为欧式文化的风行，原因是“必要”。这我真不知是从那里说起？中国人虽无用，但是话总是会说的。如果一定要把中国话取消，要乡下人也“密司忒”起来，这不见得是中国文化上的“必要”吧。譬如照华人的言语说：张甲说：“今天下雨了。”李乙说：“是的，天凉了。”若照尊论的主张，就应该改做：“今天下雨了，”张甲说。“天凉了，——是的；”李乙说。这个算得是中华民国全族的“必要”吗？一般翻译大家的欧化文笔，已足阻尽中西文化的通路，使能读原文的人也不懂译文。再加上先生的“必要”，从此使中国更无可读的西书了。陈子展先生提倡的“大众语”，是天经地义的。中国人间应该说中国话，总是绝对的。而先生偏要说欧化文法是必要！毋怪大名是“康伯度”，真十足加二的表现“买办心理”了。刘半农先生说：“翻译是要使不懂外国文的人得读”；这是确切不移的定理。而先生大骂其半农，认为非使全中国人都以欧化文法为“必要”的性命不可！先生，现在暑天，你歇歇吧！帝国主义的灭绝华人的毒气弹，已经制成无数了。先生要做买办尽管做，只求不必将全个民族出卖。我是一个不懂颠倒式的欧化文式的愚人！对于先生的盛意提倡，几乎疑惑先生已不是敝国人了。今特负责请问先生为甚么投这文化的毒瓦斯？是否受了帝国主义者的指使？总之，四万万四千九百万（陈先生以外）以内的中国人对于先生的主张不敢领教的！幸先生注意。

文公直 七月二十五日。

八月七日《申报》《自由谈》。

康伯度答文公直

公直先生：中国语法里要加一点欧化，是我的一种主张，并不是“一定要把中国话取消”，也没有“受了帝国主义者的指使”，可是先生立刻加给我“汉奸”之类的重罪名，自己代表了“四万万四千九百万（陈先生以外）以内的中国人”，要杀我的头了。我的主张也许会错的，不过一来就判死罪，方法虽然很时髦，但也似乎过分了一点。况且我看“四万万四千九百万（陈先生以外）以内的中国人”，意见也未必都和先生相同，先生并没有征求过同意，你是冒充代表的。

中国语法的欧化并不就是改学外国话，但这些粗浅的道理不想和先生多谈了。我不怕热，倒是因为无聊。不过还要说一回：我主张中国语法上有加些欧化的必要。这主张，是由事实而来的。中国人“话总是会说的”，一点不错，但要前进，全照老样却不够。眼前的例，就如先生这几百个字的信里面，就用了两回“对于”，这和古文无关，是后来起于直译的欧化语法，而且连“欧化”这两个字也是欧化字；还用着一个“取消”，这是纯粹日本词；一个“瓦斯”，是德国字的原封不动的日本人的音译。都用得很惬当，而且是“必要”的。譬如“毒瓦斯”罢，倘用中国固有的话的“毒气”，就显得含混，未必一定是毒弹里面的东西了。所以写作“毒瓦斯”，的确是出乎“必要”的。

先生自己没有照镜子，无意中也证明了自己也正是用欧化语法，用鬼子名词的人，但我看先生决不是“为西人侵略张目的急先锋（汉奸）”，所以也想由此证明我也并非那一伙。否则，先生含狗血喷人，倒先污了你自己的尊口了。

我想，辩论事情，威吓和诬陷，是没有用处的。用笔的人，一来就发你的脾气，要我的性命，更其可笑得很。先生还是不要暴躁，静静的再看看自己的信，想想自己，何如？

专此布复，并请

热安。

弟康伯度脱帽鞠躬。八月五日。

八月七日《申报》《自由谈》。

题注：

本篇最初发表于1934年7月25日《申报·自由谈》。收入《花边文学》。“康伯度”是英语“买办”的中译音。1934年中国文化界展开了一场关于大众语的论争。7月17日，作家陈子展在《申报·自由谈》上发表《吊刘复先生》一文，引用刘半农（刘复）《中国语法通论》中的一段文字，即鲁迅在本文中引用的“妙文”，借以批评欧化语法“是目前流行的白话文（尤其是白话诗）的大毛病”。鲁迅认为，刘半农的话意在“幽默”，但掉到了“开玩笑”的阴沟里。但鲁迅认为欧化语法有一定的必要性。本文发表当日，国民政府立法院编译处股长文公直读了本文后，给鲁迅写公开信，称他为“汉奸”“买办”，反对中文欧化。8月4日《申报·自由谈》编辑张梓生将信转给了鲁迅，鲁迅当晚作《康伯度答文公直》，指出文公直文中就有不少欧化语法，痛加驳斥。8月7日《申报·自由谈》在“中国语法需要欧化吗”的标题下登载了《文公直给康伯度的信》和《康伯度答文公直》。

玩笑只当它玩笑（下）

康伯度

别一枝讨伐白话的生力军，是林语堂先生。他讨伐的不是白话的“反而难懂”，是白话的“鲁里鲁苏”，连刘先生似的想白话“返朴归真”的意思也全没有，要达意，只有“语录式”（白话的文言）。

林先生用白话武装了出现的时候，文言和白话的斗争早已过去了，不像刘先生那样，自己是混战中的过来人，因此也不免有感怀旧日，慨叹末流的情绪。他一闪而将宋明语录，摆在“幽默”的旗子下，原也极其自然的。

这“幽默”便是《论语》四十五期里的《一张字条的写法》，他因为要问木匠讨一点油灰，写好了一张语录体的字条，但怕别人说他“反对白话”，便改写了白话的，选体的，桐城派的三种，然而都很可笑，结果是差“书僮”传话，向木匠讨了油灰来。

《论语》是风行的刊物，这里省烦不抄了。总之，是：不可笑的只有语录式的一张，别的三种，全都要不得。但这四个不同的脚色，其实是都是林先生自己一个人扮出来的，一个是正生，就是“语录式”，别的三个都是小丑，自装鬼脸，自作怪相，将正生衬得一表非凡了。

但这已经并不是“幽默”，乃是“顽笑”，和市井间的在墙上画一乌龟，背上写上他所讨厌的名字的战法，也并不两样的。不过看见的人，却往往不问是非，就嗤笑被画者。

“幽默”或“顽笑”，也都要生出结果来的，除非你心知其意，只当它“顽笑”看。

因为事实会并不如文章，例如这语录式的条子，在中国其实也并未断绝过种子。假如有工夫，不妨到上海的弄口去看一看，有时就会看见一个摊，坐着一位文人，在替男女工人写信，他所用的文章，决不如林先生所拟的条子的容易懂，然而分明是“语录式”的。这就是现在从新提起的语录派的末流，却并没有谁去涂白过他的鼻子。

这是一个具体的“幽默”。

但是，要赏识“幽默”也真难。我曾经从生理学来证明过中国打屁股之合理：假使屁股是为了排泄或坐坐而生的罢，就不必这么大，脚底要小得远，不是足够支持全身了么？我们现在早不吃人了，肉也用不着这么多。那么，可见是专供打打之用的了。有时告诉人们，大抵以为是“幽默”。但假如有被打了的人，或自己遭了打，我想，恐怕那感应就不能这样了罢。

没有法子，在大家都不适意的时候，恐怕终于是“中国没有幽默”的了。

七月十八日。

题注：

本篇最初发表于1934年7月26日《申报·自由谈》。收入《花边文学》。1933年10月1日林语堂在《论语》第二十六期上发表的《论语录体之用》一文中说："吾恶白话之文，而喜文言之白，故提倡语录体。"1934年6月22日，《申报·读书问答》一栏中发表无署名的文章《怎样建设大众文学》，说：白话"它一方面是把官僚士大夫的教士语的做范本（借望道先生语）。另一方面却无条件的引用外来的买办语（我们以为'五四'时代所成就的白话，是官僚买办语，是非常恰当的）。而完全与大众的生活、语言相隔离。我们常常在现在出版物中看到许多比古文更难懂的文句，便是由于这样的原因"，认为白话有时比古文更难懂。7月16日，林语堂在《论语》第四十五期发表《一张字条的写法》，故意丑化白话文，鲁迅在本文中讥为低级的市井玩笑。可参见鲁迅《玩笑只当它玩笑（上）》和《小品文的生机》。

“莎士比亚”

苗挺

严复提起过“狭斯丕尔”，一提便完；梁启超说过“莎士比亚”，也不见有人注意；田汉译了这人的一点作品，现在似乎不大流行了。到今年，可又有些“莎士比亚”“莎士比亚”起来，不但杜衡先生由他的作品证明了群众的盲目，连拜服约翰生博士的教授也来译马克斯“牛克斯”的断片。为什么呢？将何为呢？

而且听说，连苏俄也要排演原本“莎士比亚”剧了。

不演还可，一要演，却就给施蛰存先生看出了“丑态”——

> “……苏俄最初是‘打倒莎士比亚’，后来是‘改编莎士比亚’，现在呢，不是要在戏剧季中‘排演原本莎士比亚’了吗？（而且还要梅兰芳去演《贵妃醉酒》呢！）这种以政治方策运用之于文学的丑态，岂不令人齿冷！”（《现代》五卷五期，施蛰存《我与文言文》。）

苏俄太远，演剧季的情形我还不了然，齿的冷暖，暂且听便罢。但梅兰芳和一个记者的谈话，登在《大晚报》的《火炬》上，却没有说要去演《贵妃醉酒》。

施先生自己说："我自有生以来三十年，除幼稚无知的时代以外，自信思想及言行都是一贯的。……"（同前）这当然非常之好。不过他所"言"的别人的"行"，却未必一致，或者是偶然也会不一致的，如《贵妃醉酒》，便是目前的好例。

其实梅兰芳还没有动身，施蛰存先生却已经指定他要在"无产阶级"面前赤膊洗澡。这么一来，他们岂但"逐渐沾染了资产阶级的'余毒'"而已呢，也要沾染中国的国粹了。他们的文学青年，将来要描写宫殿的时候，会在"《文选》与《庄子》"里寻"词汇"也未可料的。

但是，做《贵妃醉酒》固然使施先生"齿冷"，不做一下来凑趣，也使预言家倒霉。两面都要不舒服，所以施先生又自己说："在文艺上，我一向是个孤独的人，我何敢多撄众怒？"（同前）

末一句是客气话，赞成施先生的其实并不少，要不然，能堂而皇之的在杂志上发表吗？——这"孤独"是很有价值的。

九月二十日。

题注：

本篇最初发表于1934年9月23日《中华日报·动向》。收入《花边文学》。1934年一些文人掀起了一小阵莎士比亚热。9月，施蛰存在《现代》五卷第五期上发表《我与文言文》一文，借苏联排演莎士比亚剧本一事说苏联："五年计划逐渐成功，革命时代的狂气逐渐消散，无产阶级逐渐沾染了资产阶级的'余毒'，再回头来读读旧时代的文学作品，才知道它们也并不是完全没有意思的东西。于是，为了文饰以前的愚蠢的谬误起见，巧妙地想出了‘文学的遗产’这个名词来作为承认旧时代文学的‘理论的根据’。”同年6月，杜衡在《文艺风景》（施蛰存主编）创刊号上发表《莎剧凯撒传中所表现的群众》一文，为当时市民“‘鸡来迎鸡，狗来迎狗’式的庆祝会、提灯会”痛心。6月，梁实秋节译了马克思的《一八四四年经济学——哲学手稿》中的《货币》一段，以《莎士比亚论金钱》为名，发表在《学文》一卷第二期上。可参见本集中《以眼还眼》和《又是“莎士比亚”》。

又是“莎士比亚”

苗挺

苏俄将排演原本莎士比亚，可见“丑态”；马克思讲过莎士比亚，当然错误；梁实秋教授将翻译莎士比亚，每本大洋一千元；杜衡先生看了莎士比亚，“还再需要一点做人的经验”了。

我们的文学家杜衡先生，好像先前是因为没有自己觉得缺少“做人的经验”，相信群众的，但自从看了莎氏的《凯撒传》以来，才明白“他们没有理性，他们没有明确的利害观念；他们底感情是完全被几个煽动家所控制着，所操纵着”。（杜衡：《莎剧凯撒传里所表现的群众》，《文艺风景》创刊号所载。）自然，这是根据“莎剧”的，和杜先生无关，他自说现在也还不能判断它对不对，但是，觉得自己“还再需要一点做人的经验”，却已经明白无疑了。

这是“莎剧凯撒传里所表现的群众”对于杜衡先生的影响。但杜文《莎剧凯撒传里所表现的群众》里所表现的群众，又怎样呢？和《凯撒传》里所表现的也并不两样——

“……这使我们想起在近几百年来的各次政变中所时常看到的，‘鸡来迎鸡，狗来迎狗’式……那些可痛心的情形。……人类底进化究竟在那儿呢？抑或我们这个东方古国至今还停滞在二千年前的罗马所曾经过的文明底阶段上呢？”

真的，“发思古之幽情”，往往为了现在。这一比，我就疑心罗马恐怕也曾有过有理性，有明确的利害观念，感情并不被几个煽动家所控制，所操纵的群众，但是被驱散，被压制，被杀戮了。莎士比亚似乎没有调查，或者没有想到，但也许是故意抹杀的，他是古时候的人，有这一手并不算什么玩把戏。

不过经他的贵手一取舍，杜衡先生的名文一发挥，却实在使我们觉得群众永远将是“鸡来迎鸡，狗来迎狗”的材料，倒还是被迎的有出息；“至于我，老实说”，还竟有些以为群众之无能与可鄙，远在“鸡”“狗”之上的“心情”了。自然，这是正因为爱群众，而他们太不争气了的缘故——自己虽然还不能判断，但是，“这位伟大的剧作者是把群众这样看法的”呀，有谁不信，问他去罢！

十月一日。

题注：

本篇最初发表于1934年10月4日《中华日报·动向》。收入《花边文学》。马克思曾多次谈到和引用莎士比亚的作品。如在《政治经济学批判·导言》和1859年4月19日《致斐·拉萨尔》信中谈及莎士比亚作品的现实主义问题，在《一八四四年经济学——哲学手稿》和《资本论》第一卷第三章《货币或商品流通》中引用《雅典的泰门》剧中的诗作例或作注，在《拿破仑第三政变记》第五节中用《仲夏夜之梦》剧中人物作例，等等。当时中华教育文化基金董事会下属编译委员会曾以高额稿酬约定梁实秋翻译莎士比亚剧本。1933 年苏联室内剧院排演诗人卢戈夫斯科伊翻译的莎士比亚戏剧《安东尼与克莉奥佩特拉》。施蛰存曾讥苏联排演莎士比亚戏剧为“丑态”；杜衡在 1934 年 6 月《文艺风景》创刊号上发表《莎剧凯撒传中所表现的群众》一文。这些材料，尤其是杜衡的文章，引起鲁迅写作本文。

“以眼还眼”

杜衡先生在“最近，出于‘与其看一部新的书，还不如看一部旧的书’的心情”，重读了莎士比亚的《凯撒传》。这一读是颇有关系的，结果使我们能够拜读他从读旧书而来的新文章：《莎剧凯撒传里所表现的群众》（见《文艺风景》创刊号）。

这个剧本，杜衡先生是“曾经用两个月的时间把它翻译出来过”的，就可见读得非常子细。他告诉我们：“在这个剧里，莎氏描写了两个英雄——凯撒，和……勃鲁都斯。……还进一步创造了两位政治家（煽动家）——阴险而卑鄙的卡西乌斯，和表面上显得那么麻木而糊涂的安东尼。”但最后的胜利却属于安东尼，而“很明显地，安东尼底胜利是凭借了群众底力量”，于是更明显地，即使“甚至说，群众是这个剧底无形的主脑，也不嫌太过”了。

然而这“无形的主脑”是怎样的东西呢？杜衡先生在叙事和引文之后，加以结束——决不是结论，这是作者所不愿意说的——道——

> “在这许多地方，莎氏是永不忘记把群众表现为一个力量的；不过，这力量只是一种盲目的暴力。他们没有理性，他们没

有明确的利害观念；他们底感情是完全被几个煽动家所控制着，所操纵着。……自然，我们不能贸然地肯定这是群众底本质，但是我们倘若说，这位伟大的剧作者是把群众这样看法的，大概不会有什么错误吧。这看法，我知道将使作者大大地开罪于许多把群众底理性和感情用另一种方式来估计的朋友们。至于我，说实话，我以为对这些问题的判断，是至今还超乎我底能力之上，我不敢妄置一词。……"

杜衡先生是文学家，所以这文章做得极好，很谦虚。假如说，"妈的群众是瞎了眼睛的！"即使根据的是"理性"，也容易因了表现的粗暴而招致反感；现在是"这位伟大的剧作者"莎士比亚老前辈"把群众这样看法的"，您以为怎么样呢？"巽语之言，能无说乎"，至少也得客客气气的搔一搔头皮，如果你没有翻译或细读过莎剧《凯撒传》的话——只得说，这判断，更是"超乎我底能力之上"了。

于是我们都不负责任，单是讲莎剧。莎剧的确是伟大的，仅就杜衡先生所绍介的几点来看，它实在已经打破了文艺和政治无关的高论了。群众是一个力量，但"这力量只是一种盲目的暴力。他们没有理性，他们没有明确的利害观念"，据莎氏的表现，至少，他们就将"民治"的金字招牌踏得粉碎，何况其他？即在目前，也使杜衡先生对于这些问题不能判断了。一本《凯撒传》，就是作政论看，也是极有力量的。

然而杜衡先生却又因此替作者捏了一把汗，怕"将使作者大大地开罪于许多把群众底理性和感情用另一种方式来估计的朋友们"。自然，在杜衡先生，这是一定要想到的，他应该爱惜这一位以《凯撒传》给他智慧的作者。然而肯定的判断了那一种“朋友们”，却未免太不顾事实了。现在不但施蛰存先生已经看见了苏联将要排演莎剧的“丑态”（见《现代》九月号），便是《资本论》里，不也常常引用莎氏的名言，未尝说他有罪么？将来呢，恐怕也如未必有人引《哈孟雷特》来证明有鬼，更未必有人因《哈孟雷特》而责莎士比亚的迷信一样，会特地“吊民伐罪”，和杜衡先生一般见识的。

况且杜衡先生的文章，是写给心情和他两样的人们来读的，因为会看见《文艺风景》这一本新书的，当然决不是怀着“与其看一部新的书，还不如看一部旧的书”的心情的朋友。但是，一看新书，可也就不至于只看一本《文艺风景》了，讲莎剧的书又很多，涉猎一点，心情就不会这么抖抖索索，怕被“政治家”（煽动家）所煽动。那些“朋友们”除注意作者的时代和环境而外，还会知道《凯撒传》的材料是从布鲁特奇的《英雄传》里取来的，而且是莎士比亚从作喜剧转入悲剧的第一部；作者这时是失意了。为什么事呢，还不大明白。但总之，当判断的时候，是都要想到的，又未必有杜衡先生所预言的痛快，简单。

单是对于“莎剧凯撒传里所表现的群众”的看法，和杜衡先生的眼睛两样的就有的是。现在只抄一位痛恨十月革命，逃入法国的显斯妥夫（Lev Shestov）先生的见解，而且是结论在这里罢——

“在《攸里乌斯·凯撒》中活动的人，以上之外，还有一个。那是复合底人物。那便是人民，或说‘群众’。莎士比亚之被称为写实家，并不是无意义的。无论在那一点，他决不阿谀群众，做出凡俗的性格来。他们轻薄，胡乱，残酷。今天跟在彭贝的战车之后，明天喊着凯撒之名，但过了几天，却被他的叛徒勃鲁都斯的辩才所惑，其次又赞成安东尼的攻击，要求着刚才的红人勃鲁都斯的头了。人往往愤慨着群众之不可靠。但其实，岂不是正有适用着‘以眼还眼，以牙还牙’的古来的正义的法则的事在这里吗？劈开底来看，群众原是轻蔑着彭贝，凯撒，安东尼，辛那之辈的，他们那一面，也轻蔑着群众。今天凯撒握着权力，凯撒万岁。明天轮到安东尼了，那就跟在他后面罢。只要他们给饭吃，给戏看，就好。他们的功绩之类，是用不着想到的。他们那一面也很明白，施与些像个王者的宽容，借此给自己收得报答。在拥挤着这些满是虚荣心的人们的连串里，间或夹杂着勃鲁都斯那样的廉直之士，是事实。然而谁有从山积的沙中，找出一粒珠子来的闲工夫呢？群众，是英雄的大炮的食料，而英雄，从群众看来，不过是余兴。在其间，正义就占了胜利，而幕也垂下来了。”（《莎士比亚〔剧〕中的伦理的问题》）

这当然也未必是正确的见解，显斯妥夫就不很有人说他是哲学家或文学家。不过便是这一点点，就很可以看见虽然同是从《凯撒传》来看它所表现的群众，结果却已经和杜衡先生有这么的差别。而且也很可以推见，正不会如杜衡先生所预料，“将使作者大大地开罪于许多把群众底理性和感情用另一方式来估计的朋友们”了。

所以，杜衡先生大可以不必替莎士比亚发愁。彼此其实都很明白：“阴险而卑鄙的卡西乌斯，和表面上显得那么麻木而糊涂的安东尼”，就是在那时候的群众，也“不过是余兴”而已。

九月三十日。

题注：

本篇最初发表于上海《文学》月刊第三卷第五号（1934 年 11 月 1 日）“文学论坛”栏，署名隼。收入《且介亭杂文》。本年 6 月《文艺风景》创刊号上发表了杜衡的《莎剧凯撒传里所表现的群众》一文，借评论莎士比亚的剧本《攸里乌斯·凯撒》，说群众是“一种盲目的暴力”，“没有理性”，“完全被几个煽动家所控制着，所操纵着”等等，对当时共产党人领导的阶级斗争颇多攻击。因此，鲁迅写作了本文。

略论梅兰芳及其他（上）

张沛

崇拜名伶原是北京的传统。辛亥革命后，伶人的品格提高了，这崇拜也干净起来。先只有谭叫天在剧坛上称雄，都说他技艺好，但恐怕也还夹着一点势利，因为他是“老佛爷”——慈禧太后赏识过的。虽然没有人给他宣传，替他出主意，得不到世界的名声，却也没有人来为他编剧本。我想，这不来，是带着几分“不敢”的。

后来有名的梅兰芳可就和他不同了。梅兰芳不是生，是旦，不是皇家的供奉，是俗人的宠儿，这就使士大夫敢于下手了。士大夫是常要夺取民间的东西的，将竹枝词改成文言，将“小家碧玉”作为姨太太，但一沾着他们的手，这东西也就跟着他们灭亡。他们将他从俗众中提出，罩上玻璃罩，做起紫檀架子来。教他用多数人听不懂的话，缓缓的《天女散花》，扭扭的《黛玉葬花》，先前是他做戏的，这时却成了戏为他而做，凡有新编的剧本，都只为了梅兰芳，而且是士大夫心目中的梅兰芳。雅是雅了，但多数人看不懂，不要看，还觉得自己不配看了。

士大夫们也在日见其消沉，梅兰芳近来颇有些冷落。

因为他是旦角，年纪一大，势必至于冷落的吗？不是的，老十三旦七十岁了，一登台，满座还是喝采。为什么呢？就因为他没有被士大夫据为己有，罩进玻璃罩。

名声的起灭，也如光的起灭一样，起的时候，从近到远，灭的时候，远处倒还留着余光。梅兰芳的游日，游美，其实已不是光的发扬，而是光在中国的收敛。他竟没有想到从玻璃罩里跳出，所以这样的搬出去，还是这样的搬回来。

他未经士大夫帮忙时候所做的戏，自然是俗的，甚至于猥下，肮脏，但是泼剌，有生气。待到化为“天女”，高贵了，然而从此死板板，矜持得可怜。看一位不死不活的天女或林妹妹，我想，大多数人是倒不如看一个漂亮活动的村女的，她和我们相近。

然而梅兰芳对记者说，还要将别的剧本改得雅一些。

十一月一日。

题注：

本篇最初发表于1934年11月5日《中华日报·动向》。收入《花边文学》。1930年梅兰芳赴美演出时，美国波摩那大学曾授予他文学博士的学位。1934年9月传说梅兰芳将赴苏演出《贵妃醉酒》(参见《“莎士比亚”》)，10月杜衡又在《文艺画刊》创刊号上发表《梅兰芳到苏联去》谈论此事。同一天鲁迅还写了《略论梅兰芳及其他（下）》，可参阅。

略论梅兰芳及其他（下）

张沛

而且梅兰芳还要到苏联去。

议论纷纷。我们的大画家徐悲鸿教授也曾到莫斯科去画过松树——也许是马，我记不真切了——国内就没有谈得这么起劲。这就可见梅兰芳博士之在艺术界，确是超人一等的了。

而且累得《现代》的编辑室里也紧张起来。首座编辑施蛰存先生曰："而且还要梅兰芳去演《贵妃醉酒》呢！"（《现代》五卷五期。）要这么大叫，可见不平之极了，倘不预先知道性别，是会令人疑心生了脏躁症的。次座编辑杜衡先生曰："剧本鉴定的工作完毕，则不妨选几个最前进的戏先到莫斯科去宣传为梅兰芳先生'转变'后的个人的创作。……因为照例，到苏联去的艺术家，是无论如何应该事先表示一点'转变'的。"（《文艺画报》创刊号。）这可冷静得多了，一看就知道他手段高妙，足使齐如山先生自愧弗及，赶紧来请帮忙——帮忙的帮忙。

但梅兰芳先生却正在说中国戏是象征主义，剧本的字句要雅一些，他其实倒是为艺术而艺术，他也是一位"第三种人"。

那么，他是不会"表示一点'转变'的"，目前还太早一点。他也许用别一个笔名，做一篇剧本，描写一个知识阶级，总是专为艺术，总是不问俗事，但到末了，他却究竟还在革命这一方面。这就活动得多了，不到末了，花呀光呀，倘到末了，做这篇东西的也就是我呀，那不就在革命这一方面了吗？

但我不知道梅兰芳博士可会自己做了文章，却用别一个笔名，来称赞自己的做戏；或者虚设一社，出些什么“戏剧年鉴”，亲自作序，说自己是剧界的名人？倘使没有，那可是也不会玩这一手的。

倘不会玩，那可真要使杜衡先生失望，要他“再亮些”了。

还是带住罢，倘再“略论”下去，我也要防梅先生会说因为被批评家乱骂，害得他演不出好戏来。

十一月一日。

题注：

本篇最初发表于1934年11月6日《中华日报·动向》。收入《花边文学》。1934年5月徐悲鸿应苏联对外文化事业委员会邀请，去苏联参加中国画展览。1934年9月《现代》第五卷第五期传出梅兰芳要去苏联演出《贵妃醉酒》。1934年10月，杜衡在《文艺画刊》创刊号上发表《梅兰芳到苏联去》，说梅兰芳到苏联去“应该事先表示一点‘转变’的”，还说“我以为他（按指梅兰芳）最先的急务，是应当找几位戏剧意识检讨专家来帮忙，或者成立一个脚本改编委员会。这些工作，恐怕像齐如山先生他们未必能够胜任”。齐如山，河北高阳人，当时任北平国剧学会会长，曾为梅兰芳编过剧本。鲁迅针对上述议论写了本文。

势所必至，理有固然

有时发表一些顾影自怜的吞吞吐吐文章的废名先生，这回在《人间世》上宣传他的文学观了：文学不是宣传。

这是我们已经听得耳膜起茧了的议论。谁用文字说“文学不是宣传”的，也就是宣传——这也是我们已经听得耳膜起茧了的议论。

写文章自以为对于社会毫无影响，正如称“废名”而自以为真的废了名字一样。“废名”就是名。要于社会毫无影响，必须连任何文字也不立，要真的废名，必须连“废名”这笔名也不署。

假如文字真的毫无什么力，那文人真是废物一枚，寄生虫一条了。他的文学观，就是废物或寄生虫的文学观。

但文人又不愿意做这样的文人，于是他只好说现在已经下掉了文人的招牌。然而，招牌一下，文学观也就没有了根据，失去了靠山。

但文人又不愿意没有靠山，于是他只好说要“弃文就武”了。这可分明的显出了主张“为文学而文学”者后来一定要走的道路来——事实如此，前例也如此。正确的文学观是不骗人的，凡所指摘，自有他们自己来证明。

题注：

本篇当时未发表，鲁迅逝世后刊载于1941年11月19日《奔流新集》第一辑《直入》，署名直入。初未收集。1934年10月由林语堂主编的小品文半月刊《人间世》第十三期上刊载了北京大学教师废名（即冯文炳，1901—1967）的《知堂先生》一文，说："古今一切的艺术，无论高能的低能的，总而言之都是道德的，因此也就是宣传的……当下我很有点闷室，大有呼吸新鲜空气之必要。"本文即针对这种"文学不是宣传"的老调而写。

“文人相轻”

老是说着同样的一句话是要厌的。在所谓文坛上，前年嚷过一回“文人无行”，去年是闹了一通“京派和海派”，今年又出了新口号，叫作“文人相轻”。

对于这风气，口号家很愤恨，他的“真理哭了”，于是大声疾呼，投一切“文人”以轻蔑。“轻蔑”，他是最憎恶的，但因为他们“相轻”，损伤了他理想中的一道同风的天下，害得他自己也只好施行轻蔑术了。自然，这是“即以其人之道，还治其人之身”，是古圣人的良法，但“相轻”的恶弊，可真也不容易除根。

我们如果到《文选》里去找词汇的时候，大概是可以遇着“文人相轻”这四个字的，拾来用用，似乎也还有些漂亮。然而，曹聚仁先生已经在《自由谈》（四月九日至十一日）上指明，曹丕之所谓“文人相轻”者，是“文非一体，鲜能备善，是以各以所长，相轻所短”，凡所指摘，仅限于制作的范围。一切别的攻击形体，籍贯，诬赖，造谣，以至施蛰存先生式的“他自己也是这样的呀”，或魏金枝先生式的“他的亲戚也和我一样了呀”之类，都不在内。倘把这些都作为曹丕所说的“文人相轻”，是混淆黑白，真理虽然大哭，倒增加了文坛的黑暗的。

我们如果到《庄子》里去找词汇，大概又可以遇着两句宝贝的教训："彼亦一是非，此亦一是非"，记住了来作危急之际的护身符，似乎也不失为漂亮。然而这是只可暂时口说，难以永远实行的。喜欢引用这种格言的人，那精神的相距之远，更甚于叭儿之与老聃，这里不必说它了。就是庄生自己，不也在《天下篇》里，历举了别人的缺失，以他的"无是非"轻了一切"有所是非"的言行吗？要不然，一部《庄子》，只要"今天天气哈哈哈……"七个字就写完了。

但我们现在所处的并非汉魏之际，也不必恰如那时的文人，一定要"各以所长，相轻所短"。凡批评家的对于文人，或文人们的互相评论，各各"指其所短，扬其所长"固可，即"掩其所短，称其所长"亦无不可。然而那一面一定得有"所长"，这一面一定得有明确的是非，有热烈的好恶。假使被今年新出的"文人相轻"这一个模模胡胡的恶名所吓昏，对于充风流的富儿，装古雅的恶少，销淫书的瘪三，无不"彼亦一是非，此亦一是非"，一律拱手低眉，不敢说或不屑说，那么，这是怎样的批评家或文人呢？——他先就非被"轻"不可的！

四月十四日。

题注：

本文最初发表于上海《文学》月刊第四卷第五号"文学论坛"栏（1935 年 5 月 1 日），署名隼。收入《且介亭杂文二集》。1935 年 1 月《论语》第五十七期刊载林语堂《做文与做人》的文章。文中说："文人好相轻，与女子互相评头品足相同。……于是白话派骂文言派，文言派骂白话派，民族文学派骂普罗，普罗骂第三种人，大家争营对垒，成群结党，一枪一矛，街头巷尾，报上屁股，互相臭骂……原其心理，都是大家要取媚于世。”针对当时文坛上这种以“文人相轻”来模糊是非界限的做法，鲁迅撰写了本文。“文人相轻”，语出曹丕《典论·论文》：“文人相轻，自古而然……夫人善于自见，而文非一体，鲜能备善，是以各以所长，相轻所短。”

“京派”和“海派”

去年春天，京派大师曾经大大的奚落了一顿海派小丑，海派小丑也曾经小小的回敬了几手，但不多久，就完了。文滩上的风波，总是容易起，容易完，倘使不容易完，也真的不便当。我也曾经略略的赶了一下热闹，在许多唇枪舌剑中，以为那时我发表的所说，倒也不算怎么分析错了的。其中有这样的一段——

> “……北京是明清的帝都，上海乃各国之租界，帝都多官，租界多商，所以文人之在京者近官，没海者近商，近官者在使官得名，近商者在使商获利，而自己亦赖以糊口。要而言之：不过‘京派’是官的帮闲，‘海派’则是商的帮忙而已。……而官之鄙商，固亦中国旧习，就更使‘海派’在‘京派’眼中跌落了。……”

但到得今年春末，不过一整年带点零，就使我省悟了先前所说的并不圆满。目前的事实，是证明着京派已经自己贬损，或是把海派在自己眼睛里抬高，不但现身说法，演述了派别并不专与地域相关，而且实践了“因为爱他，所以恨他”的妙语。当初的京海之争，看作“龙虎斗”固然是错误，就是认为有一条官商之界也不免欠明白。因为现在已经清清楚楚，到底搬出一碗不过黄鳝田鸡，炒在一起的苏式菜——“京海杂烩”来了。

实例，自然是琐屑的，而且自然也不会有重大的例子。举一点罢。一，是选印明人小品的大权，分给海派来了；以前上海固然也有选印明人小品的人，但也可以说是冒牌的，这回却有了真正老京派的题签，所以的确是正统的衣钵。二，是有些新出的刊物，真正老京派打头，真正小海派煞尾了；以前固然也有京派开路的期刊，但那是半京半海派所主持的东西，和纯粹海派自说是自掏腰包来办的出产品颇有区别的。要而言之：今儿和前儿已不一样，京海两派中的一路，做成一碗了。

到这里要附带一点声明：我是故意不举出那新出刊物的名目来的。先前，曾经有人用过“某”字，什么缘故我不知道。但后来该刊的一个作者在该刊上说，他有一位“熟悉商情”的朋友，以为这是因为不替它来作广告。这真是聪明的好朋友，不愧为“熟悉商情”。由此启发，子细一想，他的话实在千真万确：被称赞固然可以代广告，被骂也可以代广告，张扬了荣是广告，张扬了辱又何尝非广告。例如罢，甲乙决斗，甲赢，乙死了，人们固然要看杀人的凶手，但也一样的要看那不中用的死尸，如果用芦席围起来，两个铜板看一下，准可以发一点小财的。我这回的不说出这刊物的名目来，主意却正在不替它作广告，我有时很不讲阴德，简直要妨碍别人的借死尸敛钱。然而，请老实的看官不要立刻责备我刻薄。他们那里肯放过这机会，他们自己会敲了锣来承认的。

声明太长了一点了。言归正传。我要说的是直到现在，由事实证明，我才明白了去年京派的奚落海派，原来根柢上并不是奚落，倒是路远迢迢的送来的秋波。

文豪，究竟是有真实本领的，法朗士做过一本《泰绮思》，中国已有两种译本了，其中就透露着这样的消息。他说有一个高僧在沙漠中修行，忽然想到亚历山大府的名妓泰绮思，是一个贻害世道人心的人物，他要感化她出家，救她本身，救被惑的青年们，也给自己积无量功德。事情还算顺手，泰绮思竟出家了，他恨恨的毁坏了她在俗时候的衣饰。但是，奇怪得很，这位高僧回到自己的独房里继续修行时，却再也静不下来了，见妖怪，见裸体的女人。他急遁，远行，然而仍然没有效。他自己是知道因为其实爱上了泰绮思，所以神魂颠倒了的，但一群愚民，却还是硬要当他圣僧，到处跟着他祈求，礼拜，拜得他“哑子吃黄连”——有苦说不出。他终于决计自白，跑回泰绮思那里去，叫道“我爱你！”然而泰绮思这时已经离死期不远，自说看见了天国，不久就断气了。

不过京海之争的目前的结局，却和这一本书的不同，上海的泰绮思并没有死，她也张开两条臂膊，叫道“来嚧！”于是——团圆了。

《泰绮思》的构想，很多是应用弗洛伊特的精神分析学说的，倘有严正的批评家，以为算不得“究竟是有真实本领”，我也不想来争辩。但我觉得自己却真如那本书里所写的愚民一样，在没有听到“我爱你”和“来嚧”之前，总以为奚落单是奚落，鄙薄单是鄙薄，连现在已经出了气的弗洛伊特学说也想不到。

到这里又要附带一点声明：我举出《泰绮思》来，不过取其事迹，并非处心积虑，要用妓女来比海派的文人。这种小说中的人物，是不妨随意改换的，即改作隐士，侠客，高人，公主，大少，小老板之类，都无不可。况且泰绮思其实也何可厚非。她在俗时是泼剌的活，出家后就刻苦的修，比起我们的有些所谓“文人”，刚到中年，就自叹道“我是心灰意懒了”的死样活气来，实在更其像人样。我也可以自白一句：我宁可向泼剌的妓女立正，却不愿意和死样活气的文人打棚。

至于为什么去年北京送秋波，今年上海叫“来嘘”了呢？说起来，可又是事前的推测，对不对很难定了。我想：也许是因为帮闲帮忙，近来都有些“不景气”，所以只好两界合办，把断砖，旧袜，皮袍，洋服，巧克力，梅什儿……之类，凑在一处，重行开张，算是新公司，想借此来新一下主顾们的耳目罢。

四月十四日。

题注：

本文最初发表于上海《太白》半月刊第二卷第四期（1935年5月5日），署名旅隼。收入《且介亭杂文二集》。1933年10月18日，天津《大公报·文艺副刊》发表沈从文《文学者的态度》一文，讥笑上海作家。12月1日苏汶在《现代》月刊发表《文人在上海》一文予以反驳。就此，京、沪两地作家互相攻讦，在报刊上展开了所谓“京派”与“海派”的论争。1934年1月，鲁迅曾作《“京派”与“海派”》一文，指出：“‘京派’是官的帮闲，‘海派’则是商的帮忙而已”，京派看不起“海派”，是出于“官之鄙商”的旧习。本文中“赶了一下热闹”即指该文。而新的事实是，在合办刊物、标点选印明人小品方面，两派已经合流。鲁迅因而写作了本文。

再论“文人相轻”

今年的所谓“文人相轻”，不但是混淆黑白的口号，掩护着文坛的昏暗，也在给有一些人“挂着羊头卖狗肉”的。

真的“各以所长，相轻所短”的能有多少呢！我们在近几年所遇见的，有的是“以其所短，轻人所短”。例如白话文中，有些是诘屈难读的，确是一种“短”，于是有人提了小品或语录，向这一点昂然进攻了，但不久就露出尾巴来，暴露了他连对于自己所提倡的文章，也常常点着破句，“短”得很。有的却简直是“以其所短，轻人所长”了。例如轻蔑“杂文”的人，不但他所用的也是“杂文”，而他的“杂文”，比起他所轻蔑的别的“杂文”来，还拙劣到不能相提并论。那些高谈阔论，不过是契诃夫（A.Chekhov）所指出的登了不识羞的顶颠，傲视着一切，被轻者是无福和他们比较的，更从什么地方“相”起？现在谓之“相”，其实是给他们一扬，靠了这“相”，也是“文人”了。然而，“所长”呢？

况且现在文坛上的纠纷，其实也并不是为了文笔的短长。文学的修养，决不能使人变成木石，所以文人还是人，既然还是人，他心里就仍然有是非，有爱憎；但又因为是文人，他的是非就愈分明，爱憎也愈热烈。从圣贤一直敬到骗子屠夫，从美人香草一直爱到麻疯病菌的文人，在这世界上是找不到的，遇见所是和所爱的，他就拥抱，遇见所非和所憎的，他就反拨。如果第三者不以为然了，可以指出他所非的其实是"是"，他所憎的其实该爱来，单用了笼统的"文人相轻"这一句空话，是不能抹杀的，世间还没有这种便宜事。一有文人，就有纠纷，但到后来，谁是谁非，孰存孰亡，都无不明明白白。因为还有一些读者，他的是非爱憎，是比和事老的评论家还要清楚的。

然而，又有人来恐吓了。他说，你不怕么？古之嵇康，在柳树下打铁，钟会来看他，他不客气，问道："何所闻而来，何所见而去？"于是得罪了钟文人，后来被他在司马懿面前搬是非，送命了。所以你无论遇见谁，应该赶紧打拱作揖，让坐献茶，连称"久仰久仰"才是。这自然也许未必全无好处，但做文人做到这地步，不是很有些近乎婊子了么？况且这位恐吓家的举例，其实也是不对的，嵇康的送命，并非为了他是傲慢的文人，大半倒因为他是曹家的女婿，即使钟会不去搬是非，也总有人去搬是非的，所谓"重赏之下，必有勇夫"者是也。

不过我在这里，并非主张文人应该傲慢，或不妨傲慢，只是说，文人不应该随和；而且文人也不会随和，会随和的，只有和事老。但这不随和，却又并非回避，只是唱着所是，颂着所爱，而不管所非和所憎；他得像热烈地主张着所是一样，热烈地攻击着所非，像热烈地拥抱着所爱一样，更热烈地拥抱着所憎——恰如赫尔库来斯（Hercules）的紧抱了巨人安太乌斯（Antaeus）一样，因为要折断他的肋骨。

五月五日。

题注：

本文最初发表于上海《文学》月刊第四卷第六号“文学论坛”栏（1935年6月1日），署名隼。收入《且介亭杂文二集》。当时的文坛，无论“京”或“海”，“南”或“北”，“新”或“旧”，“言志”或“载道”，都使人有“文人相轻”之感，但却缺乏堂堂正正的健全的批评风气。鲁迅在《文学》月刊本卷上期发表《“文人相轻”》一文后，文艺界关于“文人相轻”的论争尚在继续。鲁迅因此写本文，此后又写作了一组系列文章。

文坛三户

二十年来，中国已经有了一些作家，多少作品，而且至今还没有完结，所以有个“文坛”，是毫无可疑的。不过搬出去开博览会，却还得顾虑一下。

因为文字的难，学校的少，我们的作家里面，恐怕未必有村姑变成的才女，牧童化出的文豪。古时候听说有过一面看牛牧羊，一面读经，终于成了学者的人的，但现在恐怕未必有。——我说了两回“恐怕未必”，倘真有例外的天才，尚希鉴原为幸。要之，凡是弄弄笔墨的人们，他先前总有一点凭借：不是祖遗的正在少下去的钱，就是父积的还在多起来的钱。要不然，他就无缘读书识字。现在虽然有了识字运动，我也不相信能够由此运出作家来。所以这文坛，从阴暗这方面看起来，暂时大约还要被两大类子弟，就是“破落户”和“暴发户”所占据。

已非暴发，又未破落的，自然也颇有出些著作的人，但这并非第三种，不近于甲，即近于乙的，至于掏腰包印书，仗奁资出版者，那是文坛上的捐班，更不在本论范围之内。所以要说专仗笔墨的作者，首先还得求之于破落户中。他先世也许暴发过，但现在是文雅胜于算盘，家境大不如意了，然而又因此看见世态的炎凉，人生的苦乐，于是真的有些抚今追昔，“缠绵悱恻”起来。一叹天时不良，二叹地理可恶，三叹自己无能。但这无能又并非真无能，乃是自己不屑有能，所以这无能的高尚，倒远在有能之上。你们剑拔弩张，汗流浃背，到底做成了些什么呢？惟我的颓唐相，是“十年一觉扬州梦”，惟我的破衣上，是“襟上杭州旧酒痕”，连懒态和污渍，也都有历史的甚深意义的。可惜俗人不懂得，于是他们的杰作上，就大抵放射着一种特别的神彩，是：“顾影自怜”。

暴发户作家的作品，表面上和破落户的并无不同。因为他意在用墨水洗去铜臭，这才爬上一向为破落户所主宰的文坛来，以自附于“风雅之林”，又并不想另树一帜，因此也决不标新立异。但仔细一看，却是属于别一本户口册上的；他究竟显得浅薄，而且装腔，学样。房里会有断句的诸子，看不懂；案头也会有石印的骈文，读不断。也会嚷“襟上杭州旧酒痕”呀，但一面又怕别人疑心他穿破衣，总得设法表示他所穿的乃是笔挺的洋服或簇新的绸衫；也会说“十年一觉扬州梦”的，但其实倒是并不挥霍的好品行，因为暴发户之于金钱，觉得比懒态和污渍更有历史的甚深的意义。破落户的颓唐，是掉下来的悲声，暴发户的做作的颓唐，却是“爬上去”的手段。所以那些作品，即使摹拟到和破落户的杰作几乎相同，但一定还差一尘：他其实并不“顾影自怜”，倒在“沾沾自喜”。

这“沾沾自喜”的神情，从破落户的眼睛看来，就是所谓“小家子相”，也就是所谓“俗”。风雅的定律，一个人离开“本色”，是就要“俗”的。不识字人不算俗，他要掉文，又掉不对，就俗；富家儿郎也不算俗，他要做诗，又做不好，就俗了。这在文坛上，向来为破落户所鄙弃。

然而破落户到了破落不堪的时候，这两户却有时可以交融起来的。如果谁有在找“词汇”的《文选》，大可以查一查，我记得里面就有一篇弹文，所弹的乃是一个败落的世家，把女儿嫁给了暴发而冒充世家的满家子：这就足见两户的怎样反拨，也怎样的联合了。文坛上自然也有这现象；但在作品上的影响，却不过使暴发户增添一些得意之色，破落户则对于“俗”变为谦和，向别方面大谈其风雅而已：并不怎么大。

暴发户爬上文坛，固然未能免俗，历时既久，一面持筹握算，一面诵诗读书，数代以后，就雅起来，待到藏书日多，藏钱日少的时候，便有做真的破落户文学的资格了。然而时势的飞速的变化，有时能不给他这许多修养的工夫，于是暴发不久，破落随之，既“沾沾自喜”，也“顾影自怜”，但却又失去了“沾沾自喜”的确信，可又还没有配得“顾影自怜”的风姿，仅存无聊，连古之所谓雅俗也说不上了。向来无定名，我姑且名之为“破落暴发户”罢。这一户，此后是恐怕要多起来的。但还要有变化：向积极方面走，是恶少；向消极方面走，是瘪三。

使中国的文学有起色的人，在这三户之外。

六月六日。

题注：

本文最初发表于上海《文学》月刊第五卷第一号“文学论坛”栏（1935年7月1日），署名干。收入《且介亭杂文二集》。20世纪20年代，中国社会处于剧烈变动中，中国文坛呈现出前所未有的多元化格局，代表新生、进步、健康的作家群和代表没落、反动、低级趣味的作家群，在文坛上扮演着各自的角色，并进行着激烈的斗争。鲁迅认为中国文坛上那些腐朽、无聊的文人，可归纳为“三户，即：“破落户”“暴发户”和“破落暴发户”，因此写本文。本文发表后，触到一些人的痛处，鲁迅在本年7月16日致萧军的信中说：“《文坛三户》也是我做的，似乎很有些作家看了不高兴，但我觉得我说的是真话。”

三论“文人相轻”

《芒种》第八期上有一篇魏金枝先生的《分明的是非和热烈的好恶》，是为以前的《文学论坛》上的《再论“文人相轻”》而发的。他先给了原则上的几乎全体的赞成，说，“人应有分明的是非，和热烈的好恶，这是不错的，文人立更有分明的是非，和更热烈的好恶，这也是不错的。”中间虽说“凡人在落难时节……能与猿鹤为伍，自然最好，否则与鹿豕为伍，也是好的。即到千万没有办法的时候，至于躺在破庙角里，而与麻疯病菌为伍，倘然我的体力，尚能为自然的抗御，因而不至毁灭以死，也比被实际上也做着骗子屠夫的所诱杀脔割，较为心愿。”看起来好像有些微辞，但其实说的是他的憎恶骗子屠夫，远在猿鹤以至麻疯病菌之上，和《论坛》上所说的“从圣贤一直敬到骗子屠夫，从美人香草一直爱到麻疯病菌的文人，在这世界上是找不到的”的话，也并不两样。至于说：“平心而论，彼一是非，此一是非，原非确论。”则在近来的庄子道友中，简直是鹤立鸡群似的卓见了。

然而魏先生的大论的主旨，并不专在这一些，他要申明的是：是非难定，于是爱憎就为难。因为“譬如有一种人，……在他自己的心目之中，已先无是非之分。……于是其所谓‘是’，不免似是而实非了。”但“至于非中之是，它的是处，正胜过于似是之非，因为其犹讲交友之道，而无门阀之分”的。到这地步，我们的文人就只好吞吞吐吐，假揩眼泪了。“似是之非”其实就是“非”，倘使已经看穿，不是只要给以热烈的憎恶就成了吗？然而“天下的事情，并没有这么简单”，又不得不爱护“非中之是”，何况还有“似非而是”和“是中之非”，取其大，略其细的方法，于是就不适用了。天下何尝有黑暗，据物理学说，地球上的无论如何的黑暗中，不是总有X分之一的光的吗？看起书来，据理就该看见X分之一的字的，——我们不能论明暗。

这并非是刻薄的比喻，魏先生却正走到“无是非”的结论的。他终于说：“总之，文人相轻，不外乎文的长短，道的是非，文既无长短可言，道又无是非之分，则空谈是非，何补于事！已而已而，手无寸铁的人呵！”人无全德，道无大成，刚说过“非中之是”，胜过“似是之非”，怎么立刻又变成“文既无长短可言，道又无是非之分”了呢？文人的铁，就是文章，魏先生正在大做散文，力施搏击，怎么同时又说是“手无寸铁”了呢？这可见要抬举“非中之是”，却又不肯明说，事实上是怎样的难，所以即使在那大文上列举了许多对手的“排挤”，“大言”，“卖友”的恶谥，而且那大文正可通行无阻，却还是觉得“手无寸铁”，归根结蒂，掉进“无是非”说的深坑里，和自己以为“原非确论”的“彼亦一是非，此亦一是非”说成了“朋友”——这里不说“门阀”——了。

况且，“文既无长短可言，道又无是非之分”，魏先生的文章，就他自己的结论而言，就先没有动笔的必要。不过要说结果，这无须动笔的动笔，却还是有战斗的功效的，中国的有些文人一向谦虚，所以有时简直会自己先躺在地上，说道，“倘然要讲是非，也该去怪追奔逐北的好汉，我等小民，不任其咎。”明明是加入论战中的了，却又立刻肩出一面“小民”旗来，推得干干净净，连肋骨在那里也找不到了。论“文人相轻”竟会到这地步，这真是叫作到了末路！

七月十五日。

【备考】：

分明的是非和热烈的好恶

魏金枝

人应有分明的是非，和热烈的好恶，这是不错的。文人应更有分明的是非，和更热烈的好恶，这也是不错的。但天下的事情，并没有这么简单，除了是非之外，还有“似是而非”的“是”，和“非中有是”之非，在这当口，我们的好恶，便有些为难了。

譬如有一种人，他们借着一个好看的幌子，做其为所欲为的勾当，不论是非，无分好恶，一概置之在所排挤之列，这叫做玉石俱焚，在他自己的心目之中，已先无是非之分。但他还要大言不惭，自以为是。于是其所谓“是”，不免似是而实非了。这是我们在谈话是非之前，所应最先将它分辩明白的。次则以趣观之，往往有些具着两张面孔的人，对于腰骨硬朗的，他会伏在地下，打拱作揖，对于下一点的，也会装起高不可扳的怪腔，甚至给你当头一脚，拒之千里之外。其时是非，便会煞时分手，各归其主，因之好恶不同，也是常事。在此时际，要谈是非，就得易地而处，平心而论，彼一是非，此一是非，原非确论。

至于非中之是，它的是处，正胜过于似是之非，因为其犹讲交友之道，而无门阀之分。凡人在落难时节，没有朋友，没有六亲，更无是非天道可言，能与猿鹤为伍，自然最好，否则与鹿豕为伍，也是好的。即到千万没有办法的时候，至于躺在破庙角里，而与麻疯病菌为伍，倘然我的体力，尚能为自然的抗御，因而不至毁灭以死，也比被实际上也做着骗子屠夫的所诱杀脔割，较为心愿。所以，倘然要讲是非，也该去怪追奔逐北的好汉，我等小民，不任其咎。但近来那般似是的人，还在那里大登告白，说是“少卿教匈奴为兵”，那个意思，更为凶恶，为他营业，卖他朋友，甚而至于陷井下石，望人万劫不复，那层似是的甜衣，不是糖拌砒霜，是什么呢？

总之，文人相轻，不外乎文的长短，道的是非，文既无长短可言，道又无是非之分，则空谈是非，何补于事！已而已而，手无寸铁的人呵！

七月一日，《芒种》第八期。

题注：

本文最初发表于上海《文学》月刊第五卷第二号（1935 年 8 月 1 日），署名隼。收入《且介亭杂文二集》。本年 7 月，魏金枝在《芒种》月刊第五卷第八期上发表《分明的是非和热烈的好恶》一文，对鲁迅在《再论“文人相轻”》中提出的文人应有分明的是非和热烈的好恶、“像热烈地主张着所是一样，热烈地攻击着所非，像热烈地拥抱着所爱一样，更热烈地拥抱着所憎”的观点表示非议。鲁迅因而写作了本文。魏金枝，浙江嵊县人，作家，“左联”成员，当时在上海麦伦中学任教。

四论“文人相轻”

前一回没有提到，魏金枝先生的大文《分明的是非和热烈的好恶》里，还有一点很有意思的文章。他以为现在“往往有些具着两张面孔的人”，重甲而轻乙；他自然不至于主张文人应该对谁都打拱作揖，连称久仰久仰的，只因为乙君原是大可钦敬的作者。所以甲乙两位，“此时此际，要谈是非，就得易地而处”，甲说你的甲话，乙呢，就觉得“非中之是，……正胜过于似是之非，因为其犹讲交友之道，而无门阀之分”，把“门阀”留给甲君，自去另找讲交道的“朋友”，即使没有，竟“与麻疯病菌为伍，……也比被实际上也做着骗子屠夫的所诱杀脔割，较为心愿”了。

这拥护“文人相轻”的情境，是悲壮的，但也正证明了现在一般之所谓“文人相轻”，至少，是魏先生所拥护的“文人相轻”，并不是因为“文”，倒是为了“交道”。朋友乃五常之一名，交道是人间的美德，当然也好得很。不过骗子有屏风，屠夫有帮手，在他们自己之间，却也叫作“朋友”的。

“必也正名乎”，好名目当然也好得很。只可惜美名未必一定包着美德。“翻手为云覆手雨，纷纷轻薄何须数，君不见管鲍贫时交，此道今人弃如土！”这是李太白先生罢，就早已“感慨系之矣”，更何况现在这洋场——古名“彝场”——的上海。最近的《大晚报》的副刊上就有一篇文章在通知我们要在上海交朋友，说话先须漂亮，这才不至于吃亏，见面第一句，是“格位（或‘迪个’）朋友贵姓？”此时此际，这“朋友”两字中还未含有任何利害，但说下去，就要一步紧一步的显出爱憎和取舍，即决定共同玩花样，还是用作“阿木林”之分来了。“朋友，以义合者也。”古人确曾说过的，然而又有古人说：“义，利也。”呜呼！

如果在冷路上走走，有时会遇见几个人蹲在地上赌钱，庄家只是输，押的只是赢，然而他们其实是庄家的一伙，就是所谓“屏风”——也就是他们自己之所谓“朋友”——目的是在引得蠢才眼热，也来出手，然后掏空他的腰包。如果你站下来，他们又觉得你并非蠢才，只因为好奇，未必来上当，就会说：“朋友，管自己走，没有什么好看。”这是一种朋友，不妨害骗局的朋友。荒场上又有变戏法的，石块变白鸽，坛子装小孩，本领大抵不很高强，明眼人本极容易看破，于是他们就时时拱手大叫道：“在家靠父母，出家靠朋友！”这并非在要求撒钱，是请托你不要说破。这又是一种朋友，是不戳穿戏法的朋友。把这些识时务的朋友稳住了，他才可以掏呆朋友的腰包；或者手执花枪，来赶走不知趣的走近去窥探底细的傻子，恶狠狠的啐一口道：“……瞎你的眼睛！”

孩子的遭遇可是还要危险。现在有许多文章里，不是常在很亲热的叫着“小朋友，小朋友”吗？这是因为要请他做未来的主人公，把一切担子都搁在他肩上了；至少，也得去买儿童画报，杂志，文库之类，据说否则就要落伍。

已成年的作家们所占领的文坛上，当然不至于有这么彰明较著的可笑事，但地方究竟是上海，一面大叫朋友，一面却要他悄悄的纳钱五块，买得“自己的园地”，才有发表作品的权利的“交道”，可也不见得就不会出现的。

八月十三日。

题注：

本文最初发表于上海《文学》月刊第五卷第三号（1935年9月1日），署名隼。收入《且介亭杂文二集》。在《三论“文人相轻”》一文中，鲁迅批评了魏金枝的文章《分明的是非和热烈的好恶》的无是非观。后又由魏文中所谓“讲交友之道”的说法联想到社会上的各种“朋友”及其本质，因而写作了本文。“自己的园地”，说的是杨邨人、苏汶等人宣称他们所办的《星火》月刊是“无名作家自己的园地”和“新进作家自己的园地”，但却要向文学青年（社员）“征收按月三元的出版费”。

五论“文人相轻”——明术

“文人相轻”是局外人或假充局外人的话。如果自己是这局面中人之一，那就是非被轻则是轻人，他决不用这对等的“相”字。但到无可奈何的时候，却也可以拿这四个字来遮掩一下。这遮掩是逃路，然而也仍然是战术，所以这口诀还被有一些人所宝爱。

不过这是后来的话。在先，当然是“轻”。

“轻”之术很不少。粗糙的说：大略有三种。一种是自卑，自己先躺在垃圾里，然后来拖敌人，就是“我是畜生，但是我叫你爹爹，你既是畜生的爹爹，可见你也是畜生了”的法子。这形容自然未免过火一点，然而较文雅的现象，文坛上却并不怎么少见的。埋伏之法，是甲乙两人的作品，思想和技术，分明不同，甚而至于相反的，某乙却偏要设法表明，说惟独自己的作品乃是某甲的嫡派；补救之法，是某乙的缺点倘被某甲所指摘，他就说这些事情正是某甲所具备，而且自己也正从某甲那里学了来的。此外，已经把别人评得一钱不值了，临末却又很谦虚的声明自己并非批评家，凡有所说，也许全等于放屁之类，也属于这一派。

一种是最正式的，就是自高，一面把不利于自己的批评，统统谓之“漫骂”，一面又竭力宣扬自己的好处，准备跨过别人。但这方法比较的麻烦，因为除“辟谣”之外，自吹自擂是究竟不很雅观的，所以做这些文章时，自己得另用一个笔名，或者邀一些“讲交道”的“朋友”来互助。不过弄得不好，那些“朋友”就会变成保驾的打手或抬驾的轿夫，而使那“朋友”会变成这一类人物的，则这御驾一定不过是有些手势的花花公子，抬来抬去，终于脱不了原形，一年半载之后，花花之上也再添不上什么花头去，而且打手轿夫，要而言之，也究竟要工食，倘非腰包饱满，是没法维持的。如果能用死轿夫，如袁中郎或“晚明二十家”之流来抬，再请一位活名人喝道，自然较为轻而易举，但看过去的成绩和效验，可也并不见佳。

还有一种是自己连名字也并不抛头露面，只用匿名或由“朋友”给敌人以“批评”——要时髦些，就可以说是“批判”。尤其要紧的是给与一个名称，像一般的“诨名”一样。因为读者大众的对于某一作者，是未必和“批评”或“批判”者同仇敌慨的，一篇文章，纵使题目用头号字印成，他们也不大起劲，现在制出一个简括的诨名，就可以比较的不容易忘记了。在近十年来的中国文坛上，这法术，用是也常用的，但效果却很小。

法术原是极利害，极致命的法术。果戈理夸俄国人之善于给别人起名号——或者也是自夸——说是名号一出，就是你跑到天涯海角，它也要跟着你走，怎么摆也摆不脱。这正如传神的写意画，并不细画须眉，并不写上名字，不过寥寥几笔，而神情毕肖，只要见过被画者的人，一看就知道这是谁；夸张了这人的特长——不论优点或弱点，却更知道这是谁。可惜我们中国人并不怎样擅长这本领。起源，是古的。从汉末到六朝之所谓“品题”，如“关东觥觥郭子横”，“五经纷纶井大春”，就是这法术，但说的是优点居多。梁山泊上一百另八条好汉都有诨名，也是这一类，不过着眼多在形体，如“花和尚鲁智深”和“青面兽杨志”，或者才能，如“浪里白条张顺”和“鼓上蚤时迁”等，并不能提挈这人的全般。直到后来的讼师，写状之际，还常常给被告加上一个诨名，以见他原是流氓地痞一类，然而不久也就拆穿西洋镜，即使毫无才能的师爷，也知道这是不足注意的了。现在的所谓文人，除了改用几个新名词之外，也并无进步，所以那些“批判”，结果还大抵是徒劳。

这失败之处，是在不切帖。批评一个人，得到结论，加以简括的名称，虽只寥寥数字，却很要明确的判断力和表现的才能的。必须切帖，这才和被批判者不相离，这才会跟了他跑到天涯海角。现在却大抵只是漫然的抓了一时之所谓恶名，摔了过去：或“封建余孽”，或“布尔乔亚”，或“破锣”，或“无政府主义者”，或“利己主义者”……等等；而且怕一个不够致命，又连用些什么“无政府主义封建余孽”或“布尔乔亚破锣利己主义者”；怕一人说没有力，约朋友各给他一个；怕说一回还太少，一年内连给他几个：时时改换，个个不同。这举棋不定，就因为观察不精，因而品题也不确，所以即使用尽死劲，流完大汗，写了出去，也还是和对方不相干，就是用浆糊粘在他身上，不久也就脱落了。汽车夫发怒，便骂洋车夫阿四一声“猪猡”，顽皮孩子高兴，也会在卖炒白果阿五的背上画一个乌龟，虽然也许博得市侩们的一笑，但他们是决不因此就得“猪猡阿四”或“乌龟阿五”的诨名的。此理易明：因为不切帖。

五四时代的所谓“桐城谬种”和“选学妖孽”，是指做“载飞载鸣”的文章和抱住《文选》寻字汇的人们的，而某一种人确也是这一流，形容惬当，所以这名目的流传也较为永久。除此之外，恐怕也没有什么还留在大家的记忆里了。到现在，和这八个字可以匹敌的，或者只好推“洋场恶少”和“革命小贩”了罢。前一联出于古之“京”，后一联出于今之“海”。

创作难，就是给人起一个称号或诨名也不易。假使有谁能起颠扑不破的诨名的罢，那么，他如作评论，一定也是严肃正确的批评家，倘弄创作，一定也是深刻博大的作者。

所以，连称号或诨名起得不得法，也还是因为这班“朋友”的不“文”。——“再亮些！”

八月十四日。

题注：

本文最初发表于上海《文学》月刊第五卷第三号“文学论坛”栏（1935年9月1日），署名隼。收入《且介亭杂文二集》。当时文坛上某些人在“文人相轻”口号的掩护下，打击别人，抬高自己，通过给对手起诨名的方法贬低对手，但常常连称号或诨名也起得不得法，鲁迅因而写作了本文。本年8月15日鲁迅在致黄源的信中说：“《五论……》是一点战斗的秘诀，现在借《文学》来传授给杜衡之流，如果他们的本领仍旧没有长进，那么，真是从头顶到脚跟，全盘毫无出息了。”

六论“文人相轻”——二卖

今年文坛上的战术，有几手是恢复了五六年前的太阳社式，年纪大又成为一种罪状了，叫作“倚老卖老”。

其实呢，罪是并不在“老”，而在于“卖”的，假使他在叉麻酱，念弥陀，一字不写，就决不会惹青年作家的口诛笔伐。如果这推测并不错，文坛上可又要增添各样的罪人了，因为现在的作家，有几位总不免在他的“作品”之外，附送一点特产的赠品。有的卖富，说卖稿的文人的作品，都是要不得的；有人指出了他的诗思不过在太太的奁资中，就有帮闲的来说这人是因为得不到这样的太太，恰如狐狸的吃不到葡萄，所以只好说葡萄酸。有的卖穷，或卖病，说他的作品是挨饿三天，吐血十口，这才做出来的，所以与众不同。有的卖穷和富，说这刊物是因为受了文阀文僚的排挤，自掏腰包，忍痛印出来的，所以又与众不同。有的卖孝，说自己做这样的文章，是因为怕父亲将来吃苦的缘故，那可更了不得，价值简直和李密的《陈情表》不相上下了。有的就是衔烟斗，穿洋服，唉声叹气，顾影自怜，老是记着自己的韶年玉貌的少年哥儿，这里和“卖老”相对，姑且叫他“卖俏”罢。

不过中国的社会上，“卖老”的真也特别多。女人会穿针，有什么希奇呢，一到一百多岁，就可以开大会，穿给大家看，顺便还捐钱了。说中国人“起码要学狗”，倘是小学生的作文，是会遭先生的板子的，但大了几十年，新闻上就大登特登，还用方体字标题道：“皤然一老莅故都，吴稚晖语妙天下”；劝人解囊赈灾的文章，并不少见，而文中自述年纪曰：“余年九十六岁矣”者，却只有马相伯先生。但普通都不谓之“卖”，另有极好的称呼，叫作“有价值”。

“老作家”的“老”字，就是一宗罪案，这法律在文坛上已经好几年了，不过或者指为落伍，或者说是把持，……总没有指出明白的坏处。这回才由上海的青年作家揭发了要点，是在“卖”他的“老”。

那就不足虑了，很容易扫荡。中国各业，多老牌子，文坛却并不然，创作了几年，就或者做官，或者改业，或者教书，或者卷逃，或者经商，或者造反，或者送命……不见了。“老”在那里的原已寥寥无几，真有些像耆英会里的一百多岁的老太婆，居然会活到现在，连“民之父母”也觉得希奇古怪。而且她还会穿针，就尤其希奇古怪，使街头巷尾弄得闹嚷嚷。然而呀了，这其实是为了奉旨旌表的缘故，如果一个十六七岁的漂亮姑娘登台穿起针来，看的人也决不会少的。

谁有“卖老”的吗？一遇到少的俏的就倒。

不过中国的文坛虽然幼稚，昏暗，却还没有这么简单；读者虽说被“养成一种‘看热闹’的情趣”，但有辨别力的也不少，而且还在多起来。所以专门“卖老”，是不行的，因为文坛究竟不是养老堂，又所以专门“卖俏”，也不行的，因为文坛究竟也不是妓院。

二卖俱非，由非见是，混沌之辈，以为两伤。

九月十二日。

题注：

本文最初发表于上海《文学》月刊第五卷第四号“文学论坛”栏（1935 年 10 月 1 日），署名隼。收入《且介亭杂文二集》。鲁迅的文章《文坛三户》发表后，杨邨人以“巴山”的署名在《星火》第一卷第四期（1935 年 8 月）上发表《文坛三家》的文章，影射鲁迅“名利双收，倚老卖老”。鲁迅曾在《登龙术拾遗》一文中，讽刺提倡唯美主义的文人邵洵美“有富岳家，有阔太太，用赔嫁钱，作文学资本”。不久在《中央日报》上就刊出署名“圣闲”的《“女婿”的蔓延》一文，攻击鲁迅说：“狐狸吃不到葡萄，说葡萄是酸的，自己娶不到富妻子，于是对于一切有富岳家的人发生了妒忌。”针对文坛上某些人或卖富，或卖穷，或卖病，或卖孝，或卖俏，颠倒黑白的种种现象，鲁迅写作了本文。

七论“文人相轻”——两伤

所谓文人，轻个不完，弄得别一些作者摇头叹气了，以为作践了文苑。这自然也说得通。陶渊明先生“采菊东篱下”，心境必须清幽闲适，他这才能够“悠然见南山”，如果篱中篱外，有人大嚷大跳，大骂大打，南山是在的，他却“悠然”不得，只好“愕然见南山”了。现在和晋宋之交有些不同，连“象牙之塔”也已经搬到街头来，似乎颇有“不隔”之意，然而也还得有幽闲，要不然，即无以寄其沉痛，文坛减色，嚷嚷之罪大矣。于是相轻的文人们的处境，就也更加艰难起来，连街头也不再是扰攘的地方了，真是途穷道尽。

然而如果还要相轻又怎么样呢？前清有成例，知县老爷出巡，路遇两人相打，不问青红皂白，谁是谁非，各打屁股五百完事。不相轻的文人们纵有“肃静”“回避”牌，却无小板子，打是自然不至于的，他还是用“笔伐”，说两面都不是好东西。这里有一段炯之先生的《谈谈上海的刊物》为例——

“说到这种争斗，使我们记起《太白》，《文学》，《论语》，《人间世》几年来的争斗成绩。这成绩就是凡骂人的与被骂的一古脑儿变成丑角，等于木偶戏的互相揪打或以头互碰，除了读者养成一种‘看热闹’的情趣以外，别无所有。把读者养成欢喜看‘戏’不欢喜看‘书’的习气，‘文坛消息’的多少，成为刊物销路多少的主要原因。争斗的延长，无结果的延长，实在可说是中国读者的大不幸。我们是不是还有什么方法可以使这种‘私骂’占篇幅少一些？一个时代的代表作，结起账来若只是这些精巧的对骂，这文坛，未免太可怜了。”（天津《大公报》的《小公园》，八月十八日。）

“这种斗争”，炯之先生还自有一个界说：“即是向异己者用一种琐碎方法，加以无怜悯，不节制的辱骂。（一个术语，便是‘斗争’。）”云。

于是乎这位炯之先生便以怜悯之心，节制之笔，定两造为丑角，觉文坛之可怜了，虽然“我们记起《太白》，《文学》，《论语》，《人间世》几年来”，似乎不但并不以“‘文坛消息’的多少，成为刊物销路多少的主要原因”，而且简直不登什么“文坛消息”。不过“骂”是有的；只“看热闹”的读者，大约一定也有的。试看路上两人相打，他们何尝没有是非曲直之分，但旁观者往往只觉得有趣；就是绑出法场去，也是不问罪状，单看热闹的居多。由这情形，推而广之以至于文坛，真令人有不如逆来顺受，唾面自干之感。到这里来一个“然而”罢，转过来是旁观者或读者，其实又并不全如炯之先生所拟定的混沌，有些是自有各人自己的判断的。所以昔者古典主义者和罗曼主义者相骂，甚而至于相打，他们并不都成为丑角；左拉遭了剧烈的文字和图画的嘲骂，终于不成为丑角；连生前身败名裂的王尔德，现在也不算是丑角。

自然，他们有作品。但中国也有的。中国的作品“可怜”得很，诚然，但这不只是文坛可怜，也是时代可怜，而且这可怜中，连“看热闹”的读者和论客都在内。凡有可怜的作品，正是代表了可怜的时代。昔之名人说“恕”字诀——但他们说，对于不知恕道的人，是不恕的；——今之名人说“忍”字诀，春天的论客以“文人相轻”混淆黑白，秋天的论客以“凡骂人的与被骂的一古脑儿变成丑角”抹杀是非。冷冰冰阴森森的平安的古冢中，怎么会有生人气？

“我们是不是还有什么方法可以使这种‘私骂’占篇幅少一些？”——炯之先生问。有是有的。纵使名之曰“私骂”，但大约决不会件件都是一面等于二加二，一面等于一加三，在“私”之中，有的较近于“公”，在“骂”之中，有的较合于“理”的，居然来加评论的人，就该放弃了“看热闹的情趣”，加以分析，明白的说出你究以为那一面较“是”，那一面较“非”来。

至于文人，则不但要以热烈的憎，向“异己”者进攻，还得以热烈的憎，向“死的说教者”抗战。在现在这“可怜”的时代，能杀才能生，能憎才能爱，能生与爱，才能文。彼兑飞说得好：

　　我的爱并不是欢欣安静的人家，
花园似的，将平和一门关住，
其中有“幸福”慈爱地往来，
而抚养那“欢欣”，那娇小的仙女。
　　我的爱，就如荒凉的沙漠一般——
一个大盗似的有嫉妒在那里霸着；
他的剑是绝望的疯狂，

而每一刺是各样的谋杀！

九月十二日。

题注：

本文最初发表于上海《文学》月刊第五卷第四号“文学论坛”栏（1935 年 10 月 1 日），署名隼。收入《且介亭杂文二集》。1935 年 8 月 18 日沈从文（即炯之）在天津《大公报》副刊《小公园》发表《谈谈上海的刊物》一文，将当时文坛上的论争说成是“私骂”，将论争的双方比喻为“木偶戏的互相揪打”。针对这种无是非观，鲁迅作本文予以反驳，指出，这种说法是“不问青红皂白，谁是谁非，各打屁股五百”，因此是“两伤”。

文人比较学

齐物论

《国闻周报》十二卷四十三期上，有一篇文章指出了《国学珍本丛书》的误用引号，错点句子；到得四十六期，“主编”的施蛰存先生来答复了，承认是为了“养生主”，并非“修儿孙福”，而且该承认就承认，该辩解的也辩解，态度非常磊落。末了，还有一段总辩解云：

> “但是虽然失败，虽然出丑，幸而并不能算是造了什么大罪过。因为我自问充其量还不过是印出了一些草率的书来，到底并没有出卖了别人的灵魂与血肉来为自己的‘养生主’，如别的一些文人们也。”

中国的文人们有两“些”，一些，是“充其量还不过印出了一些草率的书来”的，“别的一些文人们”，却是“出卖了别人的灵魂与血肉来为自己的‘养生主’”的，我们只要想一想“别的一些文人们”，就知道施先生不但“并不能算是造了什么大罪过”，其实还能够算是修了什么“儿孙福”。

但一面也活活的画出了“洋场恶少”的嘴脸——不过这也并不是“什么大罪过”，“如别的一些文人们也”。

题注：

本篇最初发表于上海《海燕》月刊第一期（1936年1月20日）。初未收集。施蛰存，作家，1929年起与鲁迅有交往。1933年10月，施蛰存在《申报·自由谈》上发表《〈庄子〉与〈文选〉》一文，鲁迅曾著文表示不赞成其观点，两人由此产生争论。1934年8月施蛰存应上海杂志公司之约，与阿英合编《中国文学珍本丛书》。次年11月4日《国闻周报》第十二卷第四十三期发表邓恭三的《评中国文学珍本丛书第一辑》一文，指出该丛书“计划之草率，选本之不当，标点之谬误”。施蛰存在同刊第四十六期（1935年11月25日）发表《关于中国文学珍本丛书——我的告白》一文，在承认具体错误之后，为自己辩解，认为虽然“失败”“出丑”，但“并不能算是造了什么大罪过”，“到底并没有出卖了别人的灵魂与血肉来为自己的‘养生主’”。因此，鲁迅作本文予以批评。

大小奇迹

何干

元旦看报，《申报》的第三面上就见了商务印书馆的“星期标准书”，这回是“罗家伦先生选定”的希特拉著《我之奋斗》(A.Hitler: My Battle)，遂“摘录罗先生序”云：

> “希特拉之崛起于德国，在近代史上为一大奇迹。……希特拉《我之奋斗》一书系为其党人而作；唯其如此，欲认识此一奇迹者尤须由此处入手。以此书列为星期标准书至为适当。”

但即使不看译本，仅“由此处入手”，也就可以认识三种小“奇迹”，其一，是堂堂的一个国立中央编译馆，竟在百忙中先译了这一本书；其二，是这“近代史上为一大奇迹”的东西，却须从英文转译；其三，堂堂的一位国立中央大学校长，却不过“欲认识此一奇迹者尤须由此处入手”。

真是奇杀人哉！

题注：

本篇最初发表于上海《海燕》月刊第一期（1936 年 1 月 20 日）。初未收集。上海商务印书馆为推销书籍，每周在所出新书和重版书中选出一种，列为“星期标准书”。1936 年元旦《申报》发表罗家伦为“星期标准书”、希特勒《我的奋斗》所写的序言，吹捧希特勒是近代史上的“一大奇迹”。身为国立中央大学校长，竟然如此荒谬，令人感到震惊。鲁迅因此写作了本文。《我的奋斗》，是希特勒宣扬纳粹主义的自传性著作。原书 1925 年出版，中译本由国立编译馆转译，罗家伦作序，1935 年上海商务印书馆出版。

三月的租界

今年一月，田军发表了一篇小品，题目是《大连丸上》，记着一年多以前，他们夫妇俩怎样幸而走出了对于他们是荆天棘地的大连——

"第二天当我们第一眼看到青岛青青的山角时，我们的心才又从冻结里蠕活过来。

"'啊！祖国！'

"我们梦一般的这样叫了！"

他们的回"祖国"，如果是做随员，当然没有人会说话，如果是剿匪，那当然更没有人会说话，但他们竟不过来出版了《八月的乡村》。这就和文坛发生了关系。那么，且慢"从冻结里蠕活过来"罢。三月里，就"有人"在上海的租界上冷冷的说道——

"田军不该早早地从东北回来！"

谁说的呢？就是"有人"。为什么呢？因为这部《八月的乡村》"里面有些还不真实"。然而我的传话是"真实"的。有《大晚报》副刊《火炬》的奇怪毫光之一，《星期文坛》上的狄克先生的文章为证——

“《八月的乡村》整个地说，他是一首史诗，可是里面有些还不真实，像人民革命军进攻了一个乡村以后的情况就不够真实。有人这样对我说：‘田军不该早早地从东北回来’，就是由于他感觉到田军还需要长时间的学习，如果再丰富了自己以后，这部作品当更好。技巧上，内容上，都有许多问题在，为什么没有人指出呢？”

这些话自然不能说是不对的。假如“有人”说，高尔基不该早早不做码头脚夫，否则，他的作品当更好；吉须不该早早逃亡外国，如果坐在希忒拉的集中营里，他将来的报告文学当更有希望。倘使有谁去争论，那么，这人一定是低能儿。然而在三月的租界上，却还有说几句话的必要，因为我们还不到十分“丰富了自己”，免于来做低能儿的幸福的时期。

这样的时候，人是很容易性急的。例如罢，田军早早的来做小说了，却“不够真实”，狄克先生一听到“有人”的话，立刻同意，责别人不来指出“许多问题”了，也等不及“丰富了自己以后”，再来做“正确的批评”。但我以为这是不错的，我们有投枪就用投枪，正不必等候刚在制造或将要制造的坦克车和烧夷弹。可惜的是这么一来，田军也就没有什么“不该早早地从东北回来”的错处了。立论要稳当真也不容易。

况且从狄克先生的文章上看起来，要知道“真实”似乎也无须久留在东北似的，这位“有人”先生和狄克先生大约就留在租界上，并未比田军回来得晚，在东北学习，但他们却知道够不够真实。而且要作家进步，也无须靠“正确”的批评，因为在没有人指出《八月的乡村》的技巧上，内容上的“许多问题”以前，狄克先生也已经断定了：“我相信现在有人在写，或预备写比《八月的乡村》更好的作品，因为读者需要！”

到这里，就是坦克车正要来，或将要来了，不妨先折断了投枪。

到这里，我又应该补叙狄克先生的文章的题目，是:《我们要执行自我批判》。

题目很有劲。作者虽然不说这就是“自我批判”，但却实行着抹杀《八月的乡村》的“自我批判”的任务的，要到他所希望的正式的“自我批判”发表时，这才解除它的任务，而《八月的乡村》也许再有些生机。因为这种模模胡胡的摇头，比列举十大罪状更有害于对手，列举还有条款，含胡的指摘，是可以令人揣测到坏到茫无界限的。

自然，狄克先生的“要执行自我批判”是好心，因为“那些作家是我们底”的缘故。但我以为同时可也万万忘记不得“我们”之外的“他们”，也不可专对“我们”之中的“他们”。要批判，就得彼此都给批判，美恶一并指出。如果在还有“我们”和“他们”的文坛上，一味自责以显其“正确”或公平，那其实是在向“他们”献媚或替“他们”缴械。

四月十六日。

题注：

本篇最初发表于上海《夜莺》月刊第一卷第三期（1936 年 5 月 10 日）。初未收集。1936 年 3 月 15 日《大晚报·火炬》发表狄克（即张春桥）《我们要执行自我批判》一文，指责萧军的长篇小说《八月的乡村》“有些还不真实”，“技巧上，内容上，都有许多问题在，为什么没有人指出呢？”这不仅是对萧军作品的求全责备，而且矛头也对着为此书作序的鲁迅，鲁迅因而作此文予以反驳。《八月的乡村》，田军（即萧军）著，1935 年 8 月由上海容光书局出版，列为“奴隶丛书”之一，是一部反映东北人民抗日斗争的小说。

答托洛斯基派的信

一　来信

鲁迅先生：

一九二七年革命失败后，中国康缪尼斯脱不采取退兵政策以预备再起，而乃转向军事投机。他们放弃了城市工作，命令党员在革命退潮后到处暴动，想在农民基础上制造 Reds 以打平天下。七八年来，几十万勇敢有为的青年，被这种政策所牺牲掉，使现在民族运动高涨之时，城市民众失掉革命的领袖，并把下次革命推远到难期的将来。

现在 Reds 打天下的运动失败了。中国康缪尼斯脱又盲目地接受了莫斯科官僚的命令，转向所谓“新政策”。他们一反过去的行为，放弃阶级的立场，改换面目，发宣言，派代表交涉，要求与官僚，政客，军阀，甚而与民众的刽子手“联合战线”。藏匿了自己的旗帜，模糊了民众的认识，使民众认为官僚，政客，刽子手，都是民族革命者，都能抗日，其结果必然是把革命民众送交刽子手们，使再遭一次屠杀。史太林党的这种无耻背叛行为，使中国革命者都感到羞耻。

现在上海的一般自由资产阶级与小资产阶级上层分子无不欢迎

史太林党的这“新政策”。这是无足怪的。莫斯科的传统威信，中国Reds的流血史迹与现存力量——还有比这更值得利用的东西吗？可是史太林党的“新政策”越受欢迎，中国革命便越遭毒害。

我们这个团体，自一九三〇年后，在百般困苦的环境中，为我们的主张作不懈的斗争。大革命失败后我们即反对史太林派的盲动政策，而提出“革命的民主斗争”的道路。我们认为大革命既然失败了，一切只有再从头做起。我们不断地团结革命干部，研究革命理论，接受失败的教训，教育革命工人，期望在这反革命的艰苦时期，为下次革命打下坚固的基础。几年来的各种事变证明我们的政治路线与工作方法是正确的。我们反对史太林党的机会主义，盲动主义的政策与官僚党制，现在我们又坚决打击这叛背的“新政策”。但恰因为此，我们现在受到各投机分子与党官僚们的嫉视。这是幸呢，还是不幸？

先生的学识文章与品格，是我十余年来所景仰的，在许多有思想的人都沉溺到个人主义的坑中时，先生独能本自己的见解奋斗不息！我们的政治意见，如能得到先生的批评，私心将引为光荣。现在送上近期刊物数份，敬乞收阅。如蒙赐复，请留存×处，三日之内当来领取。顺颂

健康！

陈××六月三日。

二　回信

陈先生：

先生的来信及惠寄的《斗争》《火花》等刊物，我都收到了。

总括先生来信的意思，大概有两点，一是骂史太林先生们是官僚，再一是斥毛泽东先生们的“各派联合一致抗日”的主张为出卖革命。

这很使我“糊涂”起来了，因为史太林先生们的苏维埃俄罗斯社会主义共和国联邦在世界上的任何方面的成功，不就说明了托洛斯基先生的被逐，飘泊，潦倒，以致“不得不”用敌人金钱的晚景的可怜么？现在的流浪，当与革命前西伯利亚的当年风味不同，因为那时怕连送一片面包的人也没有；但心境又当不同，这却因了现在苏联的成功。事实胜于雄辩，竟不料现在就来了如此无情面的讽刺的。其次，你们的“理论”确比毛泽东先生们高超得多，岂但得多，简直一是在天上，一是在地下。但高超固然是可敬佩的，无奈这高超又恰恰为日本侵略者所欢迎，则这高超仍不免要从天上掉下来，掉到地上最不干净的地方去。因为你们的高超理论为日本所欢迎，我看了你们印出的很整齐的刊物，就不禁为你们捏一把汗，在大众面前，倘若有人造一个攻击你们的谣，说日本人出钱叫你们办报，你们能够洗刷得很清楚么？这决不是因为从前你们中曾有人跟着别人骂过我拿卢布，现在就来这一手以报复。不是的，我还不至于这样下流，因为我不相信你们会下作到拿日本人钱来出报攻击毛泽东先生们的一致抗日论。你们决不会的。我只要敬告你们一声，你们的高超的理论，将不受中国大众所欢迎，你们的所为有背于中国人现在为人的道德。我要对你们讲的话，就仅仅这一点。

最后，我倒感到一点不舒服，就是你们忽然寄信寄书给我，不是没有原因的。那就因为我的某几个“战友”曾指我是什么什么的原故。但我，即使怎样不行，自觉和你们总是相离很远的罢。那切切实实，足踏在地上，为着现在中国人的生存而流血奋斗者，我得引为同

志，是自以为光荣的。要请你原谅，因为三日之期已过，你未必会再到那里去取，这信就公开作答了。即颂

大安。

鲁迅。六月九日。

（这信由先生口授，O.V. 笔写。）

题注：

本篇最初同时发表于上海《文学丛报》月刊第四期（1936 年 7 月 1 日）和《现实文学》月刊第一期（1936 年 7 月 1 日）。初未收集。文末原注的“O.V.”即冯雪峰，当时受中共中央派遣，由陕北到上海。当时中日民族矛盾上升为中国的主要矛盾，中国共产党提出了建立抗日民族统一战线的主张。对此，鲁迅曾多次表示拥护和无条件地加入这一战线。中国的“托派分子”反对建立抗日民族统一战线的正确主张，利用鲁迅的影响为他们的政治目的服务。在这种背景下，陈仲山写信给鲁迅，并寄有关刊物给鲁迅，希冀引鲁迅为同调。对此原则问题，鲁迅抱病口述，由冯雪峰记录，写就此文，旗帜鲜明地表明了自己的政治立场。陈 ××，即陈仲山，原名陈其昌。1925 年加入中国共产党，后成为托洛茨基派成员，1942 年死于上海。

答徐懋庸并关于抗日统一战线问题

鲁迅先生：

贵恙已痊愈否？念念。自先生一病，加以文艺界的纠纷，我就无缘再亲聆　教诲，思之常觉怆然！

我现因生活困难，身体衰弱，不得不离开上海，拟往乡间编译一点卖现钱的书后，再来沪上。趁此机会，暂作上海“文坛”的局外人，仔细想想一切问题，也许会更明白些的罢。

在目前，我总觉得先生最近半年来的言行，是无意地助长着恶劣的倾向的。以胡风的性情之诈，以黄源的行为之谄，先生都没有细察，永远被他们据为私有，眩惑群众，若偶像然，于是从他们的野心出发的分离运动，遂一发而不可收拾矣。胡风他们的行动，显然是出于私心的，极端的宗派运动，他们的理论，前后矛盾，错误百出。即如“民族革命战争的大众文学”这口号，起初原是胡风提出来用以和“国防文学”对立的，后来说一个是总的，一个是附属的，后来又说一个是左翼文学发展到现阶段的口号，如此摇摇荡荡，即先生亦不能替他们圆其说。对于他们的言行，打击本极易，但徒以有先生作着他们的盾牌，人谁不爱先生，所以在实际解决和文字斗争上都感到绝大的困难。

我很知道先生的本意。先生是唯恐参加统一战线的左翼战友，放弃原来的立场，而看到胡风们在样子上尚左得可爱；所以赞同了他们的。但我要告诉先生，这是先生对于现在的基本的政策没有了解之故。现在的统一战线——中国的和全世界的都一样——固然是以普洛为主体的，但其成为主体，并不由于它的名义，它的特殊地位和历史，而是由于它的把握现实的正确和斗争能力的巨大。所以在客观上，普洛之为主体，是当然的。但在主观上，普洛不应该挂起明显的徽章，不以工作，只以特殊的资格去要求领导权，以至吓跑别的阶层的战友。所以，在目前的时候，到联合战线中提出左翼的口号来，是错误的，是危害联合战线的。所以先生最近所发表的《病中答客问》，既说明“民族革命战争的大众文学”是普洛文学到现在的一发展，又说这应该作为统一战线的总口号，这是不对的。

再说参加“文艺家协会”的“战友”，未必个个右倾堕落，如先生所疑虑者；况集合在先生的左右的“战友”，既然包括巴金和黄源之流，难道先生以为凡参加“文艺家协会”的人们，竟个个不如巴金和黄源么？我从报章杂志上，知道法西两国“安那其”之反动，破坏联合战线，无异于托派，中国的“安那其”的行为，则更卑劣。黄源是一个根本没有思想，只靠捧名流为生的东西。从前他奔走于傅郑门下之时，一副谄佞之相，固不异于今日之对先生效忠致敬。先生可与此辈为伍，而不屑与多数人合作，此理我实不解。

我觉得不看事而只看人，是最近半年来先生的错误的根由。先生的看人又看得不准。譬如，我个人，诚然是有许多缺点的，但先生却把我写字糊涂这一层当作大缺点，我觉得实在好笑。（我为什么故意要把“邱韵铎”三字，写成像“郑振铎”的样子呢？难道郑振铎是先生所喜欢的人么？）为此小故，遽拒一个人于千里之外，我实以为不对。

我今天就要离沪，行色匆匆，不能多写了，也许已经写得太多。以上所说，并非存心攻击先生，实在很希望先生仔细想一想各种事情。

拙译《斯太林传》快要出版，出版后当寄奉一册，此书甚望先生细看一下，对原意和译文，均望批评。敬颂
痊安。

懋庸上。八月一日。

以上，是徐懋庸给我的一封信，我没有得他同意就在这里发表了，因为其中全是教训我和攻击别人的话，发表出来，并不损他的威严，而且也许正是他准备我将它发表的作品。但自然，人们也不免因此看得出：这发信者倒是有些“恶劣”的青年！

但我有一个要求：希望巴金，黄源，胡风诸先生不要学徐懋庸的样。因为这信中有攻击他们的话，就也报答以牙眼，那恰正中了他的诡计。在国难当头的现在，白天里讲些冠冕堂皇的话，暗夜里进行一些离间，挑拨，分裂的勾当的，不就正是这些人么？这封信是有计划的，是他们向没有加入“文艺家协会”的人们的新的挑战，想这些人们去应战，那时他们就加你们以“破坏联合战线”的罪名，“汉奸”的罪名。然而我们不，我们决不要把笔锋去专对几个个人，“先安内而后攘外”，不是我们的办法。

但我在这里，有些话要说一说。首先是我对于抗日的统一战线的态度。其实，我已经在好几个地方说过了，然而徐懋庸等似乎不肯去看一看，却一味的咬住我，硬要诬陷我“破坏统一战线”，硬要教训

我说我“对于现在基本的政策没有了解”。我不知道徐懋庸们有什么“基本的政策”。（他们的基本政策不就是要咬我几口么？）然而中国目前的革命的政党向全国人民所提出的抗日统一战线的政策，我是看见的，我是拥护的，我无条件地加入这战线，那理由就因为我不但是一个作家，而且是一个中国人，所以这政策在我是认为非常正确的，我加入这统一战线，自然，我所使用的仍是一枝笔，所做的事仍是写文章，译书，等到这枝笔没有用了，我可自己相信，用起别的武器来，决不会在徐懋庸等辈之下！

其次，我对于文艺界统一战线的态度。我赞成一切文学家，任何派别的文学家在抗日的口号之下统一起来的主张。我也曾经提出过我对于组织这种统一的团体的意见过，那些意见，自然是被一些所谓“指导家”格杀了，反而即刻从天外飞来似地加我以“破坏统一战线”的罪名。这首先就使我暂不加入“文艺家协会”了，因为我要等一等，看一看，他们究竟干的什么勾当；我那时实在有点怀疑那些自称“指导家”以及徐懋庸式的青年，因为据我的经验，那种表面上扮着“革命”的面孔，而轻易诬陷别人为“内奸”，为“反革命”，为“托派”，以至为“汉奸”者，大半不是正路人；因为他们巧妙地格杀革命的民族的力量，不顾革命的大众的利益，而只借革命以营私，老实说，我甚至怀疑过他们是否系敌人所派遣。我想，我不如暂避无益于人的危险，暂不听他们指挥罢。自然，事实会证明他们到底的真相，我决不愿来断定他们是什么人，但倘使他们真的志在革命与民族，而不过心术的不正当，观念的不正确，方式的蠢笨，那我就以为他们实有自行改正一下的必要。我对于“文艺家协会”的态度，我认为它是抗日的作家团体，其中虽有徐懋庸式的人，却也包含了一些新的人；但不能以为有了“文艺家协会”，就是文艺界的统一战线告成了，还远得很，还没有将一切派别的文艺家都联为一气。那原因就在“文艺家协会”还非常浓厚的含有宗派主义和行帮情形。不看别的，单看那章程，对于加入者的资格就限制得太严；就是会员要缴一元入会费，两元年费，也就表示着“作家阀”的倾向，不是抗日“人民式”的了。在理论上，如《文学界》创刊号上所发表的关于“联合问题”和“国防文学”的文章，是基本上宗派主义的；一个作者引用了我在一九三〇年讲的话，并以那些话为出发点，因此虽声声口口说联合任何派别的作家，而仍自己一相情愿的制定了加入的限制与条件。这是作者忘记了时代。我以为文艺家在抗日问题上的联合是无条件的，只要他不是汉奸，愿意或赞成抗日，则不论叫哥哥妹妹，之乎者也，或鸳鸯蝴蝶都无妨。但在文学问题上我们仍可以互相批判。这个作者又引例了法国的人民阵线，然而我以为这又是作者忘记了国度，因为我们的抗日人民统一战线是比法国的人民阵线还要广泛得多的。另一个作者解释“国防文学”，说“国防文学”必须有正确的创作方法，又说现在不是“国防文学”就是“汉奸文学”，欲以“国防文学”一口号去统一作家，也先预备了“汉奸文学”这名词作为后日批评别人之用。这实在是出色的宗派主义的理论。我以为应当说：作家在“抗日”的旗帜，或者在“国防”的旗帜之下联合起来；不能说：作家在“国防文学”的口号下联合起来，因为有些作者不写“国防为主题”的作品，仍可从各方面来参加抗日的联合战线；即使他像我一样没有加入“文艺家协会”，也未必就是“汉奸”。“国防文学”不能包括一切文学，因为在“国防文学”与“汉奸文学”之外，确有既非前者也非后者的文学，除非他们有本领也证明了《红楼梦》,《子夜》,《阿Q正传》是“国防文学”或“汉奸文学”。这种文学存在着，但它不是杜衡，韩侍桁，杨邨人之流的什么“第三种文学”。因此，我很同意郭沫若先生的“国防文艺是广义的爱国主义的文学”和“国防文艺是作家关系间的标帜，不是作品原则上的标帜”的意见。我提议“文艺家协会”应该克服它的理论上与行动上的宗派主义与行帮现象，把限度放得更宽些，同时最好将所谓“领导权”移到那些确能认真做事的作家和青年手里去，不能专让徐懋庸之流的人在包办。至于我个人的加入与否，却并非重要的事。

其次，我和“民族革命战争的大众文学”这口号的关系。徐懋庸之流的宗派主义也表现在对于这口号的态度上。他们既说这是“标新立异”，又说是与“国防文学”对抗。我真料不到他们会宗派到这样的地步。只要“民族革命战争的大众文学”的口号不是“汉奸”的口号，那就是一种抗日的力量；为什么这是“标新立异”？你们从那里看出这是与“国防文学”对抗？拒绝友军之生力的，暗暗的谋杀抗日的力量的，是你们自己的这种比“白衣秀士”王伦还要狭小的气魄。我以为在抗日战线上是任何抗日力量都应当欢迎的，同时在文学上也应当容许各人提出新的意见来讨论，“标新立异”也并不可怕；这和商人的专卖不同，并且事实上你们先前提出的“国防文学”的口号，也并没有到南京政府或“苏维埃”政府去注过册。但现在文坛上仿佛已有“国防文学”牌与“民族革命战争大众文学”牌的两家，这责任应该徐懋庸他们来负，我在病中答访问者的一文里是并没有把它们看成两家的。自然，我还得说一说“民族革命战争的大众文学”这口号的无误及其与“国防文学”口号之关系。——我先得说，前者这口号不是胡风提的，胡风做过一篇文章是事实，但那是我请他做的，他的文章解释得不清楚也是事实。这口号，也不是我一个人的“标新立异”，是几个人大家经过一番商议的，茅盾先生就是参加商议的一个。郭沫若先生远在日本，被侦探监视着，连去信商问也不方便。可惜的就只是没有邀请徐懋庸们来参加议讨。但问题不在这口号由谁提出，只在它有没有错误。如果它是为了推动一向囿于普洛革命文学的左翼作家们跑到抗日的民族革命战争的前线上去，它是为了补救“国防文学”这名词本身的在文学思想的意义上的不明了性，以及纠正一些注进“国防文学”这名词里去的不正确的意见，为了这些理由而被提出，那么它是正当的，正确的。如果人不用脚底皮去思想，而是用过一点脑子，那就不能随便说句“标新立异”就完事。“民族革命战争的大众文学”这名词，在本身上，比“国防文学”这名词，意义更明确，更深刻，更有内容。“民族革命战争的大众文学”，主要是对前进的一向称左翼的作家们提倡的，希望这些作家们努力向前进，在这样的意义上，在进行联合战线的现在，徐懋庸说不能提出这样的口号，是胡说！“民族革命战争的大众文学”，也可以对一般或各派作家提倡的，希望的，希望他们也来努力向前进，在这样的意义上，说不能对一般或各派作家提这样的口号，也是胡说！但这不是抗日统一战线的标准，徐懋庸说我“说这应该作为统一战线的总口号”，更是胡说！我问徐懋庸究竟看了我的文章没有？人们如果看过我的文章，如果不以徐懋庸他们解释“国防文学”的那一套来解释这口号，如聂绀弩等所致的错误，那么这口号和宗派主义或关门主义是并不相干的。这里的“大众”，即照一向的“群众”，“民众”的意思解释也可以，何况在现在，当然有“人民大众”这意思呢。我说“国防文学”是我们目前文学运动的具体口号之一，为的是“国防文学”这口号，颇通俗，已经有很多人听惯，它能扩大我们政治的和文学的影响，加之它可以解释为作家在国防旗帜下联合，为广义的爱国主义的文学的缘故。因此，它即使曾被不正确的解释，它本身含义上有缺陷，它仍应当存在，因为存在对于抗日运动有利益。我以为这两个口号的并存，不必像辛人先生的“时期性”与“时候性”的说法，我更不赞成人们以各种的限制加到“民族革命战争的大众文学”上。如果一定要以为“国防文学”提出在先，这是正统，那么就将正统权让给要正统的人们也未始不可，因为问题不在争口号，而在实做；尽管喊口号，争正统，固然也可作为“文章”，取点稿费，靠此为生，但尽管如此，也到底不是久计。

最后，我要说到我个人的几件事。徐懋庸说我最近半年的言行，助长着恶劣的倾向。我就检查我这半年的言行。所谓言者，是发表过四五篇文章，此外，至多对访问者谈过一些闲天，对医生报告我的病状之类；所谓行者，比较的多一点，印过两本版画，一本杂感，译过几章《死魂灵》，生过三个月的病，签过一个名，此外，也并未到过咸肉庄或赌场，并未出席过什么会议。我真不懂我怎样助长着，以及助长什么恶劣倾向。难道因为我生病么？除了怪我生病而竟不死以外，我想就只有一个说法：怪我生病，不能和徐懋庸这类恶劣的倾向来搏斗。

其次，是我和胡风，巴金，黄源诸人的关系。我和他们，是新近才认识的，都由于文学工作上的关系，虽然还不能称为至交，但已可以说是朋友。不能提出真凭实据，而任意诬我的朋友为“内奸”，为“卑劣”者，我是要加以辩正的，这不仅是我的交友的道义，也是看人看事的结果。徐懋庸说我只看人，不看事，是诬枉的，我就先看了一些事，然后看见了徐懋庸之类的人。胡风我先前并不熟识，去年的有一天，一位名人约我谈话了，到得那里，却见驶来了一辆汽车，从中跳出四条汉子：田汉，周起应，还有另两个，一律洋服，态度轩昂，说是特来通知我：胡风乃是内奸，官方派来的。我问凭据，则说是得自转向以后的穆木天口中。转向者的言谈，到左联就奉为圣旨，这真使我口呆目瞪。再经几度问答之后，我的回答是：证据薄弱之极，我不相信！当时自然不欢而散，但后来也不再听人说胡风是“内奸”了。然而奇怪，此后的小报，每当攻击胡风时，便往往不免拉上我，或由我而涉及胡风。最近的则如《现实文学》发表了 O.V. 笔录的我的主张以后，《社会日报》就说 O.V. 是胡风，笔录也和我的本意不合，稍远的则如周文向傅东华抗议删改他的小说时，同报也说背后是我和胡风。最阴险的则是同报在去年冬或今年春罢，登过一则花边的重要新闻：说我就要投降南京，从中出力的是胡风，或快或慢，要看他的办法。我又看自己以外的事：有一个青年，不是被指为“内奸”，因而所有朋友都和他隔离，终于在街上流浪，无处可归，遂被捕去，受了毒刑的么？又有一个青年，也同样的被诬为“内奸”，然而不是因为参加了英勇的战斗，现在坐在苏州狱中，死活不知么？这两个青年就是事实证明了他们既没有像穆木天等似的做过堂皇的悔过的文章，也没有像田汉似的在南京大演其戏。同时，我也看人：即使胡风不可信，但对我自己这人，我自己总还可以相信的，我就并没有经胡风向南京讲条件的事。因此，我倒明白了胡风鲠直，易于招怨，是可接近的，而对于周起应之类，轻易诬人的青年，反而怀疑以至憎恶起来了。自然，周起应也许别有他的优点。也许后来不复如此，仍将成为一个真的革命者；胡风也自有他的缺点，神经质，繁琐，以及在理论上的有些拘泥的倾向，文字的不肯大众化，但他明明是有为的青年，他没有参加过任何反对抗日运动或反对过统一战线，这是纵使徐懋庸之流用尽心机，也无法抹杀的。

至于黄源，我以为是一个向上的认真的译述者，有《译文》这切实的杂志和别的几种译书为证。巴金是一个有热情的有进步思想的作家，在屈指可数的好作家之列的作家，他固然有“安那其主义者”之称，但他并没有反对我们的运动，还曾经列名于文艺工作者联名的战斗的宣言。黄源也签了名的。这样的译者和作家要来参加抗日的统一战线，我们是欢迎的，我真不懂徐懋庸等类为什么要说他们是“卑劣”？难道因为有《译文》存在碍眼？难道连西班牙的“安那其”的破坏革命，也要巴金负责？

还有，在中国近来已经视为平常，而其实不但“助长”，却正是“恶劣的倾向”的，是无凭无据，却加给对方一个很坏的恶名。例如徐懋庸的说胡风的“诈”，黄源的“谄”，就都是。田汉周起应们说胡风是“内奸”，终于不是，是因为他们发昏；并非胡风诈作“内奸”，其实不是，致使他们成为说谎。《社会日报》说胡风拉我转向，而至今不转，是撰稿者有意的诬陷；并非胡风诈作拉我，其实不拉，以致记者变了造谣。胡风并不“左得可爱”，但我以为他的私敌，却实在是“左得可怕”的。黄源未尝作文捧我，也没有给我做过传，不过专办着一种月刊，颇为尽责，舆论倒还不坏，怎么便是“谄”，怎么便是对于我的“效忠致敬”？难道《译文》是我的私产吗？黄源“奔走于傅郑门下之时，一副谄佞之相”，徐懋庸大概是奉谕知道的了，但我不知道，也没有见过，至于他和我的往还，却不见有“谄佞之相”，而徐懋庸也没有一次同在，我不知道他凭着什么，来断定和谄佞于傅郑门下者“无异”？当这时会，我也就是证人，而并未实见的徐懋庸，对于本身在场的我，竟可以如此信口胡说，含血喷人，这真可谓横暴恣肆，达于极点了。莫非这是“了解”了“现在的基本的政策”之故吗？“和全世界都一样”的吗？那么，可真要吓死人！

其实“现在的基本政策”是决不会这样的好像天罗地网的。不是只要“抗日”，就是战友吗？“诈”何妨，“谄”又何妨？又何必定要剿灭胡风的文字，打倒黄源的《译文》呢，莫非这里面都是“二十一条”和“文化侵略”吗？首先应该扫荡的，倒是拉大旗作为虎皮，包着自己，去吓呼别人；小不如意，就倚势（！）定人罪名，而且重得可怕的横暴者。自然，战线是会成立的，不过这吓成的战线，作不得战。先前已有这样的前车，而覆车之鬼，至死不悟，现在在我面前，就附着徐懋庸的肉身而出现了。

在左联结成的前后，有些所谓革命作家，其实是破落户的漂零子弟。他也有不平，有反抗，有战斗，而往往不过是将败落家族的妇姑勃谿，叔嫂斗法的手段，移到文坛上。嘁嘁嚓嚓，招是生非，搬弄口舌，决不在大处着眼。这衣钵流传不绝。例如我和茅盾，郭沫若两位，或相识，或未尝一面，或未冲突，或曾用笔墨相讥，但大战斗却都为着同一的目标，决不日夜记着个人的恩怨。然而小报却偏喜欢记些鲁比茅如何，郭对鲁又怎样，好像我们只在争座位，斗法宝。就是《死魂灵》，当《译文》停刊后，《世界文库》上也登完第一部的，但小报却说“郑振铎腰斩《死魂灵》”，或鲁迅一怒中止了翻译。这其实正是恶劣的倾向，用谣言来分散文艺界的力量，近于“内奸”的行为的。然而也正是破落文学家最末的道路。

我看徐懋庸也正是一个嘁嘁嚓嚓的作者，和小报是有关系了，但还没有坠入最末的道路。不过也已经胡涂得可观。（否则，便是骄横了。）例如他信里说：“对于他们的言行，打击本极易，但徒以有先生作他们的盾牌，……所以在实际解决和文字斗争上都感到绝大的困难。”是从修身上来打击胡风的诈，黄源的谄，还是从作文上来打击胡风的论文，黄源的《译文》呢？——这我倒并不急于知道；我所要问的是为什么我认识他们，“打击”就“感到绝大的困难”？对于造谣生事，我固然决不肯附和，但若徐懋庸们义正词严，我能替他们一手掩尽天下耳目的吗？而且什么是“实际解决”？是充军，还是杀头呢？在“统一战线”这大题目之下，是就可以这样锻炼人罪，戏弄威权的？我真要祝祷“国防文学”有大作品，倘不然，也许又是我近半年来，“助长着恶劣的倾向”的罪恶了。

临末，徐懋庸还叫我细细读《斯太林传》。是的，我将细细的读，倘能生存，我当然仍要学习；但我临末也请他自己再细细的去读几遍，因为他翻译时似乎毫无所得，实有从新细读的必要。否则，抓到一面旗帜，就自以为出人头地，摆出奴隶总管的架子，以鸣鞭为唯一的业绩——是无药可医，于中国也不但毫无用处，而且还有害处的。

八月三—六日。

题注：

本篇最初发表于上海《作家》月刊第一卷第五期（1936 年 8 月 15 日）。初未收集。本文由冯雪峰根据鲁迅的意见拟出草稿，经鲁迅补充、修改，有的段落作了改写或重写后定稿。徐懋庸，左翼作家，1933 年加入“左联”，先后任“左联”宣传部部长和书记。因工作关系，一度与鲁迅来往频繁，仅见于鲁迅日记的就有 80 余次。这期间鲁迅写给徐懋庸的信有 40 多封。1935 年“国防文学”作为文艺界抗日统一战线的口号正式提出后，引起了争论。冯雪峰从陕北到上海后，经与鲁迅、胡风商讨，由胡风在 1936 年 5 月 9 日作文正式提出“民族革命战争的大众文学”的口号。由此引发“两个口号论争”。1936 年 8 月 1 日，徐懋庸致信鲁迅，指鲁迅“对于现在的基本的政策没有了解”，“最近半年来的言行”“助长着恶劣的倾向”，鲁迅因此写作此文作答。